Die Unbarmherzigen

Bibliografische Information der Deutschen Nationalbibliothek
Die Deutsche Nationalbibliothek verzeichnet diese Publikation in der Deutschen Nationalbibliografie; detaillierte bibliografische Daten sind im Internet über http://dnb.d-nb.de abrufbar.

MIX
Papier aus verantwortungsvollen Quellen
FSC
www.fsc.org
FSC® C006701

5 4 3 2 1   17 16 15 14

Titel der Originalausgabe: The Merciless
Erschien erstmals 2014 bei Razorbill, ein Imprint der Penguin Group, USA

Text: Danielle Vega
Übersetzung: Doris Hummel
Covergestaltung: Graphisches Atelier arsEdition, unter Verwendung des Originalcovers von © Penguin Group (USA) LLC, Kristin Smith, © Fingerprint von Thinkstock

ISBN 978-3-8458-0723-2

www.bloomoon-verlag.de

DANIELLE VEGA

DIE UNBARMHERZIGEN

Übersetzung aus dem amerikanischen Englisch
von Doris Hummel

bloomoon

1. KAPITEL

Ich bleibe mit dem Daumen an der Metallkante des Tabletts hängen und ein Halbmond aus Blut quillt unter meiner Nagelhaut hervor. Es trieft in die Risse rund um meinen Daumennagel, läuft an einer Seite hinunter und bildet einen perfekten roten Tropfen, der beinahe aussieht wie eine Träne.

Ich fluche leise. Die Wunde brennt, aber wenigstens habe ich mir kein Blut auf mein T-Shirt geschmiert. Nichts sagt schöner *Lass uns Freunde sein* als serienkillermäßige Blutflecken am ersten Tag in der neuen Schule.

Neben dem Kasten mit Plastikbesteck liegt ein Stapel Papierservietten, aber der Typ, der vor mir in der Essensschlange wartet, steht direkt davor.

»Entschuldigung«, sage ich und er dreht sich um. Der Typ sieht gut aus und er muss sich dafür noch nicht mal groß Mühe geben – einer von diesen klassischen Sportlertypen, die später am College mal einer Verbindung beitreten. Sein braunes Haar steht in alle Richtungen ab und er trägt ein weites, zerknittertes Hemd, so als wäre er gerade erst aus dem Bett gefallen.

Da ich seit Jahren Übung darin habe, *die Neue* zu sein, habe ich mein schüchternes, zaghaftes Lächeln inzwischen perfektioniert. Darauf beschränken sich meine Flirtkünste allerdings auch schon. Ich nicke in Richtung meines blutenden Fingers. »Kannst du mir ’ne Serviette geben?«

»Autsch«, sagt der Typ und schnappt sich ein paar Servietten vom Stapel. Sein Lächeln schlägt meins um mehrere Watt und ich werde rot.

»Hey, brauchst du ’n Pflaster?«, fragt ein Mädchen hinter mir und ich drehe mich zu ihr um. Ihr platinblondes Haar ist ganz kurz geschnitten, wie bei einem Jungen. Auf ihrer Nase sitzt eine überdimensionierte Brille ohne Gläser und sie trägt ein Top in Neonpink, das sich so stark dehnt, dass ich ihren schwarzen BH durch den Stoff sehen kann. Ein goldener Männerring baumelt an einer Kette um ihren Hals.

»Ja, danke«, antworte ich. Neben ihr sieht meine Standarduniform für den ersten Schultag – graues T-Shirt und dunkle Jeans – geradezu lächerlich langweilig aus. An einer der letzten Schulen habe ich es mit mehreren Schichten bunter Gummiarmbänder und selbstbemalten Turnschuhen versucht, aber heute sind meine Handgelenke nackt und meine Turnschuhe brandneu. Es ist Zeit für eine Veränderung.

»Hey, Brooklyn, wie geht’s?« Der Junge nickt ihr zu. Die beiden sehen nicht aus, als seien sie miteinander befreundet, aber er klingt echt nett. Brooklyn lässt ihren ziemlich ramponierten Rucksack von ihrer Schulter rutschen und greift in die vordere Außentasche.

»Hey, Charlie«, grüßt sie zurück. »Vermisst dein Bruder mich schon?«

Charlie passt zu dem süßen, sportlichen Jungen und ich mag ihn sofort lieber, als wenn sein Name Zack oder Chad gewesen wäre. Ein Charlie hilft dir, deinen Algebra-Kurs zu finden, wenn du deinen neuen Stundenplan immer noch nicht im Kopf hast. Chad rülpst nur das Alphabet.

Charlie fährt sich mit der Hand durchs Haar und zerzaust es noch mehr. »*Vermissen* ist nicht das Wort, das ich benutzen würde …«

»Ex-Freund?«, unterbreche ich ihn, damit sie mich nicht aus ihrer Unterhaltung ausschließen. Die Neue an der Schule stellt eine Million Fragen. Menschen lieben es, über sich selbst zu reden. Brooklyn zieht ihre Hand wieder aus dem Rucksack und reicht mir ein durchsichtiges Pflaster mit einem winzigen aufgedruckten Schnurrbart.

»Ex-Boss«, antwortet sie. »Aber es kann nicht mehr lange dauern, bis er mich anfleht, wieder zurückzukommen. Hey, cooles Tattoo.«

Sie zeigt auf die Stelle zwischen meinem Daumen und Zeigefinger, auf die ich eine Schlange gemalt habe, die einen Kopfschmuck mit Federn trägt. Es ist Quetzalcoatl. Als ich noch klein war und mit meiner Mom hin und wieder in das Städtchen in Mexiko gefahren bin, in dem sie aufgewachsen ist, hat meine Großmutter mir immer Geschichten von Quetzalcoatl erzählt. Jetzt ist Großmutter zu krank, um Geschichten zu erzählen, aber manchmal zeichne ich die Schlange in mein Tagebuch. Oder, offensichtlich, auf meine Hand.

»Das ist kein richtiges Tattoo«, gebe ich zu und rubbele mit der Innenfläche meiner anderen Hand über die Zeichnung. Ich muss sie abwaschen, bevor meine Mom sie sieht. Sie hat Großmutters religiöse Geschichten nie gemocht. Mom hat vor fünf Jahren die amerikanische Staatsbürgerschaft bekommen und sie sagt, Großmutters unheimliche mexikanische Märchen erinnern sie an all die Gründe, warum sie von dort weg wollte. »Nur Filzstift.«

»Oh.« Brooklyn klingt enttäuscht, aber Charlie hebt eine Augenbraue und nickt anerkennend.

»Du hast das gemalt? Nicht schlecht«, sagt er.

Bevor ich etwas erwidern kann, bleibt ein dunkelhaariges Mädchen mitten in der Mensa stehen und räuspert sich. Die schwatzenden, lachenden Schüler um uns herum verstummen sofort, so als hätte sie jemand mit einem Zauberspruch belegt.

»Dürfte ich mal um eure Aufmerksamkeit bitten?«, fragt sie, obwohl sie schon längst alle ansehen. Eine Gruppe von sechs oder sieben Leuten versammelt sich hinter ihr. Sie haben alle Taschen oder Pappkartons bei sich.

»O Gott.« Brooklyn verzieht das Gesicht und rückt die Fake-Brille auf ihrer Nase zurecht. Ihr Tonfall klingt völlig anders als noch vor einer Sekunde, als sie mir das Pflaster angeboten hat. »Ist es schon wieder Zeit für diesen Scheiß?«

»Ich bin Riley, wie die meisten von euch wissen«, fährt das dunkelhaarige Mädchen mit klarer, energischer Stimme fort. »Unsere alljährliche Essensspendenaktion für die Suppenküche von St. Michael steht mal wieder an. Ich hoffe, ihr helft mir auch dieses Jahr wieder dabei, Gutes zu tun, und bringt Essen für die Obdachlosen mit. Allein im letzten Jahr haben wir über fünfhundert Konservendosen gesammelt!«

Ringsum beginnen die Schüler zu klatschen. Ich bin überrascht und stimme ein bisschen zu spät mit ein. An meiner letzten Schule wurde nur geklatscht, wenn jemand stolperte und sein Essenstablett fallen ließ.

Hinter mir gibt Brooklyn ein Würgegeräusch von sich.

»Komm schon«, murmelt Charlie. Er hat mit den anderen geklatscht, aber jetzt hört er auf und stößt Brooklyn leicht den Ellbogen in die Seite. Ich habe mich geirrt, er sieht eigentlich gar nicht wie ein Verbindungsstudent aus.

Brooklyn formt ihre Hand zu einer Pistole, zielt damit auf Rileys Kopf und kneift die Augen zusammen.

»Peng«, flüstert sie und feuert eine imaginäre Kugel ab. Dann bläst sie den Qualm von ihren Fingerspitzen.

Mit hochgezogener Augenbraue greife ich an ihr vorbei nach einem Karton Milch. Ich habe schon öfter mit Mädchen wie ihr abgehangen. Mädchen, die die dritte Stunde schwänzen, um heimlich auf dem Klo Nelkenzigaretten zu rauchen und sich die Ohren mit Sicherheitsnadeln durchzustechen. Eine Zeit lang ist das immer aufregend, aber sie werden nie echte Freundinnen. Normalerweise verbringe ich den Großteil meiner Zeit damit, ihnen zu beweisen, dass ich cool genug bin, um mit ihnen abzuhängen.

Aber in der Not frisst der Teufel Fliegen, und als Brooklyn mir zuzwinkert und »bis später« sagt, lächele ich und winke zurück.

Charlie schüttelt den Kopf, als Brooklyn sich von uns entfernt, und ein paar Strähnen seines verstrubbelten braunen Haars fallen ihm ins Gesicht. Sein Arm streift meinen, als er sich über die Essenstheke lehnt und sich eine Gabel und eine Serviette nimmt.

»Brooklyn darfst du nicht so ernst nehmen«, sagt er und lächelt mir flüchtig zu. Ein Grübchen bohrt sich in seine Wange. »Ist gar nicht so übel hier, versprochen. Wir sehen uns?«

Mein Herz macht einen kleinen Satz, als er weggeht. Ich führe dieses Vagabundenleben schon lange genug, um zu wissen, dass es nie so endet, wie ich es mir wünsche, wenn ich mich verknalle. Aber trotzdem schaffe ich es jedes Mal wieder, mich zu verlieben, wenn ich einen Jungen mit tollem Lächeln kennenlerne. Inzwischen hätte ich eigentlich kapieren müssen, dass eine Highschool-Romanze für mich einfach nicht drin ist. Meine Mom arbeitet als Rettungssanitäterin für die Armee, seit sie in die Staaten gezogen ist. Ich gehe alle sechs Monate auf eine neue Schule. Ich kann die Uhr danach stellen.

Diesmal ist es die Adams High School in der winzigen Armee-Stadt Friend, Mississippi. In Friend kommt man sich vor, als wäre man in einem Ofen. Das Gras ist braun, ich höre überall Insekten summen und es gibt in meiner Nachbarschaft mehr Kirchen als Supermärkte. Ich habe schon in schöneren Orten gewohnt, aber letzten Endes kommt es immer auf die Leute an. Als ich die Tür der Mensa fast erreicht habe, zögere ich und schaue über meine Schulter zu Charlie zurück. Hitze kriecht meinen Nacken hinauf. Dieser Ort hat Potenzial.

Die Schüler der Adams High essen draußen zu Mittag, also trage ich mein Tablett zum Seiteneingang hinaus und steuere auf die Tribüne zu. Die Adams High ist ein einstöckiges Gebäude aus cremefarbenen Ziegeln und matschbrauner Holzverkleidung. Die Klassenzimmer sind völlig veraltet: Überall wellen sich die Linoleumböden und die Tische sind total klapprig. Das einzig wirklich Beeindruckende an der ganzen Schule ist das Footballstadion mit seinem dunkelgrünen Kunstrasen und den silbern glänzenden Zuschauerrängen. Über der Tribüne hängt ein blau-weißes Schild mit der Aufschrift ADAMS HIGH SPARTANS und daneben flattert die Flagge des Bundesstaats Mississippi.

Während ich mich nach einem Platz umsehe, auf den ich mich setzen kann, weht mir eine heiße Windböe meine Locken ins Gesicht. Ich hebe eine Hand, um sie wegzuschieben, und bemerke sofort den Geruch. Es riecht wie sauer gewordene Milch oder verschimmelter Käse.

Ich mache einen Schritt auf die Tribüne zu und der Geruch

wird schlimmer. Jetzt riecht es nach Grillhähnchen, das die ganze Nacht im Müll lag, oder nach Fisch, der in der Sonne vergammelt. Ich ziehe mein T-Shirt über meine Nase und trete unter die Tribüne.

Dann sehe ich es.

Es ist eine Katze. Eine tote Katze. Jemand hat ihr die Haut in Streifen abgezogen. Fliegen schwirren um ihren Kopf und in ihr Maul, krabbeln über ihre Zunge und ihre Zähne. Rote Farbe klebt an den starren Grashalmen unter dem Körper der Katze und sie ist von Kerzen umgeben, die in Pfützen aus schwarzem Wachs auf dem Boden festgeklebt sind. Es dauert einen Moment, bis ich erkenne, dass mit der Farbe ein Stern gemalt wurde und auf jeder Zacke eine schwarze Kerze steht – wie bei einem Ritual.

Ich bemerke gar nicht, dass ich an meiner Nagelhaut zupfe, bis ich einen stechenden Schmerz spüre, und als ich meinen Blick senke, sehe ich, dass sich um den nächsten Fingernagel Blut sammelt. Die trüben grauen Augen der Katze beobachten mich und das ständige Summen der Fliegen dröhnt in meinen Ohren.

»Was machst du denn da?«

Ich wirbele herum und erkenne sofort das dunkelhaarige Mädchen aus der Mensa – Riley. Ihre braunen Locken fallen in perfekten Spiralen auf ihre Schultern und ihre Augenbrauen sind außen breiter und werden nach innen ganz dünn, so als hätte sie jemand mit einem Kalligrafie-Stift aufgemalt. Ihr blaues Kleid hat nicht eine einzige Falte. Es sieht aus, als würde sie sich nie hinsetzen.

Riley sieht an mir vorbei und ihre hellblauen Augen finden den gehäuteten Katzenkörper. Sie hebt eine Augenbraue, aber der Rest ihres Gesichts bleibt unverändert.

»Wie ekelig.« Ihr Ton ist ausdruckslos. Sie hätte genauso gut über die Lasagne sprechen können, die sie hier zum Mittagessen servieren. Ich gehe einen Schritt von der Katze weg und stolpere beinahe über meine Turnschuhe.

»Ich hab nicht … ich meine, ich war das nicht. Ich hab das nicht gemacht.«

Riley richtet ihre Augen auf mich. Sie sind so hell, dass sie ihr ganzes Gesicht verändern und ihre dunklen Haare und Augenbrauen sehr ernst wirken lassen. Wenn ich sie malen würde, müsste ich Wasserfarben verwenden – nur einen Tropfen Himmelblau für ihre Augen, damit sie so hell wie möglich werden.

»Natürlich hast du das nicht.« Sie blickt wieder auf die Katze hinunter und erschaudert. »Du bist neu, stimmt's? Sofia?«

»Ja«, antworte ich, überrascht, dass sie meinen Namen kennt.

»Riley.« Sie zeigt auf sich selbst und ihre Augen werden mit einem Mal ein paar Grad wärmer. »Das ist echt widerlich. Ich bin beeindruckt, dass du nicht kotzen musstest.«

»Ich auch.« Ich rümpfe die Nase. »Auch wenn ich nicht ganz sicher bin, dass ich wirklich schon über das Kotzstadium hinaus bin.«

»Verstehe. Verschwinden wir von hier.« Riley legt einen Arm um meine Schultern und dreht mich von der Katze weg. »Du kannst dich heute zu mir und meinen Freundinnen setzen.«

Sie schiebt mich unter der Tribüne hervor, ohne meine Antwort abzuwarten, was wahrscheinlich auch gut ist, weil ich ausnahmsweise mal nicht weiß, was ich sagen soll. Mädchen, die so aussehen wie Riley, freunden sich meiner Erfahrung nach normalerweise nicht mit der Neuen an. Das ist ein Naturgesetz – die Erde dreht sich um die Sonne, der Sommer folgt auf den Frühling und hübsche, beliebte Mädchen bilden Cliquen, in die man schwerer reinkommt als in einen Banktresor. Wenn ich etwas gelernt habe, weil ich in den vergangenen fünf Jahren an sieben verschiedenen Schulen war, dann das.

Aber Riley wirkte aufrichtig, als sie in der Mensa für ihre Wohltätigkeitsaktion geworben hat. Vielleicht ist sie anders. Vielleicht wird Friend ja halten, was sein Name verspricht.

»Wir haben den besten Platz zum Mittagessen«, verkündet Riley. Ein paar Schüler lächeln und winken, als wir an ihnen vorbeiklettern, und obwohl Riley zurücklächelt, macht sie keinerlei Anstalten, stehen zu bleiben und sich irgendwo dazuzusetzen. »Man kann alles sehen, was so passiert.«

»Cool«, sage ich. Riley steuert auf eine Stelle zu, an der nur noch zwei andere Mädchen sitzen.

»Mädels, das ist Sofia. Sofia, das ist Alexis.« Riley zeigt auf ein Mädchen, das ganz weiß angezogen ist – weißer Rock, weißes Trägershirt, weißer Pullover. Ihr hellblondes Haar ist so lang, dass sie darauf sitzen könnte, und sie hat ein volles, rundes Gesicht und große Augen.

»Hallo«, begrüßt mich Alexis und in ihrer Stimme schwingt der Anflug eines Südstaatenakzents mit.

»Und das hier ist Grace.« Riley nickt in die Richtung eines Mädchens mit samtiger, schokobrauner Haut und geflochtenem Haar, das sie in ihrem Nacken zu einem aufwendig aussehenden Knoten zusammengesteckt hat.

»Schöne Schleife«, sage ich und zeige auf die getupfte Fliege, die Grace anstatt einer Halskette trägt. Grace' Lippen öffnen sich zu einem Lächeln, das nur aus Zähnen zu bestehen scheint.

»Danke! Die sind in Chicago gerade total angesagt.«

»Grace bringt den Style nach Mississippi«, fügt Alexis hinzu.

»Kommst du aus Chicago?«, frage ich und setze mich neben sie auf die Bank.

»Mein Dad wurde vor zwei Jahren hierher versetzt«, antwortet Grace. »Warst du schon mal da?«

Ich schüttle den Kopf, während Riley sich neben mich setzt

und die Hände auf ihre Knie legt. Selbst ihre Nägel sind perfekt – manikürt und sauber. Ich balle meine Hände zu Fäusten, damit sie meine eingerissene Nagelhaut nicht sieht.

»Ihr erratet nie, was Sof und ich unter der Tribüne gefunden haben.«

Sof. Als Riley meinen Namen ausspricht, klingt es so persönlich und freundschaftlich, dass ich ein Lächeln unterdrücken muss. Alexis und Grace beugen sich vor und Riley sieht sie mit einem verschwörerischen Grinsen im Gesicht an. Sie spricht flüsternd weiter.

»Eine gehäutete, tote Katze.«

»Das ist ein Scherz, oder?«, fragt Alexis und fummelt an der Spitze ihres Rocksaums herum. Mit ihren langen Haaren und großen Augen sieht sie aus wie eine fleischgewordene Disney-Prinzessin.

Riley legt zum Schwur eine Hand auf ihr Herz. »Ehrlich. Ich wette, das wäre ein Grund für einen Schulverweis.«

Grace erschaudert und tippt nervös mit einem ihrer roten Converse gegen die Lehne der Sitzbank vor ihr. »Sie müssen sie zumindest suspendieren. Das ist *widerlich*.«

»Wartet mal.« Ich runzle die Stirn. »Ihr wisst, wer die Katze getötet hat?«

Grace, Alexis und Riley wechseln einen Blick, den ich nicht richtig deuten kann. Es kommt mir vor, als versuchten sie, zu entscheiden, ob sie mir trauen können.

»Erinnerst du dich noch an das Mädchen, mit dem du dich in der Mensa unterhalten hast?«, fragt Riley und steckt sich eine Locke hinters Ohr.

»Brooklyn?«, frage ich überrascht zurück. Mir ist vorhin gar nicht aufgefallen, dass Riley mich und Brooklyn gesehen hat.

»Genau. Brooklyn. Sie ist manchmal ein bisschen seltsam.«

»Inwiefern seltsam?«, hake ich nach, als Riley nicht deutlicher wird. Eine Katze zu häuten, ist nicht seltsam. Das ist kriminell.

Alexis rutscht ein Stück nach vorne und eines ihrer Knie stößt gegen meins. »Es gibt Gerüchte über Brooklyn«, sagt sie. »Und da du jetzt auch auf diese Schule gehst, solltest du vermutlich darüber Bescheid wissen. Sie sind ziemlich heftig.«

»Gerüchte?«

»Letztes Jahr hat sie in der Mädchenumkleide eine Séance abgehalten«, fährt Alexis fort. Ihr Südstaatenakzent wird immer stärker, während sie die Geschichte erzählt, und es kommt mir vor, als übertreibe sie damit aus Effektgründen absichtlich. »Ich war am nächsten Tag da drin. Der Boden war ganz schwarz, als wäre er verbrannt, und der ganze Raum hat nach Salbei gerochen.«

»Oder so was Ähnlichem«, fügt Grace hinzu und Riley kichert.

»Und Anfang des Jahres haben ein paar Mädchen gehört, wie sie hinten im Algebra-Kurs gesessen und irgendwelche merkwürdigen Gesänge von sich gegeben hat«, beendet Alexis ihre Geschichte. »Echt seltsam.«

»Seltsam«, wiederhole ich. Aber das Ganze scheint mir ziemlich dünn. Die Geschichten, die Alexis erzählt, mögen vielleicht nur Gerüchte sein – aber diese Katze war sehr real. Und sehr tot. Ich erschaudere. Wäre die Sache nur ein wenig anders gelaufen, würde ich jetzt vielleicht mit Brooklyn beim Essen sitzen und mir höchstwahrscheinlich schreckliche Geschichten über Riley und ihre Freundinnen anhören. Ich glaube einfach nicht, dass das Mädchen, das mir ein Pflaster gegeben hat, eine Katze töten würde.

»Und dann ist da noch die Sache, die letztes Jahr passiert ist«, fügt Riley hinzu, »mit Mr Willis …«

Bevor sie zu Ende erzählen kann, erfüllt ein Schrei das Footballstadion. Ich springe auf und drehe den Kopf hin und her, um herauszufinden, wer da geschrien hat, aber dann verwandelt sich der Schrei in Gelächter und verklingt allmählich.

Es hat nur jemand herumgealbert. Ich setze mich wieder hin und komme mir ziemlich dumm vor.

Grace beugt sich vor und legt eine Hand auf mein Knie. Ihre Fliege schwingt wie ein Pendel vor und zurück. »Hört auf, Mädels. Wir machen ihr Angst.«

»Tut mir leid«, sagt Alexis und rümpft die Nase. Ich sehe auf meine Hand hinunter. Ich habe Gruselgeschichten noch nie gemocht. Sogar von den Geschichten über Quetzalcoatl, die meine Großmutter mir erzählt hat, habe ich Albträume bekommen. Geistesabwesend reibe ich über die Zeichnung von Quetzalcoatl und zurück bleibt ein rot verschmierter Fleck. Blut von meinem Daumen.

Ich schaue auf und ertappe Riley dabei, wie sie mich beobachtet. Ihr Blick folgt meinem Finger, als ich damit über die Umrisse der Schlange auf meiner Hand fahre. Auf ihrem Gesicht liegt ein eigenartiger Ausdruck. Derselbe kalte Ausdruck wie vorhin, als sie die tote Katze unter der Tribüne gesehen hat.

»Ist nur eine alberne Kritzelei.« Ich befeuchte einen Finger mit Spucke und versuche, sie wegzuwischen, aber ich verschmiere die Farbe und das Blut nur noch mehr auf meiner Haut. Riley lässt ihren Blick wieder zu meinem Gesicht hinaufwandern und ihre Mundwinkel heben sich. Die Wirkung ist jedoch nicht dieselbe wie vorhin unter der Tribüne, als ihr Gesicht durch ihr Lächeln viel wärmer wirkte. Dieses Lächeln reicht nicht bis zu Rileys Augen. Sie bleiben leer.

»Natürlich«, erwidert sie.

2. Kapitel

Meine Mitschüler lungern nach dem letzten Klingeln an den Eingangstüren herum und warten darauf, dass ihre Eltern sie mit dem Auto abholen. Man könnte in einer Stunde sämtliche Straßen von Friend zu Fuß abgehen, aber trotzdem fahren alle mit glänzenden schwarzen Geländewagen, bei denen die Klimaanlage tropft und Popmusik aus den offenen Fenstern dröhnt.

Aus dem Augenwinkel sehe ich etwas Weißes aufblitzen und sehe noch schnell genug rüber, um zu sehen, wie Alexis und Riley in einen Wagen steigen. Grace winkt ihnen vom Gehweg aus zu, umgeben von einem Haufen Jungs in Sportjacken und Mädchen, deren Haare aussehen wie aus einer Shampoo-Werbung. Egal, welche Schule, egal, welche Stadt – die Gruppe der Beliebten besteht immer aus derselben Mischung: Sportler und geradezu ungerecht schöne Mädchen. Alles in ihrem Leben ist einfach ein kleines bisschen glänzender, reichlicher, besser. Natürlich hätte ich das auch gerne. Jeder hätte das gerne.

Ich quetsche mich an Trauben kichernder und plaudernder Schüler vorbei und mache mich auf den Nachhauseweg. Ich wohne so nah, dass ich meine Nachbarschaft vom Parkplatz der Schule aus sehen kann. Die Landschaft hier ist ganz flach und trocken und die Sommer sind so heiß, dass ich jetzt schon schwitze. Es ist Ende September und ich warte immer noch darauf, dass die Dreißig-Grad-Hitze endlich kühleren Herbsttemperaturen weicht.

Den Anfang meiner Wohnsiedlung markiert ein meterhohes Schild, auf dem in verschnörkelten weißen Buchstaben HILL HOLLOW HOMES steht. Es gibt hier einen künstlichen Wasserfall und einen Teich, aber beide sind inzwischen ausgetrocknet und Unkraut und Gänseblümchen wachsen aus den Rissen der sonnengebleichten Felsbrocken. Die eigentliche Wohnsiedlung liegt ein Stück weiter und gleicht einer Geisterstadt. Die paar Dutzend Häuser, die auf dem von Bulldozern plattgewalzten Land verstreut liegen, stehen größtenteils leer.

Ich starre auf die Spitzen meiner Turnschuhe, während ich an drei leeren Grundstücken und zwei identischen Häusern vorbeigehe. Beide haben dieselbe blaue Holzverkleidung, weiße Veranda und rote Haustür wie meines. Wer auch immer sich das Farbkonzept für unsere Nachbarschaft ausgesucht hat, war sehr patriotisch.

Unser Haus ist das einzig bewohnte Haus im ganzen Block. Es ist ein Terrassenhaus mit schmaler Veranda und Erkerfenster und der Garten dahinter erstreckt sich über zweitausend Quadratmeter, bevor der Rasen in offenes Land übergeht. Der Schuppen am Ende der Einfahrt sieht aus wie eine Miniaturversion des eigentlichen Hauses, passend in Farbe und Stil. Abgesehen vom Uncle-Sam-Farbkonzept sieht es aber aus wie jedes andere Haus, in dem ich bisher gewohnt habe.

Ich steige die altersschwachen Holzstufen zur Haustür hoch, schließe auf, gehe rein und rutsche auf einer Broschüre aus, die jemand unter der Tür durchgeschoben hat. Es ist schon wieder ein Werbezettel der Baptistengemeinde ein Stück die Straße runter. Seit wir eingezogen sind, bekommen wir jeden Tag zwei oder drei davon. Mom hasst diese Broschüren so sehr, dass sie sogar in der Kirche angerufen hat, um sich zu beschweren. Sie war schon immer ein bisschen empfindlich, wenn es um Religion geht. Sie hat mir nie die ganze Geschichte erzählt, nur, dass Großmutter es nicht besonders gut aufgenommen hat, als sie schwanger wurde, obwohl sie nicht verheiratet war.

Ich bin auch kein Fan von irgendwelchen Vereinigungen, die mir sagen, ich sei ein Fehler, aber manchmal wünsche ich mir, sie hätte die Religion nicht komplett aus unserem Leben verbannt. Großmutter war über das Nichtverheiratetsein längst hinweg, als ich geboren wurde, und ich fand es immer toll, dass sie so hingebungsvoll katholisch war. Ich schaue auf das unheimliche blutende Herz, das die Vorderseite der Broschüre ziert. Ich sollte sie alle aufbewahren und eine Collage aus blutenden Herzen für meine Wand basteln. Mom wäre begeistert.

Ich werfe meinen Rucksack auf den Küchentisch und nehme mir ein Glas aus dem perfekt organisierten Schrank über dem Spülbecken. Wir wohnen erst seit ein paar Wochen hier, aber fast alle Kisten sind schon ausgepackt und unsere Sachen fein säuberlich in Schränken und Kommoden verstaut. Sergeant Nina Flores erledigt alles mit militärischer Präzision.

Ich fülle das Glas mit Wasser und trage es zum Zimmer meiner Großmutter am Ende des Flurs. Ich klopfe an, bevor ich leise und vorsichtig ihre Tür öffne.

»Hola, abuela«, begrüße ich sie, während ich die Tür mit dem Ellbogen wieder zuschiebe und in der Dunkelheit blinzele. Licht tut Großmutter in den Augen weh, deshalb haben wir schwere Vorhänge vor die Fenster gehängt, um die Sonne abzuhalten, und ein Tuch über die Stehlampe geworfen, damit es in ihrem Zimmer angenehm schummrig bleibt. Durch das Tuch wird der Raum in ein rotes Licht getaucht und es dauert einen Moment, bis sich meine Augen daran gewöhnt haben.

Vorsichtig gehe ich zu ihrem Nachttisch hinüber und hole die Plastikdose mit ihren Tabletten heraus. Großmutter sitzt aufrecht im Bett und umklammert mit zitternden Händen ihren Rosenkranz. Sie starrt geradeaus und bewegt wortlos die Lippen, während sie die Perlen durch ihre Finger schiebt.

Früher war sie schön, aber es ist schwer, das jetzt noch zu erkennen. Vor ein paar Jahren hat ein Schlaganfall die Muskeln ihrer rechten Körperhälfte gelähmt. Ihre Haut hängt wie schmelzendes Wachs von den Knochen ihres Gesichts und auch ihre Wangen sind so schlaff, dass ich die trüb-weiße untere Hälfte ihres Augapfels und die blutrote Innenseite ihres Augenlids sehen kann. Die rechte Seite ihres Mundes ist zu einer verzerrten Grimasse erstarrt, die überhaupt nicht zu der lächelnden Großmutter passt, an die ich mich erinnere.

Ich zwinge mich, die Tabletten zwischen ihre spröden Lippen zu stecken, und hebe dann das Wasserglas an ihren Mund, damit sie einen Schluck trinken kann. Sie ist immer noch dieselbe Großmutter, die mir zum Geburtstag lustige kleine Gedichte auf Spanisch geschickt hat, muss ich mich selbst erinnern.

Wasser läuft aus ihrem rechten Mundwinkel. Ich wische es mit meinem Ärmel weg und drücke ihre papierne, weiche Hand. Ihr rauer Atem durchbricht die Stille im Raum, gefolgt vom Klick-klick der hölzernen Rosenkranzperlen auf dem Tisch, der an ihrem Krankenhausbett befestigt ist. Sie hat seit dem Schlaganfall kein einziges Wort mehr gesprochen.

»Okay, Zeit fürs Training«, sage ich und stelle das Wasserglas auf ihrem Nachttisch ab. Ich schlage ihre Bettdecke zurück, strecke vorsichtig ihr rechtes Bein und schiebe es dann langsam nach oben, um ihr Knie durchzudrücken, damit sich ihre Muskeln nicht abbauen. Ich mache das dreimal am Tag, genau wie ihre letzte Krankenschwester es mir gezeigt hat. In Friend konnten wir noch keine neue Pflegerin für sie finden.

»Es würde dir hier sehr gefallen, weißt du?«, sage ich und lege ihr Bein ab. Ich decke es wieder zu und mache mit dem anderen weiter. »An der Tankstelle verkaufen sie Statuen der Heiligen Jungfrau.«

Großmutters Rosenkranzperlen klicken auf dem Tisch wie der Sekundenzeiger einer Uhr. Sie kriegt es nie richtig mit, wenn ich mit ihr trainiere. Ich bin mir nicht sicher, ob sie ihre Beine überhaupt noch spüren kann.

»Und es ist heiß hier.« Ich umfasse ihren Knöchel und strecke ihr Bein ganz sanft aus. »Erinnerst du dich noch an diesen einen Sommer in Mexiko, als es so heiß war, dass wir versucht haben, Kekse auf dem Fensterbrett zu backen?«

Das Klicken von Großmutters Rosenkranz ist meine einzige Antwort. Ich schlucke den Rest meiner Geschichte hinunter und lasse die Frage im Raum stehen und sie schwebt unbeantwortet zwischen uns in der Luft. Ich stelle mir vor, wie Großmutter am Fenster steht und zusieht, wie die Kekse in der Hitze Blasen werfen. Das war vor dem Schlaganfall, als sie noch stark und schön war. Als sie sich nach vorne gebeugt hat, ist das dicke goldene Kreuz, das sie immer trug, in die Kekse gebaumelt und war komplett mit klebrigem Teig bedeckt. Sie hat mir das Kreuz gegeben und ich durfte es abschlecken wie einen Löffel.

Ich lege auch ihr linkes Bein wieder aufs Bett zurück und breite die Decke darüber. Großmutter hat immer gesagt, sie würde mir dieses Kreuz eines Tages schenken. Sie hat es seit dem Schlaganfall nicht mehr getragen.

Ich klappe den Pappkarton auf, der auf dem Stapel neben ihrem Bett steht und auf den Mom KLEIDUNG & SCHMUCK geschrieben hat. Ich wühle durch Sommerkleider, bis ich auf Großmutters Schmuckschatulle stoße, die ganz zuunterst begraben liegt. Als ich sie öffne, finde ich eine verhedderte Kugel aus echten und falschen Perlen und dünnen Silberketten. Ich entwirre sie vorsichtig, bis ich das klobige Goldkreuz befreit habe.

»Wunderschön«, murmele ich und lege das Kreuz um meinen Hals. »Was meinst du, Großmutter? Gefällt's dir?«

Ein Speichelfaden trieft aus Großmutters Mund. Ich senke meinen Arm und zucke zusammen, als ich ihn mit meinem Ärmel wegwische. Unten wird die Haustür geöffnet und wieder geschlossen. Schritte knarren in der Diele.

»Sofia?«, ruft meine Mom.

»Bis später, abuela«, flüstere ich Großmutter zu, bevor ich in den Flur hinausschlüpfe.

Mom steht mit dem Rücken zu mir in der Küche. Neben ihr auf der Arbeitsplatte liegt eine Tüte mit Einkäufen.

»Mein Kurs ist ausgefallen, also war ich noch schnell im Supermarkt«, sagt sie, als ich hereinkomme, und verstaut eine Milchtüte im Kühlschrank. Ihre grünen OP-Klamotten mit Tarnmuster hängen locker an ihrem dünnen Körper herunter und auf ihrem Rücken zeichnen sich winzige Schweißflecken ab. »Wusstest du, dass sie an der Kasse direkt neben den Klatschzeitungen auch Bibeln verkaufen?«

»Die haben Nerven«, erwidere ich und spiele mit. Mom bemerkt meinen Sarkasmus nicht. Sie schüttelt den Kopf und macht die Kühlschranktür zu. Ich räuspere mich. »Mein erster Tag war ganz okay.«

»Was?«, fragt sie und blinzelt mich an. Durch den kurzen schwarzen Pferdeschwanz spannt sich die Haut rund um ihr Gesicht ganz straff und lässt ihren verwirrten Ausdruck viel ernster wirken. Als sie sich schließlich erinnert, entspannt sich ihr Gesicht wieder. »Richtig, deine neue Schule. Hast du schon Freunde gefunden?«

Sie sagt das so fröhlich und positiv, das man meinen könnte, ich fände jedes Mal, wenn wir umziehen, ein Dutzend neuer Freunde. In Wahrheit kann ich von Glück sagen, wenn ich ein oder zwei Leute finde, mit denen ich in den paar Monaten, die wir da sind, abhängen kann.

Ich betrachte Moms Gesicht einen Moment lang, um herauszufinden, ob sie versucht, mich aufzumuntern, oder ob sie einfach nur keine Ahnung hat. »O ja. Hunderte«, antworte ich schließlich. »Sie haben den heutigen Tag sogar in Sofia-Flores-Tag umbenannt. Morgen krieg ich dann eine Parade.«

Mom öffnet den Mund – wahrscheinlich, um mir zu sagen, dass ich auf meinen Tonfall aufpassen soll –, aber dann fällt ihr Blick auf meinen Hals. Sie zeigt auf das Kreuz, das ich immer noch trage.

»Was ist das?«, fragt sie. Ohne meine Erklärung abzuwarten, streckt sie ihre Hand aus.

Es hat keinen Sinn, mit ihr zu diskutieren. Also streife ich die Kette mit dem Kreuz über meinen Kopf und lege sie in ihre offene Hand. »Ich fand sie einfach hübsch.«

»Sie soll aber nicht hübsch sein.« Sie seufzt und steckt das Kreuz in ihre Hosentasche.

Ich presse die Lippen zusammen. Manchmal frage ich mich, wie es überhaupt möglich ist, dass sie und Großmutter verwandt sind.

Ich gehe zum Küchentisch und packe meine Schulbücher aus,

während Mom nach oben geht, um Großmutters Kreuz in ihre Schmuckschatulle zurückzulegen. Schweigend erledige ich meine Hausaufgaben.

Später in dieser Nacht, als ich sicher bin, dass Mom schläft, krabbele ich aus meinem Bett und schleiche mich barfuß in Großmutters Zimmer. Ich nehme das Kreuz aus dem Pappkarton. Großmutter starrt geradeaus und blinzelt kein einziges Mal, während ich es in meinen Rucksack stecke. Die eine Hälfte ihres Mundes bewegt sich zu dem ewig gleichen wortlosen Gebet, während die andere Hälfte verzerrt bleibt. Wie eingefroren.

Das einzige Geräusch, das ich höre, als ich ihre Zimmertür hinter mir zuziehe, ist das *Klick-klick-klick* ihrer Rosenkranzperlen, das in der Dunkelheit widerhallt.

3. Kapitel

Am folgenden Tag zwänge ich mich zwischen der dritten und vierten Stunde in eine der schmalen grünen Kabinen in der Mädchentoilette. Schwarze und silberne Filzstiftkritzeleien bedecken die Tür und erklären mir, dass Erika eine Schlampe ist und dass mir eine verlorene Liebe sowieso nie gehört hat. Abgerolltes Klopapier liegt quer über den schwarz-weißen Fliesen. Als ich den Riegel vorschiebe, höre ich, wie sich die Toilettentür mit einem Knarren öffnet.

»Sofia?« Die Stimme erschreckt mich und ich stehe zu schnell wieder auf und knalle mit dem Ellbogen gegen den Toilettenpapierhalter aus Plastik. »Komm raus. Komm raus, wo immer du bist.«

»Riley?« Meine Stimme hallt von den Wänden der Toilette wieder. Ich habe an diesem Morgen gar nicht nach Riley und ihren Freundinnen Ausschau gehalten, weil ich angenommen habe, dass das Mittagessen gestern eine einmalige Sache war. Dass sie nur Mitleid mit mir hatten und mir zeigen wollten, dass es an der Adams High nicht nur Tierverstümmelungen und satanische Rituale gibt. Trotzdem fummele ich hektisch am Türschloss herum und stoße die Tür auf.

Riley steht über eines der Waschbecken gelehnt und rückt den Seidenschal um ihren Hals zurecht. In ihrer ärmellosen Bluse und der hüfthohen Hose sieht sie aus wie Audrey Hepburn. Die Neonlampe über uns flackert.

»Mir gefällt deine Kette«, sagt Riley, als sie meinen Blick im Spiegel einfängt und sich eine perfekte braune Locke hinters Ohr steckt.

Ich berühre das Kreuz, das um meinen Hals hängt.

»Danke.«

»Wir haben gesehen, wie du hier reingegangen bist«, erklärt Alexis. Sie stellt ihre weiße Lederhandtasche neben dem schmutzigen Porzellanwaschbecken ab und holt einen pfirsichfarbenen Lippenstift heraus. Ihr dünnes blondes Haar breitet sich auf der Ablage aus, als sie sich nach vorne beugt, um ihre Lippen anzumalen. »Wir dachten, wir sagen mal Hallo.«

Grace schließt die Tür und Riley zieht einen ihrer ledernen Ballerinas aus und klemmt ihn unter den Türrahmen. Sie rüttelt an der Tür, aber sie bewegt sich nicht.

»So. Jetzt kann uns keiner mehr überraschen.«

Ich öffne den Mund, um zu fragen, wer uns denn überraschen könnte, aber dann fallen mir Brooklyn und die tote Katze ein und ich mache den Mund wieder zu. Grace lehnt sich gegen das avocadogrüne Bord. Heute hat sie ihre schwarzen geflochtenen Zöpfe hinter einem Stirnband mit Leopardenmuster versteckt und trägt goldene Plateausandalen, die sie weitere zwölf Zentimeter größer machen.

Riley legt ihre Hände auf meine Schultern. »Sof, weißt du eigentlich, wie hübsch du bist?«, fragt sie. »Mädels, ist Sofia nicht hübsch?«

»Du bist so hübsch«, säuselt Alexis und steckt den Deckel wieder auf ihren Lippenstift.

»Danke«, sage ich und betrachte die Mienen der anderen prüfend im Spiegel. Wollen sie mich verarschen? Mein Haar glänzt zwar ganz schön und meine Haut wirkt in der Sonne manchmal richtig golden, aber diese Mädchen hier sind perfekt. Ihre Haut sieht taufrisch und vollkommen porenfrei aus, sogar unter dem grellen Neonlicht der Mädchentoilette, das speziell wissenschaftlich entwickelt wurde, um uns alle wie Zombies wirken zu lassen.

Ich lächele und schüttele den Kopf. Es ist völlig klar, dass sie nur nett sein wollen.

Riley zieht das Haarband von meinem Pferdeschwanz und kämmt mit ihren Fingern durch meine Locken.

»Schau mal, wie viel besser es offen aussieht«, sagt sie. Sie hat recht – es sieht offen besser aus, aber ich habe es mir zu einem Zopf zusammengebunden, damit es sich in der Mississippi-Hitze nicht kräuselt. Schon jetzt bildet sich in meinem Nacken eine dünne Schweißschicht.

Alexis lässt den Lippenstift wieder in ihre Handtasche fallen und holt einen Flachmann heraus. Ich hätte nie gedacht, dass ich mal einen Flachmann als niedlich bezeichnen würde, aber ihrer ist winzig und silbern, mit seitlich eingraviertem Blumen- und Rankenmuster. Sie trinkt einen Schluck und reicht die Flasche dann an Grace weiter.

»Ihr trinkt?«, frage ich.

»Wir empfangen die Kommunion«, antwortet Grace. Sie schließt die Augen und setzt den Flachmann an ihre Lippen.

»Gehst du denn nicht in die Kirche, Sof?« Riley sieht mein

Spiegelbild mit einem Stirnrunzeln an. Ihre Finger stecken noch immer in meinem Haar.

»Meine Mom mag die Kirche nicht«, antworte ich. »Aber meine Großmutter ist katholisch, deshalb weiß ich, was die Kommunion ist.«

Alexis kichert und hält mir den Flachmann hin, aber Grace schnappt ihn sich, bevor ich danach greifen kann.

»Wartet«, sagt sie. »Sofia kriegt nichts. Wisst ihr nicht mehr? Ihr zwei habt mich die Flasche noch nicht mal anfassen lassen, bevor ich *mit dem Blut des Lamms getauft* war.«

Die letzten Worte spricht sie mit einem starken Mississippi-Akzent. Alexis wirft mit einem zusammengeknüllten Klopapierball nach ihr. »So klinge ich überhaupt nicht«, beschwert sie sich.

»Grace hat recht. Du kannst die Kommunion nicht empfangen, solange du Jesus Christus nicht als deinen Herrn und Retter annimmst.« Rileys Stimme klingt hell und leicht, aber aus ihren Augen spricht Kälte. Sie sieht mich an und rümpft die Nase.

»Stimmt, das hat meine Großmutter mir auch erzählt«, erwidere ich. Mom hat mich nicht taufen lassen, aber ich bin trotzdem oft mit Großmutter in die Kirche gegangen. Wenn die anderen die Kommunion empfangen haben, hat der Priester immer eine Hand auf meinen Kopf gelegt und für mich gebetet, anstatt mir eine Hostie und Wein zu geben.

Als ich wieder aufschaue, schaut Riley mich im Spiegel an. »Weißt du, wir könnten es gleich jetzt machen, wenn du willst. Dich taufen.«

Ich stoße ein kurzes Lachen aus, weil ich mir sicher bin, dass sie Witze macht. Aber Rileys Gesicht bleibt todernst.

»Ihr wollt mich hier taufen?«, platze ich heraus. »Auf der Toilette?«

»Wir haben ein Becken«, erwidert Riley schulterzuckend.

»Und du weißt, was wir sagen müssen, oder, Alexis?« Bevor Alexis antworten kann, dreht Riley den Wasserhahn auf und verstöpselt das Waschbecken. Wasser ergießt sich in das fleckige weiße Porzellan.

»Aber brauchen wir nicht einen Priester, damit es auch echt ist?«, frage ich.

Riley fährt mit dem Finger über eine meiner Locken. »Für uns wird es echt sein«, antwortet sie. »Als ob wir Blutsschwestern werden. Dann wissen wir alle, dass du zu uns gehörst.«

Ich kratze ein bisschen an meiner Nagelhaut herum und tue so, als würde ich über die ganze Sache nachdenken. In meiner letzten Schule hatte ich genau eine Freundin und das Coolste, was wir je zusammen gemacht haben, war, bis spät in die Nacht aufzubleiben und uns Wiederholungen von *California High School* anzuschauen.

»Legen wir los«, sage ich. Hinter Riley füllt sich das Waschbecken. Wasser tropft über die Seiten auf den Boden. Grace lehnt sich vor und dreht den Hahn zu.

»Vorsichtig«, sagt sie, aber Riley scheint sie nicht zu hören. Sie grinst mich an und sieht so aufgeregt aus, dass ich auch lächeln muss.

»Okay, kreuz deine Arme so.« Riley verschränkt die Arme wie ein X vor ihrer Brust, während sie Alexis' Flachmann immer noch in einer Hand hält. Ich tue es ihr nach. »Gut«, sagt sie. »Und jetzt geh in die Hocke und beug dich über das Waschbecken. Alexis, du musst ihren Kopf mit Weihwasser benetzen.«

»Das ist kein Weihwasser«, wirft Grace ein. Riley kippt Alexis' Flachmann mit dem Wein über dem Wasser aus. Ein rotes Rinnsal ergießt sich über die Oberfläche und breitet sich aus wie Blut.

»Der Wein ist gesegnet«, sagt Riley. »Das ist genau dasselbe.«

Ich stoße ein nervöses Kichern aus, als Alexis ihre Finger ins

Wasser taucht. Eine blonde Wimper klebt an ihrer Wange und malt einen winzigen goldenen Halbmond auf ihre Haut.

»Sofia, ich taufe dich im Namen des Vaters, des Sohnes und des Heiligen Geistes.« Sie berührt mit ihrem Finger meine Stirn, meine Brust und meine Schultern.

»Amen«, sagt Riley. Sie legt die eine Hand in meinen Nacken, die andere auf meine verschränkten Arme. Ich schließe die Augen und überlege, ob ich beten soll.

Bevor ich eine Entscheidung treffen kann, drückt Riley meinen Kopf ins Waschbecken.

Das Wasser schlägt mir wie eine Ohrfeige ins Gesicht. Ich reiße die Augen auf, schnappe reflexartig nach Luft und flute damit sofort meine Lungen. Ich muss würgen und immer wieder heftig und abgehackt husten. Das Wasser füllt sich mit Blasen und ich sehe alles nur noch ganz verschwommen. Ich blinzele wie wild und starre auf den Stöpsel im Ausguss des Waschbeckens.

Ich versuche, den Kopf zu heben, aber Rileys Hand lastet wie ein Gewicht auf mir. Ich drücke meine Finger gegen den Rand des Waschbeckens. Die Blasen vor mir verwandeln sich in Punkte und mir wird schwarz vor Augen. Meine Finger lösen sich von der Kante des Beckens, als ich beginne, das Bewusstsein zu verlieren, aber dann nimmt Riley endlich ihre Hand weg. Ich schleudere meinen Kopf aus dem Wasser, schnappe heftig nach Luft und huste. Mein Haar hängt in triefend nassen, zusammengeklebten Strähnen vor meinen Augen.

Jemand schiebt es aus meinem Gesicht. Ich blinzele und sehe Riley vor mir und ihre klaren, blassen Augen leuchten vor Aufregung.

»Oh, Sof, ist alles okay? Du hast das so toll gemacht!«

»Ich glaube, ich hab's überlebt«, keuche ich. Am Rand meines Blickfelds tanzen immer noch grelle Lichtpunkte, aber Rileys

Lächeln ist herzlich, aufrichtig. Sie beugt sich vor und küsst mich auf die Wange.

»Jetzt bist du eine von uns«, verkündet sie. Ihre Worte entzünden eine Wärme in mir, die wie ein Streichholz flackert. Ich bin eine von ihnen.

»Jetzt bist du gerettet«, fügt Riley hinzu.

4. Kapitel

»Buh!«

Ich schrecke hoch, als ich plötzlich die Stimme höre, und lasse meinen Zeichenstift auf den Boden fallen. Grace springt hinter der Holzbank hervor, auf der ich sitze, und krümmt sich vor Lachen.

»Man kann dir so leicht Angst einjagen«, zieht sie mich auf.

»Vielleicht bist du einfach sehr furchteinflößend.« Ich hebe den Stift wieder auf und werfe ihn nach ihr. Als er an ihrer Schulter abprallt, hebt Grace die Hände, um mir zu zeigen, dass sie sich ergibt.

»Hey! Ich komme in Frieden. Riley wollte, dass ich dich suche.«

»Ach ja?« Mom ist heute mit Großmutter zum Arzt gefahren, deshalb muss ich nach der Schule nicht sofort nach Hause rennen. Alles, was dort auf mich wartet, sind die Reste unseres gestrigen Abendessens. Grace' Augen leuchten verschmitzt.

»Warum?«

Sie rückt ihr Stirnband mit Leopardenmuster gerade, setzt sich neben mich auf die Bank und sieht zu den Basketballringen vor uns. Der Basketballplatz im Freien ist weitaus weniger beeindruckend als das Footballstadion. Der Beton ist gerissen und abgenutzt und die Körbe bestehen nur aus Eisenringen ohne Netze. Die einzigen anderen Schüler, die sich auf dem Platz herumtreiben, sind klischeemäßige Faulenzer, die heimlich Zigaretten rauchen und einen Tetrapak Billig-Eistee kreisen lassen.

»Wir gehen zum Haus«, antwortet Grace. »Willst du mitkommen?« Ihre Fingernägel sind blau lackiert und leuchten neben ihrer dunklen Haut wie Neon.

»Wessen Haus?«, frage ich.

»Mach dir nicht gleich ins Hemd. Das wirst du dann schon sehen.« Grace zwinkert mir zu. »Und du wirst es lieben.«

Ich packe meinen Stift und meinen Skizzenblock ein und folge Grace durch mehrere Reihen typischer Vorstadthäuser, auf deren Veranden überall Mississippi-Flaggen wehen. Durch die extrahohen Plateausohlen der Sandalen, die sie sich an ihre ohnehin langen, dünnen Beine geschnallt hat, sehen Grace' Bewegungen aus wie die einer Gazelle.

»Genau das liebe ich an Kleinstädten«, sagt sie, während wir weitergehen. »Schau dir nur mal an, wie sicher und langweilig diese ganze Gegend ist. Damals in Chicago hätte mein Dad die Polizei gerufen, wenn ich nicht sofort nach der Schule nach Hause gekommen wäre. Aber hier?« Grace breitet ihre Arme aus und dreht sich mitten auf der Straße im Kreis. »Niemand denkt, dass wir hier in Schwierigkeiten geraten könnten. Kannst du die Freiheit nicht auch schmecken, Sof?«

»O ja«, antworte ich. »Sie schmeckt nach …«

»Rotwein«, unterbricht mich Grace. »Und Schokolade.«

Ich lache und beginne zu joggen, um mit ihren langen Schritten mitzuhalten. »In der achten Klasse hab ich ein paar Monate in Washington gewohnt. Meine Freundinnen und ich haben einmal die Schule geschwänzt – nur einmal –, aber meine Lehrerin dachte, wir seien entführt worden.« Ich beschließe, ihr nicht zu erzählen, dass das während meiner sehr kurzen Gothic-Phase passiert ist und wir die Schule geschwänzt haben, um uns falsche Ausweise zu besorgen, damit wir zum Konzert einer Band in den Club Trash gehen konnten. »Der Rektor hat die Polizei gerufen und alles.«

»Nicht schlecht«, sagt Grace und lacht. »Dann bist du oft umgezogen? Sind deine Eltern beim Militär?«

»Ja.«

»Meine auch«, erwidert Grace. »Mein Dad ist Ingenieur bei den Pionieren. Wir sind mein ganzes Leben lang alle zwei Jahre umgezogen, bis er der Ansicht war, ich müsste eine *authentische Highschool-Erfahrung* machen. Was immer das auch bedeuten soll.«

Ich kicke mit meinem Turnschuh einen Stein weg und sehe zu, wie er über den staubigen Gehweg hüpft.

»Und dir gefällt es hier? Wird diese ganze Sicher-und-langweilig-Sache denn nie öde?«

»Nicht, wenn man kreativ an sie rangeht«, antwortet Grace und lächelt verschmitzt. »Ehrlich, ich hab auch nicht erwartet, dass es mir hier gefallen würde. Als wir hergezogen sind, haben sich ein paar rassistische Arschlöcher an der Schule über meine Haare lustig gemacht. Aber dann fing ich an, mit Riley rumzuhängen, und sie hat allen klargemacht, dass jeder, der mich schikaniert, dafür bezahlen wird.« Grace schüttelt den Kopf, als könne sie es noch immer nicht glauben. »Wenn an meiner alten Schule jemand irgendwelchen Scheiß erzählt hat, hast du einfach den Mund gehalten und gehofft, dass es bald wieder aufhört. Weißt du, was ich meine?«

»Ja«, antworte ich. Sofort fühle ich mich an meine letzte Schule und Lila Franks hohes, hyänenartiges Lachen erinnert. »Meine alte Schule war genauso.«

»Tja, Riley lässt sich das nicht bieten. Ich würde für dieses Mädchen durchs Feuer gehen.«

»Was ist mit Alexis?«, will ich wissen.

»Sie ist ein echter Schatz. Aber praktisch Rileys Doppelgängerin.« Grace verdreht die Augen. »Eigentlich ist es ganz süß. Du wirst schon sehen.«

Grace überquert ein Grundstück mit plattgewalzter Erde und duckt sich unter ein paar Bäumen durch. Die Landschaft breitet sich wie eine Flickendecke vor uns aus. Sie ist verstörend leer: nichts als platte Erde und kurvenreiche Asphaltstraßen, die allesamt ins Nichts führen. Das Land ist so flach, dass ich die ganze Baugegend überblicken kann, bis zu einer Reihe kahler Bäume in der Ferne, die noch nicht von Bulldozern plattgewalzt wurden.

Ich folge Grace über einen Block mit leeren Grundstücken und verlassenen Baustellen. Am Ende der Straße, die in einer Sackgasse endet, stehen zwei Häuser nebeneinander. Das erste ist noch nicht gestrichen und dort, wo die Türen und Fenster sein sollten, sind schwere Plastikplanen befestigt. Wenn der Wind sie erfasst, blähen sich die Plastikplanen auf und fallen dann wieder in sich zusammen.

Das zweite Haus sieht beinahe fertig aus, abgesehen von dem Holz, das unter der streifigen weißen Farbe durchschimmert. Grace steigt die Stufen hinauf, als wäre sie die Hausherrin.

»Die ganze Wohnsiedlung hier gehört der Firma von Rileys Dad«, erklärt sie. »Das Land, die Baumaschinen – alles. Anscheinend wurden die Häuser nie verkauft, nachdem die Wirtschaft eingebrochen ist, und jetzt stehen sie nur hier rum und nehmen Platz weg. Weil sie genaugenommen Rileys Familie gehören, leihen wir sie uns hin und wieder aus.«

Ich grinse und folge ihr die Treppe hinauf. Ein verlassenes Haus, umgeben von leerem Land, hat definitiv das Potenzial, nicht langweilig zu sein. »Ich hab gehört, andere Jugendliche müssen die Zeit in ihren Zimmern totschlagen.«

»Arme Jugendliche«, erwidert Grace. Auf der Veranda bleibt sie zögernd stehen. »Das hätte ich ja beinahe vergessen: Erwähne Josh nicht, es sei denn, Riley fängt selbst von ihm an.«

Ich runzle die Stirn, mit einem Mal völlig verwirrt. »Warte mal, wen?«

Grace bleibt wieder stehen und legt eine Hand an die Tür. »Josh ist Rileys Freund. Sie hatten nach dem Mittagessen einen riesigen Streit und jetzt ist Riley total sauer auf ihn. Darum sind wir hier. Ri braucht einen Mädelsabend.«

»Alles klar – kein Josh«, versichere ich.

Grace stößt die Tür auf und wir betreten gemeinsam das schattige Wohnzimmer. Das Nachmittagslicht dringt durch die Fenster herein, aber wegen der trüb-blauen Plastikplanen vor den Scheiben ist es trotzdem dunkel. Vor meinen Augen verschwimmt alles und ich muss ein paar Mal blinzeln, bevor ich wieder richtig sehen kann. Ich höre, wie jemand im Dunkeln umhertastet und kichert, und dann erwacht zischend eine Petroleumlampe zum Leben und der Raum wird in ein goldenes Licht getaucht. Alexis greift nach der blauen Laterne und kommt damit zu uns rüber.

»Hey, Sof.« Sie legt einen Arm um meine Schultern und drückt mich an sich. Die Ärmel ihres weißen Spitzen-Etuikleids kratzen an meinem Hals. »Ooh, ich wollte schon längst mal was Schönes mit deinen Haaren machen«, sagt sie, als sie sich wieder von mir löst.

»Pass bloß auf, dass sie deine Haare nicht in die Finger kriegt!«, warnt mich Grace. »Bei ihrer Vorstellung von *schön* dreht sich alles um zurückgekämmtes Haar und Haarspray.«

Alexis zieht eine Schnute. »Bei dir hört sich das an, als wär ich total trashig. Dein *Farbenblinde-Diva-Look* steht leider nicht jedem.«

»Hey, kein Grund, sich über mein Outfit auszulassen«, entgegnet Grace. Ich verstehe, was Alexis meint. Jede andere, die sich in Grace' blauem Paillettenshirt, der Lederjacke und dem Leoparden-Stirnband auf die Straße wagen würde, sähe aus, als hätte sie sich im Dunkeln angezogen. Aber Grace sieht darin umwerfend aus.

»Wo ist Riley?«, frage ich und schaue mich um. Schlafsäcke und Kissen liegen überall im Wohnzimmer verstreut und eine umgedrehte Milchkiste dient als Beistelltisch, auf dem neben einer Bibel eine leere Weinflasche steht. Aus Zeitschriften ausgeschnittene Bilder von irgendwelchen Kerlen und Postkarten von alten europäischen Kirchen bedecken die Wände, zusammen mit unzähligen Fotos von Riley, Alexis und Grace.

Ich hebe die Ecke eines Posters an, das aus einer Zeitschrift herausgetrennt wurde, und entdecke ein Foto von Riley und Alexis als kleine Mädchen, beide mit langen, dürren Beinen und albernen Schleifen im Haar. Sie sind genau gleich angezogen.

»Lexie und ich sind schon immer befreundet«, sagt Riley. Ich erschrecke und wirbele herum – ich habe gar nicht gehört, dass sie hinter mir ist. Sie ist barfuß, trägt ein seidiges Kimono-Kleid und ihre Locken fallen wild auf ihre Schultern. Es ist, als hätte sie sich extra für uns schick gemacht. »Gefällt dir unsere Wand?«

»Sie ist toll«, antworte ich und lasse meinen Blick über die

Bilder schweifen. Robert Pattinsons Gesicht lugt unter ein paar Schnappschüssen aus einem Fotoautomaten, Kinokarten und Aufklebern hervor. Ich kichere. »Was ist das?«

»Grace war ungefähr einen Tag lang wahnsinnig in ihn verknallt«, klärt Alexis mich auf und streckt sich auf dem Boden aus. »Aber jetzt hat sie nur noch Augen für Tom.«

»Halt die Klappe«, sagt Grace und schleudert ein Kissen nach Alexis. Alexis fängt es auf und schiebt es unter ihren Kopf.

»Ooh, wer ist Tom?«, frage ich und Grace' Wangen werden ganz rot.

»Er ist der ältere Bruder von meinem Freund«, erklärt Riley. »Wir kennen uns alle, seit wir sieben sind oder so.«

Grace räuspert sich.

»Entschuldigung«, fügt Riley hinzu. »Alle außer Grace. Wir anderen waren schon als Kinder zusammen am See. Siehst du?«

Riley lehnt sich vor, um ein Foto glattzustreichen, auf dem sie mit Alexis und zwei Jungs vor einem riesigen Haus zu sehen ist. Das Haus ist grau und sieht sehr modern aus, mit stahlgrauer Verkleidung und gigantischen Fenstern, die vom Boden bis zur Decke reichen. Alles an dem Haus sieht elegant und durchgeplant aus, vom Mercedes-Geländewagen, der davor parkt, über die perfekt geschnittenen Bäume mit ihren dichten Blättern, die auf dem Rasen verstreut stehen, bis hin zu dem langen Holzsteg, der sich kunstvoll in einen klaren, stillen blauen See erstreckt.

»Das war im Haus meiner Familie am Lake Whitney«, erklärt sie.

Ich beuge mich vor, um das Foto genauer zu betrachten. Alexis und Riley liegen auf dem Gras, braun gebrannt und wunderschön in ihren knappen Bikinis, während sich ihr strandgetrocknetes Haar in sanften Wellen auf ihre Schultern ergießt. Zwischen ihnen sitzt der süße Junge aus der Mensa.

»Hey, den kenne ich« sage ich und zeige auf Charlie. Er trägt ein feuchtes weißes T-Shirt zu seiner Badehose und sein sonst so zerzaustes Haar klebt glatt an seinem Kopf, so als sei er gerade aus dem See gestiegen.

Ich drehe mich zu Riley um, aber sie schaut nicht auf Charlie. Ihr Blick ruht auf dem lässigen Jungen neben ihm. Er hat ein gespaltenes Kinn und sein Haar hängt ganz zottig in seinen Nacken und seine Stirn. Der berüchtigte Josh, wie ich annehme.

Riley schürzt die Lippen und drückt einen Finger auf Joshs Gesicht, sodass ich nur noch sein Polohemd sehen kann.

»Schlimmer Streit?«, frage ich. Ich weiß, dass Grace gesagt hat, dass ich ihn nicht erwähnen soll, aber geht es heute Abend nicht genau darum?

»Schlimm genug, dass ich entweder mit dem Idioten Schluss machen oder vergessen muss, wie stinksauer ich auf ihn bin.« Riley schnappt sich eine halb leere Weinflasche, die hinter einem zusammengerollten Schlafsack steht. Sie winkt mir damit zu. »Rat mal, wofür ich mich entscheide.«

»Vergessen mithilfe von Wein? Das kann ich nur befürworten«, sage ich.

»Wusstest du, dass wir seit drei Jahren zusammen sind?«, fragt sie. Riley zieht den Korken aus der Flasche. Mit ihrem sexy Kleid und den wilden Locken sieht sogar Liebeskummer romantisch an ihr aus. »Wir waren so verliebt. Wie Romeo und Julia.«

»Romeo und Julia sind am Ende des Stücks gestorben, Ri«, wirft Grace ein. Sie hockt sich neben die Milchkiste und holt eine Tüte Karamellpopcorn und einen Plastikbecher Nutella heraus. »Kein gutes Zeichen.«

»Wie auch immer.« Riley setzt die Weinflasche an ihren Mund und nimmt einen großen Schluck. »Das ist nur ein kleines Tief. Josh und ich sind für die Ewigkeit bestimmt.«

Grace reicht mir Karamellpopcorn und Nutella. »Das isst man so«, sagt sie, schraubt den Deckel vom Becher, wirft ein bisschen Karamellpopcorn hinein und rührt mit einem Löffel um. »Das schmeckt himmlisch. Ehrlich.«

Ich probiere zögerlich. Es schmeckt salzig und süß und knusprig, alles auf einmal. Ich mampfe weiter. Einer von Rileys Mundwinkeln hebt sich zu einem Lächeln.

»Also, was läuft da mit dir und Charlie?«

»Was?« Ich schiebe mir noch einen Löffel Nutella und Karamellpopcorn in den Mund, um zu verstecken, wie peinlich mir die Frage ist. »Es gibt kein Charlie und ich«, sage ich und schlucke.

»O bitte. Ich hab doch gesehen, wie du sein Foto mit den Augen ausgezogen hast.« Riley lässt sich auf einen Berg aus Kissen fallen und führt die Weinflasche noch einmal zum Mund. »Du *willst* ihn.«

»Ist Sofia jetzt schon verknallt?«, hakt Alexis nach.

»Ich bin nicht verknallt«, widerspreche ich energisch und mit jedem Wort kriecht die Hitze in meinem Nacken ein Stück höher. »Ich mag einfach nur … seine Arme.«

Alexis fällt lachend in die Kissen zurück und Grace schmatzt mir Kussgeräusche ins Gesicht, als ich ihr den Löffel und die Nutella zurückgebe.

»Hach, welch fabelhaften Geschmack du doch hast. Charlie ist 'ne Zehn.« Riley streicht ihr Kleid über ihren Oberschenkeln glatt. »Ich könnte das wahrscheinlich für dich klarmachen. Wenn du willst.«

»Es klarmachen?«, frage ich. »Wir sind doch keine Hunde. Du kannst uns nicht in irgendein Zimmer sperren und hoffen, dass wir uns paaren.«

»Kann ich nicht?« Riley fixiert mich mit ihren blassblauen Augen und mir wird sofort klar, wie falsch ich damit liege. Riley bekommt ganz eindeutig immer, was sie will. Ganz egal, wie verrückt es klingt.

»Warte mal 'ne Sekunde«, mischt Grace sich ein. »Wie kommt's, dass du mir dieses Angebot noch nie für Tom gemacht hast?«

»Tom weiß nicht, was zur Hölle er eigentlich will, Gray. Du könntest einen viel, viel Besseren finden. Aber Charlie ... mit Charlie könnte ich arbeiten.«

Riley drückt sich vom Boden ab, geht auf die Knie, lehnt sich vor und streicht mit dem Handrücken über meine Wange. »Und schau dir Sofia doch nur mal an. Ist sie nicht einfach wunderschön? Sie wurde dafür geboren, dass sich jemand unsterblich in sie verliebt.«

Meine Haut kribbelt unter Rileys Berührung. Ihre Worte lösen etwas in mir aus. Ich stelle mir vor, wie Charlie einen Arm um meine Schultern legt und mich zu sich heranzieht. Ich spüre die Wärme seiner Lippen auf meinen und mein ganzer Körper spannt sich vor Verlangen an. Meine bisherigen Freunde fielen eher in die Fummeln-im-Dunkeln-Kategorie. Von Liebe war nie die Rede.

Ich schüttle den Kopf, mit einem Mal peinlich berührt. »Ich bin verwirrt – ich dachte, Charlie wäre mit Brooklyn befreundet.«

Riley runzelt die Stirn und schaut mich über die Weinflasche hinweg an. »Wie kommst du denn auf *die* Idee?«

»Aus keinem bestimmten Grund. Er hat nur gestern in der Schlange beim Mittagessen Hallo zu ihr gesagt.«

Alexis' Lippen bewegen sich, während sie das Popcorn in ihrer Hand zählt. »Der Junge ist viel zu nett für diese Welt«, murmelt sie.

»Wir waren früher alle miteinander befreundet, weißt du?«, sagt Riley. »Auch Brooklyn.«

»Ich würde an dieser Stelle gerne noch einmal hervorheben,

dass das alles VG war«, wirft Grace ein. »Vor Grace. Auch bekannt als *das Dunkle Zeitalter*.«

»Und es war, bevor Brooklyn angefangen hat, sich anzuziehen, als sei sie einem Katalog von *Urban Outfitters* entsprungen«, fügt Riley hinzu und nestelt am Saum ihres Kleids herum. »Sie war mal wirklich süß, aber als wir in die Highschool gekommen sind, hat sie sich … einfach verändert.«

Ich muss daran denken, wie Brooklyn bei Rileys Anblick in der Mensa die Augen verdreht und mit einer imaginären Pistole auf ihren Kopf gezielt hat. »Warum?«

»Das weiß keiner.« Riley dreht die Weinflasche mit ihren Fingerspitzen und sie hinterlässt einen roten Ring auf dem Boden. Sie nimmt die Flasche wieder hoch und reicht sie Alexis. »Manchmal frage ich mich, ob es vielleicht ein Hilfeschrei ist. Ob Gott vielleicht will, dass wir sie retten. Wir haben alle schon versucht, mit ihr zu reden, aber sie hört einfach nicht zu. Ich schätze, zwischen uns ist einfach zu viel passiert.«

»Sie hat sich sogar Grace gegenüber schrecklich verhalten«, sagt Alexis und streckt mir die Weinflasche hin. »Und dabei kennt sie sie kaum.«

»Zu mir war sie okay«, erwidere ich. Ich lasse den Wein über meine Zunge fließen und behalte ihn im Mund.

»Echt?«, fragt Grace.

Ich zucke mit den Schultern. »Ich meine, wir haben uns nicht gegenseitig die Nägel lackiert oder so, aber sie hat mir ein Pflaster gegeben.«

Alexis gluckst. »Kannst du dir vorstellen, dir mit Brooklyn die Nägel zu lackieren? Ich wette, jedes Fläschchen Nagellack, das sie besitzt, ist schwarz.«

Alexis muss noch heftiger lachen, aber Riley setzt sich plötzlich kerzengerade auf.

»Warte mal kurz. Vielleicht solltest du das«, sagt sie. In ihren blassen Augen blitzt ein beinahe wahnsinniges, aufgeregtes Funkeln auf – und sie sieht mich direkt an. »Mit Brooklyn rumhängen, meine ich. Ich glaube nicht, dass sie dich schon mit uns gesehen hat. Du könntest herausfinden, warum sie sich in so ein Miststück verwandelt hat.«

»Du willst, dass ich sie ausspioniere?«, frage ich.

»Komm schon, Ri, verlang das nicht von ihr.« Grace wirft mit Popcorn nach Riley. »Das ist total bizarr.«

»Ich schätze, es klingt wirklich nach spionieren.« Riley lässt ihre Schultern sinken. »Sorry, Sof, ich hab's echt nicht so gemeint. Ich dachte nur, es wäre irgendwie cool, wenn wir ihr helfen könnten.«

»Klar, natürlich«, erwidere ich, aber der Gedanke geht mir nicht aus dem Kopf. Ich habe Riley und ihre Freundinnen Brooklyn vorgezogen und ich ziehe Rotwein und Nutella definitiv Tierverstümmelungen und Séancen in der Umkleidekabine vor. Trotzdem frage ich mich, wie Brooklyn wirklich ist.

Plötzlich setzt sich auch Alexis auf und lässt ihr restliches Karamellpopcorn auf den Boden fallen.

»Mädels, wir machen was anderes«, sagt sie und wischt die Popcornkrümel, die an ihren Fingern kleben, an einem der Schlafsäcke ab. »Sofia muss ja denken, dass wir die ganze Zeit nur hier rumsitzen und über Brooklyn lästern.«

»Schließ nicht von dir auf andere«, entgegnet Grace. »Ich kenne die Psycho-Frau ja kaum.«

»Gib mir die mal.« Alexis deutet auf die Weinflasche, die ich immer noch in der Hand halte, und ich reiche sie ihr. Sie nimmt einen großen Schluck.

»Okay, das ist ein Spiel, das Ri und ich als Kinder andauernd gespielt haben. Es heißt Konzentration.«

»O nein!«, stöhnt Riley und verzieht das Gesicht. »Das Spiel ist so doof, Lexie.«

»Sei still. Es ist perfekt«, wehrt Alexis sie ab. »Komm her, Grace. Du fängst an.«

Grace krabbelt zu Alexis hinüber, setzt sich vor sie hin und kneift die Augen ganz fest zusammen. Alexis klopft sachte auf Grace' Kopf und lässt dann ihre Finger über Grace' Nacken und Schultern gleiten. Grace kichert.

»Wenn ich aufhöre zu sprechen, wirst du in Trance fallen«, fährt Alexis fort und lässt ihre Finger an Grace' Wirbelsäule hinauf- und wieder hinunterwandern. »Diese Trance wird es dir ermöglichen, den wichtigsten Moment deines Lebens zu sehen, in der Vergangenheit oder der Gegenwart.«

»O Gott«, stöhne ich. Riley lacht durch ihre zusammengepressten Lippen.

»Haltet die Klappe«, sagt Alexis. »Das ist alles wissenschaftlich fundiert.«

»Ignorier sie einfach. Ich bin bereit«, versichert Grace.

»Gut. Und jetzt konzentrier dich«, flüstert Alexis. Sie haut ein paar Mal mit ihren Handkanten auf Grace' Rücken und knetet mit ihren Fingern ihren Nacken und ihre Schultern. Grace' Kopf kippt entspannt nach vorne und sie schließt die Augen. »Was siehst du?«

»Ich sehe …« Grace schaukelt vor und zurück. Ihre Augenlider flattern und ihre Lippen öffnen sich zu einem sanften Lächeln. »Ich sehe einen Strand. Er ist ganz lang und weiß. Davor erstreckt sich ein wunderschöner, glitzernder blauer Ozean.«

»Gut«, flüstert Alexis. »Was noch?«

Grace' Lächeln schwindet. »Ich bin nicht allein«, sagte sie. Ihre Stimme wirkt mit einem Mal kälter. Ich zittere. »Da ist noch jemand. Jemand, den ich nicht sehen kann.«

»Dreh dich um«, sagt Alexis. Grace nickt. Sie hört auf zu schaukeln und ihr ganzer Körper wird stocksteif. »Sieh dir an, wer hinter dir steht, Grace. Und jetzt … beschreib ihn mir.«

Grace reißt die Augen auf.

»Es ist Tom«, sagt sie und zieht die Augenbrauen hoch. »Er liegt auf einem Strandtuch, ohne T-Shirt. Er will mir helfen, meinen Rücken mit Sonnencreme einzuölen.«

Alexis haut Grace auf den Arm und Grace schnaubt vor Lachen. »Blöde Kuh«, sagt Alexis grinsend. »Okay, wer ist die Nächste? Riley?«

Riley trinkt noch einen Schluck Wein und schüttelt den Kopf. »Auf keinen Fall. Ich boykottiere das.«

Alexis verdreht die Augen. »Dann du, Sofia. Komm her.«

»Na schön«, sage ich und grinse. Ich rutsche zu Alexis hinüber und sie geht auf die Knie und legt ihre Hände auf meine Arme. Sie bohrt ihre Knöchel in meine Schultern und fährt dann mit ihren Fingern über meinen Rücken.

»Konzentrier dich«, flüstert sie, als ich die Augen schließe. »Hör auf den Klang meiner Stimme …«

Mit geschlossenen Augen bemerke ich erst, wie warm es hier drin ist. Die Hitze wabert um meine Haut und presst sich gegen meine Arme. Ich schwanke ein wenig und dann entweicht mir ein blubberndes Kichern.

Ich vertrage nichts – der Wein hat mich jetzt schon betrunken gemacht.

Alexis' Finger graben sich in meinen Rücken und ich versuche, nicht noch einmal zu lachen. Es kitzelt. Die beiden anderen Mädchen sind verstummt. Ich will die Augen öffnen und sehen, was sie machen, aber meine Lider sind so schwer. In meinem Kopf dreht sich alles. Mein Gott, wie viel Wein hab ich denn getrunken? Allmählich wird mir schwindelig …

»Konzentrier dich«, wiederholt Alexis und zu meiner Überraschung flackert tatsächlich etwas vor meinen Lidern auf. Es ist eine Erinnerung aus meiner alten Schule.

»Sag mir, was du siehst«, bittet mich Alexis.

Ein spitziger Ellbogen rammt sich in meine Seite und ich stolpere gegen eine Reihe kotzgrüner Schließfächer. Ich lasse die Bücher auf meinem Arm fallen und knalle auf den Boden.

Wer auch immer mich mit dem Ellbogen angerempelt hat, bricht in Gelächter aus, als er den Korridor hinuntergeht. Ich gehe auf die Knie, um meine Sachen wieder einzusammeln, und mache mir nicht die Mühe, den Kopf zu heben.

»Warte, ich helf dir.« Karen kniet sich neben mich und hebt meine Bücher auf. Karen ist kaum einen Meter fünfzig groß, hat kinnlanges blondes Haar und Sommersprossen – man könnte sie als niedlich-hübsch bezeichnen und ihr Aussehen lässt vermuten, dass sie im Gegensatz zu allen anderen Cheerleaderinnen an dieser Schule keine total miese Schlampe ist. Trotzdem glaube ich nicht, dass sie überhaupt mit mir reden würde, wenn wir in Biologie nicht Laborpartner wären.

Sie hält mir das Buch hin. »Bist du schon aufgeregt?«, fragt sie, als wir das Klassenzimmer betreten und uns auf die wackeligen Holzhocker vor unserem Labortisch setzen. »Heute findet das große Experiment statt.«

Ich verdrehe die Augen. Die ganze Woche spricht unser Biolehrer, Mr Baer, schon von unserem Klassenexperiment, als es sei es ein riesiges Ereignis. Tatsächlich wischen wir nur mit Wattestäbchen über Tischplatten und in Mülleimern, um zu sehen, ob wir ein paar Keime sammeln und sie in einer Petrischale züchten können. »O ja. Ich bin wahnsinnig aufgeregt.«

Karen lacht. »Was meinst du, wo wir die meisten Keime finden?«, fragt sie. Sie kneift ihre Augen zusammen, lässt ihren Blick durch den Raum wandern und auf Mr Baer ruhen. »Wie wär's mit Mr Baers Zahnlücke?«

»Igitt! Wahrscheinlich hast du recht. Sein Kaffee-Atem ist schlimm genug, um ein ganzes Dorf auszuknocken.«

Lila dreht sich auf ihrem Hocker um und lehnt sich mit dem Rücken gegen den Labortisch direkt vor uns. Karen schluckt ihr Lachen runter.

»Worüber lachst du denn, Fetti?«, will Lila wissen. Lila ist Cheerleaderin im Schulteam und bewegt sich so weit außerhalb meines sozialen Umfelds, dass ich sie abseits des Unterrichts nur sehe, wenn sie die Spitze der Menschenpyramide bei der Anfeuerung vor einem Spiel gibt.

Meine Wangen brennen und ich senke den Kopf und lasse mein Haar nach vorne fallen, um mein errötendes Gesicht zu verstecken. Ich habe den Spitznamen Fetti seit ein paar Monaten, als eine der jüngeren Cheerleaderinnen in meinem Englischkurs meinte, mein Haar sähe aus, als würde ich es nie waschen. Ich wasche mir die Haare jeden Tag, aber meine Mom ist seit einiger Zeit auf dem Naturprodukte-Trip. Das Shampoo, das sie kauft, wird aus Avocados hergestellt und es zieht mein Haar total nach unten, sodass es ganz fettig glänzt und wie zusammengeklebt aussieht.

»Vorsicht, Karen«, mischt sich Lilas Laborpartnerin Erin ein, ohne sich auf ihrem Hocker umzudrehen, und streicht ihre perfekten brünetten Wellen hinters Ohr. »Wenn du Fetti zu nahe kommst, fängst du dir noch ein, was auch immer sie hat.«

»Klar«, erwidert Karen, aber nachdem Lila sich wieder umgedreht hat, sieht sie mich an. »Ignorier sie einfach«, flüstert sie. Aber sie sagt es ganz leise und wirft dabei einen hastigen Blick auf Lila und Erin – ganz offensichtlich hofft sie, dass die beiden sie nicht gehört haben.

»Sof? Sofia, kannst du uns hören?«

Ich öffne die Augen. Riley, Alexis und Grace starren mich an. Meine Wangen glühen, weil es mir so peinlich ist, und ich blinzle und versuche, mich daran zu erinnern, was Alexis zuletzt gesagt hat.

»Und?«, fragt Grace. »Was hast du gesehen?«

Ich schiebe meine Unterlippe zwischen meine Zähne. Die Erinnerung pocht immer noch in meinem Kopf.

Riley sieht mich fragend an. »Bist du okay, Sof? Hast du wirklich was gesehen?«

»Ja«, antworte ich. Dann hebe ich ein einsames Popcorn vom Boden auf und werfe es nach Grace. »Ich hab Tom gesehen. Er sagt, du kannst dich alleine mit Sonnencreme einschmieren.«

Alexis grölt vor lachen. Riley nimmt ihr die Nutella aus der Hand und schleckt die Rückseite des Löffels ab. Sie fängt meinen Blick ein und zwinkert mir zu. »Sieht aus, als würde Sofia besser zu uns passen, als wir dachten.«

5. Kapitel

»Wie hat euch denn *Die Göttliche Komödie* gefallen?«, fragt Miss Carey im Kurs für englische Literatur am nächsten Tag. Ich starre in mein Heft und male Kritzeleien an den Rand. Ich hasse Klassendiskussionen und es hilft auch nicht, dass ich wegen letzter Nacht ziemlich müde bin und einen Kater habe. Ich habe das Gefühl, jemand würde mir die Augen zudrücken – ich muss mich richtig anstrengen, um sie offen zu halten.

»Geht's in dem Buch nicht um den Teufel?«, fragt ein blondes Mädchen, mit dem ich noch nie gesprochen habe. »Sollten wir in der Schule überhaupt was über den Teufel lesen?«

Ich male die vertrauten Linien von Quetzalcoatls Federschweif mit meinem Füller ein bisschen dicker. Das klingt wie etwas, das auch Riley sagen würde. Miss Carey nickt.

»Das ist ein gutes Argument, Angela. Kann mir jemand sagen, warum wir *Die Göttliche Komödie* in der Highschool lesen sollten?«

Niemand antwortet. Miss Carey tippt mit einem ihrer ledernen Slipper auf den Boden.

»Kommt schon, Leute, es gibt hier keine falschen Antworten. Was denkt ihr? Warum lesen wir gerade dieses Buch?«

»Weil die Highschool die Hölle ist.«

Ich höre auf zu zeichnen und blicke über meine Schulter zurück. Brooklyn sitzt in der hinteren Ecke neben den Fenstern. Normalerweise verbringt sie den Unterricht mit dem Kopf auf dem Tisch, aber heute schaut sie Miss Carey herausfordernd an. Sie spannt die Kette, die um ihren Hals hängt, mit zwei Fingern und der goldene Ring schwingt wie ein Pendel hin und her.

»Wenn wir sie schon durchmachen müssen, können wir genauso gut was drüber lesen«, fügt sie hinzu.

»Gut, das war zwar etwas anschaulicher, als ich gehofft hatte …«, erwidert Miss Carey, als die Schüler um uns herum anfangen zu kichern. Weil ich nicht weitermale, tropft Tinte aus meinem Füller auf die Seite.

In der letzten Reihe schnippt Brooklyn ihre Ausgabe des Taschenbuchs mit einem Finger von sich und es rutscht über den Tisch und segelt zu Boden. Ich schüttle den Kopf, durchaus beeindruckt. Ihr ist wirklich egal, was die anderen denken. Muss toll sein.

Bevor Miss Carey eine weitere Bemerkung machen kann, klingelt es und die anderen Schüler beginnen, ihre Sachen einzupacken. Brooklyn schlängelt sich zwischen den Stühlen und Tischen hindurch und geht ohne ein Wort an mir vorbei.

Ich treffe blitzschnell eine Entscheidung, stecke mein Heft in meinen Rucksack und hefte mich an ihre Fersen, als sie den Flur hinuntergeht. Riley hat die Sache mit dem Spionieren nicht noch einmal erwähnt und ich bin mir sicher, dass es bis heute Morgen sowieso alle wieder vergessen haben. Aber ich frage mich trotzdem, ob Brooklyn wirklich auf Séancen, merkwürdige Gesänge und Tierverstümmelungen steht, oder ob das alles nur Gerüchte sind. Und meine wichtigste Frage: Wenn sie wirklich mal mit Riley befreundet war, warum hat sie diese Freundschaft dann einfach so weggeworfen?

»Hey«, rufe ich. Als Brooklyn sich nicht umdreht, laufe ich ihr nach. »Das war lustig – wie du gesagt hast, die Highschool sei die Hölle.«

»War es?« Brooklyn durchwühlt ihre Tasche und kramt eine Schachtel Zigaretten heraus. Die komplette Schachtel ist mit schwarzen Filzstiftkritzeleien übersät und man kann den Markennamen nicht mehr erkennen. Brooklyn zieht eine Zigarette aus der Packung und steckt sie sich in den Mund, ohne sie anzuzünden. Wir sind immer noch im Schulgebäude.

»Hast du jetzt irgendwas vor?« Mein Versuch, lässig zu klingen, ist so lahm, dass ich selbst zusammenzucke. Brooklyn bleibt mitten im Flur stehen und zwingt die anderen Schüler, um sie herumzugehen.

»Bist du nicht eine von Rileys?«

»Was soll das denn heißen?«

»Dass sie dich eingesammelt hat.« Brooklyn spielt mit dem Goldring an ihrer Kette, steckt ihn sich an den Finger und lässt ihn wieder herunterrutschen. »Riley mag neue Mädchen. Sie macht es sich zur Aufgabe, *den Freundlosen eine Freundin* zu sein.«

»Kann ich denn nicht mit euch beiden abhängen?«, frage ich.

Brooklyn zuckt mit den Schultern und geht weiter. »Mach, was du willst.«

Es ist zwar nicht unbedingt eine Einladung, aber ich folge ihr trotzdem durch die Tür aus dem Schulgebäude und zum Fahrradständer.

»Was hat's mit dem Ring auf sich?«, frage ich und nicke in Richtung ihrer Halskette. Brooklyn grinst.

»Andenken von einem meiner Liebhaber.« Sie hält den Ring ins Licht, damit ich die Gravur auf der Innenseite lesen kann: CARLTON & JULIANNA 1979.

Ich rümpfe die Nase. »Das ist krank«, sage ich. Brooklyn lacht nur.

Noch bevor wir den Fahrradständer erreichen, weiß ich, welches ihr gehört – das alte Rad aus den Achtzigern mit dem geschwungenen Lenker. Brooklyn hat es leuchtend pink und mit schwarzen Punkten bemalt. Es sieht aus wie eine Wassermelone und der Lenker und Sattel sind mit grünem Klebeband umwickelt, das sich an mehreren Stellen ablöst.

Ich stehe verlegen neben ihr, während sie ihr Fahrrad aufschließt, ihren Arm durch das dicke Kettenschloss steckt und das Rad wegschiebt.

»Ich hab 'ne Verabredung«, sagt Brooklyn. Die Zigarette baumelt, noch immer nicht angezündet, zwischen ihren Lippen. »Komm mit, wenn du willst.«

Ich zögere, aber meine Neugier ist stärker. »Klar.« Ich hänge mir meinen Rucksack über die Schulter und trotte ihr nach, als sie ihr Fahrrad über den Parkplatz zu einem Gehweg schiebt, der nicht zu mir nach Hause führt, sondern in die entgegengesetzte Richtung. Als sie nicht hinsieht, hole ich mein Handy heraus, um nachzuschauen, wie spät es ist. Großmutter wird es nichts ausmachen, wenn ich eine halbe Stunde später komme.

Brooklyn führt mich zu einer alten Zufahrtsstraße, die hinter der Hauptstraße liegt. Wir kommen an einer Kneipe und einer Gasse vorbei, die in einem leeren Parkplatz mündet. Brooklyn bleibt vor einem winzigen Tattoo-Studio stehen und schließt ihr Fahrrad an.

»Hier ist deine Verabredung?« Ich blicke mit zusammengekniffenen Augen durch die dreckigen Fenster. Ich kann gerade mal die verschwommenen Umrisse eines Tresens und mehrerer Plastikstühle erkennen.

»*Verabredung* ist vielleicht ein bisschen übertrieben.« Brooklyn nimmt die Zigarette, die sie doch nicht geraucht hat, wieder aus dem Mund und steckt sie sich hinters Ohr. Dann lehnt sie sich gegen die Tür des Tattoo-Studios und schiebt sie auf. Drinnen riecht es nach Rauch und Desinfektionsmittel mit Zitronenduft. Brooklyn geht zum Tresen und stützt ihre Ellbogen auf dem schäbigen PVC-Belag ab.

»Ollie! Bist du da?«, ruft sie. Sie lehnt sich über den Tresen, als wolle sie ins Hinterzimmer schauen. Ich sehe mich im Rest des Ladens um. Die Wände sind mit handgemalten Illustrationen von Rosen- und Totenkopf-Tattoos bedeckt, zwischen denen Nacktposter aus dem Playboy hängen. Sehr stilvoll.

»Hey, Neue!«

Die Stimme hinter mir jagt mir einen solchen Schreck ein, dass ich einen Satz nach vorn mache und beinahe über meine eigenen Füße stolpere, als ich mich umdrehe. Charlie sitzt im Schneidersitz auf der rissigen Kunststoffcouch, ein aufgeschlagenes Schulbuch auf den Knien. Mit seinem zerknitterten Polohemd und der verwaschenen Jeans sieht er hier drin genauso fehl am Platz aus wie ich.

»Eigentlich heiße ich Sofia.« Ich spüre, wie ich am Hals erröte. »Was machst du denn hier?«

»Hausaufgaben.« Er nickt in Richtung des Buchs auf seinem Schoß und lächelt. Ein Grübchen bohrt sich in seine Wange und eine Sekunde lang kann ich nicht anders, als ihn anzustarren. Sein Blick wandert hinter mich.

»Hey, Brooklyn«, sagt er und nickt ihr zu.

»Charlie-Boy«, grüßt Brooklyn zurück. »Ist dein Bruder da?«

»Ja. Aber ich glaub nicht, dass er sich freuen wird, dich zu sehen. Er hat um vier einen Kunden.«

»Das werden wir ja noch sehen.« Brooklyn stützt sich mit ihrem ganzen Gewicht auf ihren Armen ab, hievt sich auf den Tresen und rutscht rüber.

»Hey.« Charlie schiebt sein Buch beiseite und steht auf, als Brooklyn auf der anderen Seite wieder vom Tresen hüpft. »Du weißt schon, dass wir eine Tür haben, oder?«

»Türen sind für Idioten.« Brooklyn streckt ihm die Zunge raus und verschwindet im hinteren Teil des Ladens. Ich zögere, unsicher, ob ich ihr folgen soll.

»Hier.« Charlie entriegelt eine kleine Tür neben dem Schaukasten und öffnet sie für mich. »Siehst du? Wir sind nicht alle heidnische Barbaren.«

»Danke«, sage ich. Ich werfe ihm ein letztes, schüchternes Lächeln zu und gehe ins Hinterzimmer, um Brooklyn zu suchen.

Das Tattoo-Studio ist sauberer, als ich erwartet habe. Der grün-weiße PVC-Boden ist zwar rissig und löst sich an mehreren Stellen ab, aber er sieht aus, als sei er erst kürzlich gewischt worden. Der ganze Raum versprüht ein abgenutztes, aber entspanntes Flair, das sich eigentlich ganz heimelig anfühlt – wie die vertraute Sitzecke im kitschigen Lieblings-Diner.

Rote Plastikstühle sind ringsum im Raum verteilt, alle mit Klebeband vollgeklebt, und daneben stehen Tischchen mit Metalltabletts. Brooklyn steht an einen der Stühle gelehnt und unterhält sich mit einer älteren Version von Charlie: Der Typ ist groß und dünn und hat ganz dunkle Augen. Ein Tattoo einer dornigen Rose zieht sich über seinen Hals und in jedem seiner Ohren stecken drei dicke Piercings aus Metall, die aussehen wie Nägel.

»Komm schon, Ollie«, sagt Brooklyn, als ich mich den beiden nähere. Ollie schüttelt den Kopf.

»Ich hab heut wirklich keine Zeit, okay?«

Brooklyn knibbelt einen Streifen Klebeband von ihrem Stuhl ab. »Santos ist nicht da. Ich kann doch auch einfach seine Sachen benutzen. Ich glaube, ich kann es selber machen.«

»Machst du Witze? Du bist sechzehn.«

Brooklyn lächelt so breit, dass ich ihre kompletten Zähne zählen könnte, wenn ich wollte. »Das hat dich doch früher auch nie gestört.«

Draußen läuten die Glöckchen, die über der Tür hängen. Ich schaue über meine Schulter und sehe, wie eine Collegestudentin in einem Jeansrock und Uggs hereinkommt, das Haar zu einem Pferdeschwanz zusammengebunden. Charlie ist immer noch vorne im Laden und teilt ihr mit, dass Ollie in einer Minute bei ihr sein wird.

Ollie denkt inzwischen über Brooklyns Vorschlag nach, so als würde er versuchen herauszufinden, ob sie draußen bei seiner Kundin oder hier hinten mit seinen Nadeln mehr Unheil anrichten kann.

Er kommt zu demselben Schluss wie ich. »Warte einfach hier hinten auf mich«, sagt er. »Ich versuche, dich später dazwischenzuschieben.«

Brooklyn verschränkt die Arme über der Brust und klimpert mit den Wimpern. »Mein Held.« Ollie stöhnt und geht nach vorne in den Laden, während sich Brooklyn an einen Stuhl lehnt, der links von uns halb hinter einem Vorhang versteckt steht. Dutzende identischer schwarzer Aufkleber mit dem Aufdruck SANTOS AND THE RAISONETTES bedecken den Stuhl.

»Santos' Band«, erklärt Brooklyn und nickt in Richtung der

Aufkleber. »Ist das nicht der schlechteste Bandname, den du je gehört hast?«

»Woher kennst du die Leute hier überhaupt?«, will ich wissen und setze mich auf den Stuhl. Brooklyn schnappt sich einen Barhocker und zieht ihn neben mich.

»Ich hab hier mal gearbeitet«, antwortet sie. »Ich hatte einen gefälschten Führerschein und Ollie hat mich als Aushilfe eingestellt, bevor Charlie mich verpfiffen und ihm gesteckt hat, dass ich erst sechzehn bin.«

»Du hast den Leuten Tattoos gestochen?«

»Nee, ich hab hauptsächlich Piercings gemacht. Siehst du das da?« Brooklyn wirft ihr Haar zurück und zeigt mir eine große Sicherheitsnadel, die vom Knorpel in ihrem Ohr bis zum Ohrläppchen reicht.

»Das hab ich selbst gemacht«, verkündet sie stolz. »Bist du irgendwo gepiercet?« Ich schüttle den Kopf. Brooklyn klappt die Kinnlade herunter. »Nicht mal an den Ohren?«

»Meine Mom mag keine Piercings«, erkläre ich.

»Und du … was? Lässt einfach zu, dass sie diese Entscheidungen für dich trifft?«

»Was willst du dir denn tätowieren lassen?«, frage ich, um das Thema zu wechseln.

»Weiß noch nich«, antwortet Brooklyn. »Ich hab über dieses Schlangending nachgedacht, das du neulich auf der Hand hattest. Das war ziemlich cool.«

»Quetzalcoatl?«

»Heißt das so?«, fragt Brooklyn zurück. »Glaubst du, du könntest das für Ollie aufmalen?«

»Klar. Wenn du willst.« Ich fühle mich geschmeichelt und meine Finger greifen bereits nach einem Stift. Brooklyn sieht mich mit zusammengekniffenen Augen an.

»Weißt du, dass du mit einem Ring in der Augenbraue total cool aussehen würdest?«

»Meinst du?« Ich ertappe mich dabei, wie ich mit einem Finger über meine Augenbraue streiche. Dann denke ich an die Reaktion meiner Mutter und schiebe den Gedanken wieder von mir. Es gab eine Zeit, da hätte ich es getan, nur um irgendeine Reaktion von ihr zu bekommen. Aber jetzt ist es die Sache nicht mehr wert, nicht, wo gerade alles so gut läuft.

»Ist es wegen deinen kleinen Freundinnen?« Brooklyn kichert und starrt auf das Tablett, das neben ihr steht. Es ist voll mit Nadeln, winzigen Creolen, Wundsalben und – unerklärlicherweise – einer Gurken-Melonen-Duftkerze von *Bath & Body Works*. »Ich wette, die denken, Piercings seien eine Sünde. Gott, ich weiß wirklich nicht, wie du diese moralisierend-selbstgefällige Truppe erträgst.«

»Ich dachte, ihr wärt alle mal Freunde gewesen«, erwidere ich. Brooklyn schiebt eine Nadel über das Metalltablett und nimmt sie zwischen zwei Finger.

»Ihr habt über mich gesprochen?«, fragt sie. Ich wende meinen Blick von der Nadel ab. Sie ist dick – dicker, als ich erwartet hätte.

»Sie haben nur gesagt, dass du früher auch mit ihnen rumgehangen hast und dass du dich verändert hast«, sage ich.

Brooklyn zuckt mit den Schultern und dreht die Nadel zwischen ihren Fingern. »Sagen wir einfach, ich habe beschlossen, ein wenig Spaß zu haben, nachdem ich jahrelang am Riley-Altar gebetet hatte.« Die Neonleuchte über uns brummt und taucht die Oberfläche der Nadel in flackerndes gelbes Licht. »Sei mal ehrlich, Sofia. Willst du die Highschool wirklich mit Beten verbringen? Weil du nämlich wie jemand aussiehst, der weiß, wie man Spaß hat.«

Ich muss an meine Gothic-Freunde denken und daran, wie sie dem Türsteher im Club Trash ihre falschen Ausweise gezeigt haben – und an meinen letzten Freund, wenn man ihn so nennen kann, der sich mehr für seine Bong interessiert hat als für mich. Letzte Nacht, mit Riley, Grace und Alexis, hatte ich endlich das Gefühl dazuzugehören.

Trotzdem fühlt es sich auch richtig an, hier mit Brooklyn zu sitzen. Das Klebeband auf dem PVC und der Indie-Rock, der aus dem iPod in der Ecke dröhnt, erinnern mich an Dutzende Nächte in verrauchten Kellern. Ich hebe den Blick, um Brooklyn anzusehen, und ein Adrenalinstoß jagt mit einem Mal durch meinen ganzen Körper. Es fühlt sich an, als würde sich kribbelnde Wärme unter meiner Haut ausbreiten. Ich muss mir einfach vorstellen, wie Brooklyn die Nadel durch meine Augenbraue sticht und ich einen grellen Schmerz spüre, als sie ein Loch in meine Haut bohrt.

»Komm schon«, drängt sie und berührt mit der Nadel meine Augenbraue. »Trau dich.«

»Nein.« Ich schüttele den Kopf. »Ich kann wirklich nicht.«

»Es wär ja nicht für ewig«, sagt Brooklyn. »Du kannst den Ring rausnehmen, wann immer du willst, und deine Mom wüsste nicht mal, dass du einen hast.«

Ich schaue auf die Ringe hinunter und stelle mir vor, wie cool es wäre, heimlich ein Piercing zu haben und direkt vor Moms Nase damit durchzukommen. Ich könnte ihn sogar vor Riley und den anderen verstecken, wenn ich wollte. Ich lächele.

»Gott, ehrlich.« Brooklyn hüpft auf ihrem Hocker auf und ab und hält sich dann mit einer Hand unter der Sitzfläche fest, so als müsse sie sich zwingen, sitzen zu bleiben. »Du *musst* einfach.«

Ich lache und ihre Stimme hallt wie ein Echo in meinem Kopf wider. *Trau dich.* Ich lehne mich nach vorne und spüre das erhebende, jubilierende Gefühl des Adrenalins in meiner Brust. Ich will nicht, dass es je wieder weggeht.

»Okay. Mach es«, sage ich.

Brooklyn grinst, dasselbe draufgängerische Grinsen, das all ihre Zähne entblößt. Sie legt die Nadel wieder auf dem Tablett ab und greift nach einem Wattebausch und einer Flasche, auf der kein Etikett klebt.

»Augenbraue, richtig?«, fragt sie und sprüht ein wenig klare Flüssigkeit auf die Watte. Ich nicke und sie beugt sich vor und tupft damit mein Gesicht ab. »Das ist nur Desinfektionsmittel. Damit sich nichts entzündet.«

»Okay«, erwidere ich. Brooklyn wirft die Watte weg und hebt die Nadel wieder auf.

»Du musst stillhalten, sonst wird es schief.«

Ich atme ganz tief ein, halte die Luft an und beiße mit den Zähnen auf meine Unterlippe. Brooklyn lehnt sich nah an mich ran und ich starre ihr direkt in die Augen, um nicht auf die Nadel zu schauen. Sie sind dunkelbraun, beinahe schwarz. Ich kann die Umrisse ihrer Pupillen kaum erkennen.

Ich schwöre, dass ich die Nadel schon in der Sekunde spüre, bevor Brooklyn sie durch meine Haut bohrt. Es fühlt sich ganz und gar nicht an wie der stechende, plötzliche Schmerz, den ich erwartet habe. Dieser Schmerz ist langsam. Ein Gefühl der Übelkeit macht sich in meinem Magen breit und ich muss die Augen schließen, damit mir nicht schwindelig wird.

»*Scheiße*«, zische ich und stoße die angehaltene Luft aus. Dann ist ein Plopp zu hören und ich spüre, wie die Nadel auf der anderen Seite meiner Augenbraue wieder herauskommt.

Ich kralle mich mit der Hand an der Stuhllehne fest und zwinge mich zu atmen, während sich der Raum zu drehen beginnt. Mir ist seltsam heiß. Mir ist so heiß, dass ich schwitze, und dann hebt und senkt sich der Boden unter mir. Ich blinzle und es kommt mir vor, als würde ich durch das Fischaugenobjektiv einer Kamera schauen. Brooklyn ist ganz dicht neben mir, aber alles um sie herum ist verzerrt und ganz weit weg.

»Alles okay?« In Brooklyns Stirn graben sich Sorgenfalten. Ich schaue auf meine Knie und versuche, mich aufs Atmen zu konzentrieren.

Als ich wieder aufblicke, sitzt Brooklyn rittlings auf ihrem Hocker so dicht neben mir, dass sich unsere Knie berühren. Sie hält die Nadel vor sich hoch und mein Blut tropft seitlich daran herunter. Die Lampe über uns flackert – sie spiegelt sich in Brooklyns schwarzen Augen und im roten Tropfen meines Bluts.

»Sofia«, sagt Brooklyn. Sie steckt sich die Nadel in den Mund und beschmiert ihre Lippen mit dem roten Blut. »Jetzt bist du neugeboren«, fügt sie hinzu und ihre Stimme klingt ganz verzerrt, so als würde ich sie unter Wasser hören. Das Licht flackert wieder und dann wird alles schwarz.

Das Nächste, was ich bewusst wahrnehme, ist, dass etwas auf meine Augenlider drückt. Meine Kehle ist ganz trocken und kratzig, und als ich zu sprechen versuche, klingt das Geräusch, das meinem Mund entweicht, wie ein ersticktes Keuchen. Ich zwinge mich, die Augen zu öffnen, aber vor mir bricht sich gleißendes Licht und ich muss sie wieder zusammenkneifen.

»Hey, Dornröschen. Wie fühlst du dich?«

»Brooklyn?« Ich blinzle und ganz langsam wird mein Blick wieder klarer. Ich sitze nicht mehr auf dem Stuhl im Tattoo-Studio. Ich liege in einer Art Büro und Brooklyn sitzt vor mir auf der Kante eines Schreibtischs. Der Ärmel ihres Shirts ist hochgeschoben und ihre frisch bandagierte Schulter ist zu sehen. Sie nimmt ihre Zigarette aus dem Mund und bläst eine Rauchwolke aus, die um sie herumwirbelt.

»Du bist ohnmächtig geworden«, erklärt sie. »Mein Cousin ist genauso – der wird schon ohnmächtig, wenn er sich an Papier schneidet. Charlie und Ollie haben dich hierhergetragen, damit die anderen Kunden deinetwegen nicht ausflippen.«

»Charlie hat mich hergetragen?«, frage ich und spüre sofort einen stechenden Schmerz der Peinlichkeit. Brooklyn nickt. An ihrem Mund ist kein Blut. Kein seltsames Funkeln in ihren schwarzen Augen, kein irres Grinsen. Es war nur ein Traum. Oder vielleicht eine Halluzination.

»Wie spät ist es?«

Brooklyn holt ein Handy aus ihrer Hosentasche und wirft einen Blick darauf. »Viertel nach sechs.«

»Mist.« Ich setze mich auf und versuche, die pochenden Kopfschmerzen an meinen Schläfen zu ignorieren. Die Bürotür geht auf und Charlie erscheint. Er hält eine Flasche Wasser in der Hand. Ich schnappe mir meinen Rucksack und stehe auf. Das Zimmer dreht sich und ich halte mich am Schreibtisch fest, um nicht umzukippen.

»Fühlst du dich besser?«, fragt er. Er lächelt und der Raum dreht sich sofort noch schneller.

»Wo ist das Feuerzeug?«, fragt Brooklyn und steckt sich die Zigarette wieder in den Mund.

»Ich muss nach Hause. Danke für …« Ich deute auf meine Augenbraue und quetsche mich dann an Charlie vorbei aus dem Büro. Meine Wangen glühen vor Scham.

Sobald ich draußen bin, beginne ich zu rennen. Mein Rucksack gräbt sich schmerzhaft in meine Schulter und schlägt beim Laufen immer wieder gegen meine Hüfte. Wenn meine Mom vor mir nach Hause kommt und herausfindet, dass ich Großmutter alleine gelassen habe, kriege ich mächtig Ärger. Ich versuche, in meinem Kopf alles durchzurechnen: Ich brauche fünf Minuten, um von der Schule nach Hause zu gehen, und Brooklyn und ich haben bis zum Tattoo-Studio vielleicht zehn Minuten gebraucht. Heute Abend endet der Kurs meiner Mom um halb sieben und sie wird um sechs Uhr vierzig zu Hause sein. Solange ich mich nicht verlaufe, müsste alles gut gehen.

Mein Brustkorb brennt und ich schnappe keuchend nach Luft. Ich nehme die Gebäude und Häuser kaum wahr, an denen ich vorbeilaufe, und rechne in meinem Kopf alles immer wieder von vorne durch. Ich bin fast zu Hause. Es wird alles gut gehen. Es geht gut.

Ich renne die Einfahrt zu unserem Haus hinauf, stecke den Schlüssel ins Schloss und schaue sofort auf die Uhr im Flur, als ich drin bin: sechs Uhr vierzig. Ich schließe die Augen, lehne mich gegen die Haustür und atme tief durch. Ich hab's geschafft.

Ich kicke meine Schuhe weg, gehe den Flur hinunter und husche ins Bad gegenüber von Großmutters Zimmer. Ihre Tür ist offen und das rötliche Licht ihrer Stehlampe strahlt in den Flur. Ich höre ihren keuchenden Atem und das Klicken der Rosenkranzperlen auf ihrem Tisch, als ich an ihrem Zimmer vorbeigehe.

»Geht's dir gut, abuela?«, rufe ich, während ich meinen Rucksack abnehme und auf dem Toilettensitz abstelle. Dann fällt mein Blick auf mein Spiegelbild über dem Waschbecken.

Der klitzekleine goldene Ring schlingt sich um die schmalste Stelle meiner Augenbraue und sieht auf meiner dunklen Haut fremdartig und falsch aus. Ich beuge mich vor, berühre ihn und zucke zusammen, als mein Finger den violetten Fleck streift, der sich auf meiner Haut ausbreitet.

Über die Schulter werfe ich einen Blick in Großmutters Zimmer. Sie sitzt aufrecht im Bett und ihre dunklen Augen starren mich aus den Schatten ihres rötlichen Zimmers an. Ihre Lippen bewegen sich zu wortlosen Gebeten, während sie die Perlen an ihrem Rosenkranz zählt.

Mein Atem geht flach und schnell. Ich drehe mich wieder um, kralle mich mit den Fingern am kalten Porzellan des Waschbeckens fest und versuche, mich zu beruhigen. Mein Spiegelbild starrt mich an und der kleine goldene Ring glitzert über meinem rechten Auge.

Moms Auto rumpelt in die Einfahrt und der Motor geht aus. Ich könnte schwören, dass ich in der anschließenden Stille hören kann, wie mein Herz gegen meinen Brustkorb schlägt. Ich denke nicht nach. Ich lehne mich ganz dicht an den Spiegel, so dicht, dass ich die Wimpern an meinen Augen zählen könnte. Ich halte den kleinen Goldring mit zwei Fingern fest und drehe die Kugel ab. Dann schiebe ich den Ring vor und zurück und ignoriere den brüllenden Schmerz, als ich ihn vorsichtig aus meiner Haut ziehe. Blut tropft unter meinen Fingern hervor.

Großmutter beobachtet mich von ihrem Zimmer aus. Die Haustür geht auf und knallt wieder zu. Schritte poltern in der Diele.

»Sofia?«

Ich lasse den goldenen Ring aus meinen Fingern fallen und er landet klirrend im Waschbecken, nur einen Zentimeter vom Abfluss entfernt. Ich öffne den Wasserhahn, und er wirbelt in einem Strudel aus hellrotem, mit Blut vermischtem Wasser in den Abfluss. Erst als er verschwunden ist, erlaube ich mir, wieder zu atmen.

»Ich bin im Bad, Mom«, rufe ich. Ich wasche mir die Hände und schaue wieder in den Spiegel. Aus dem Loch an meiner

Augenbraue quillt immer noch Blut. Meine Stirn und meine Wange sind verschmiert und Blutkruste klebt an meinen Wimpern. Ich rolle einen langen Streifen Klopapier ab, knülle es zusammen und tupfe mein Gesicht ab.

Unter meinen Fingern blüht das Blut wie eine Blume auf. Schon nach wenigen Sekunden ist das ganze Papier rot getränkt.

6. Kapitel

»Ich verstehe immer noch nicht, warum es so stark blutet.« Mom packt die Reste des Hühnchens, das unser heutiges Abendessen war, in Alufolie ein, während ich das Spülbecken mit Seifenwasser fülle und anfange, das Geschirr abzuspülen. Ich zucke mit den Schultern und starre auf ein zusammengelegtes Geschirrtuch, das neben dem Spülbecken liegt. Es ist rot und weiß, mit einem Bild von einem Hahn.

»Es war ein echt riesiger Pickel«, sage ich. Ich habe das Blut von meinem Gesicht abgewaschen und das Piercing mit einem Pflaster verdeckt, bevor Mom es sehen konnte, aber ich musste das Pflaster schon zwei Mal wechseln, seit sie zu Hause ist. Auch das neue ist vom Blut schon wieder ganz rot.

Mom verstaut das Hühnchen im Kühlschrank und runzelt die Stirn, als sie die Tür schließt. Unser Telefon klingelt und sie lehnt sich über die Theke und nimmt den Hörer ab. »Flores hier«, meldet sie sich. Eine blechern klingende Stimme hallt aus dem Hörer wider und Mom lächelt. »Einen Moment. Es ist deine Freundin Riley«, sagt sie und hält mir das Telefon hin. »Sie sagt, sie hat eine Frage zu den Hausaufgaben. Aber mach nicht so lange.«

Ich husche mit dem Telefon zur Hintertür hinaus und mache es mir auf dem Holzstuhl auf unserer Terrasse gemütlich. Unser Garten ist unendlich riesig und wird durch keine einzige Straßenlaterne und kein Haus unterbrochen. Es kann einen ganz schön verunsichern, so als wäre man von allen Seiten von leerem Raum ummauert. Ununterbrochen summen rastlose Insekten, wie weißes Rauschen. Ich setze mich in den Schneidersitz.

»Riley?«, sage ich ins Telefon.

»Sof? Ich hab dich mit Brooklyn gesehen!« Mein Magen krampft sich zusammen, aber Riley spricht weiter, bevor ich mir Sorgen darüber machen kann, ob sie ihre Meinung über das Spionieren geändert hat.

»Warum hast du mir denn nichts davon gesagt? Was hast du rausgefunden?«

»Eigentlich gar nichts. Sie hat mich mitgenommen, um sich ein Tattoo stechen zu lassen.« Ich fahre mit einem Finger über den Rand des Pflasters auf meiner Stirn, beschließe dann aber, die Einzelheiten über mein Piercing für mich zu behalten.

»Das ist alles?« Riley klingt enttäuscht. Ich nehme meine Hand wieder herunter und schweige einen Moment lang, während ich versuche, mir zurechtzulegen, was ich sagen will.

»Was hast du denn erwartet, was ich rausfinden soll?« Meine Stimme klingt schärfer, als ich beabsichtigt habe, aber ich entschuldige mich nicht dafür. Riley hat behauptet, dass sie versuchen will, Brooklyn zu helfen, aber jetzt klingt es, als wolle sie nur, dass sie Scheiße baut.

»Sie hat eine Katze gehäutet und sie vor der Schule liegen lassen«, erwidert Riley mit scharfer Stimme. »Oder hast du das schon wieder vergessen?«

Ich presse die Lippen aufeinander, um ihr nicht zu widersprechen. Riley denkt, dass Brooklyn eine Katze gehäutet hat. Tattoos und Zigaretten spielen nicht in derselben Liga wie Tierverstümmelungen.

Riley räuspert sich.

»Alles okay, Sof? Sie hat dir doch nicht wehgetan, oder? Oder dich irgendwie manipuliert?« Die Besorgnis in Rileys Stimme ist echt und mit einem Mal fühle ich mich schrecklich. Riley war mir eine echte Freundin, seit ich hierhergekommen bin, nicht Brooklyn. Ich atme aus, schüttele den Kopf und zupfe an einem kleinen Hautfetzen an meinem Fingernagel herum.

»Nein, das war es nicht. Sie war …« Cool. Das Wort kommt mir ganz plötzlich und unaufgefordert in den Sinn. »Sie war seltsam«, beende ich den Satz stattdessen.

Als das Wort meinen Mund verlässt, wird mir bewusst, dass es ebenso wahr ist. Brooklyn war cool, aber ich verstehe, was Riley meint – irgendetwas scheint mit ihr nicht ganz zu stimmen. Ich denke an ihre schlanken Finger auf Santos' Nadeln, an ihr wölfisches Grinsen und daran, mit welcher Leichtigkeit sie mich dazu überreden konnte, mir ein Piercing stechen zu lassen. Bei ihr klang es so leicht, dass nichts Schlimmes dabei sein konnte.

»Vielleicht finde ich morgen ja mehr raus«, murmle ich. Einen Herzschlag lang herrscht Stille. Ich räuspere mich. »Wie läuft's mit dir und Josh?«

»Oh, hast du's gar nicht gehört? Es ist alles wieder im Lot«, antwortet Riley. »Er hat mir in der dritten Stunde Blumen geschickt. Rosen.«

»Wow. Das ist großartig.«

»Hör mal«, sagt Riley, bevor ich noch etwas hinzufügen kann.

»Ich will mich bei dir entschuldigen, falls du dich meinetwegen unwohl gefühlt hast. Du weißt schon, weil ich vorgeschlagen habe, dass du mit Brooklyn abhängst.«

»Das hab ich nicht«, versichere ich. »Ehrlich.«

»Es ist nur … Ich glaube, sie braucht wirklich Hilfe. Ich hab dieses ungute Gefühl, dass sie am Rand eines Abgrunds steht und jeden Moment hinunterstürzen könnte. So als würde sie fallen, wenn wir ihr nicht helfen.«

Ich lasse meinen Daumen langsam über die Nagelhaut an meinem Ringfinger kreisen. Ich versuche, mir Brooklyn am Rand einer Klippe vorzustellen. Und wie unter ihren schweren Springerstiefeln Steine in den Abgrund rieseln, aber es passt einfach nicht zu dem Mädchen, mit dem ich heute Nachmittag zusammen war. Brooklyn hat sich amüsiert, nicht um Hilfe gerufen. »Glaubst du wirklich, dass es so schlimm ist?«

»Ja, *wirklich*. Hat sie dir erzählt, dass sie morgen eine Party feiert?«

»Das hat sie nicht erwähnt.«

»Na ja, ich hab gehört, wie ein paar Leute in der Schule darüber gesprochen haben. Soll echt heftig werden. Du solltest hingehen.«

Ich lecke mir über die Lippen, die von der Kälte, die über unseren Garten zu mir kriecht, schon ganz trocken sind. Die letzte Party, bei der ich war, hat in einem Haus im Wald stattgefunden, neben den Eisenbahnschienen, die quer durch die Stadt liefen. Ein paar Footballspieler standen direkt hinter der Tür und haben lautstark jedes Mädchen bewertet, das an ihnen vorbeiging, und jedes Mal, wenn ein Zug vorbeigerauscht ist, hat das ganze Haus gewackelt und alle haben ein Glas Schnaps getrunken.

Als ich nicht sofort reagiere, beginnt Riley zu betteln. »Komm schon, Sofia! Es gibt einen Grund, warum ich dich dafür ausgesucht habe. Manche Menschen haben etwas Böses in sich, doch *dafür* gibt es Gott, damit er ihnen hilft, wenn sie sich nicht mehr selber helfen können. Aber wir können Brooklyn noch helfen.«

Die Insekten im Garten sind verstummt, aber der Wind rauscht über das Gras und schlägt gegen die Fenster. Ich zittere und schlinge die Arme um meine Brust. Großmutter hat immer für Menschen in ihrer Nachbarschaft gebetet, wenn sie dachte, sie bräuchten Kraft. Das hier ist auch nichts anderes, schätze ich. Riley ist in ihrem Glauben einfach ein bisschen aktiver. Großmutter würde sie bestimmt mögen.

»Sof? Bist du noch da?«

»Ja«, antworte ich. »Ich gehe hin. Versprochen.«

Ich zittere, als ich am folgenden Abend unterwegs zu der Party bei Brooklyn bin. Eine Eule heult in einem Baum. Ich ziehe mein Sweatshirt enger um meine Schultern und neige den Kopf nach unten. Der Wind weht durch die nahen Äste der Bäume und sie klappern wie Knochen. Ein Mann mit hängendem Bauch und pockennarbigem Gesicht zwinkert mir zu.

»Wie geht's, Süße?«, lallt er. Sein Atem riecht nach Whiskey und Trockenfleisch. Ich laufe schnell an ihm vorbei und er stolpert auf eine spärlich beleuchtete Bar zu.

Brooklyn wohnt im Erdgeschoss eines billigen Wohnkomplexes, der aussieht wie ein Motel. Sämtliche Wohnungstüren reihen sich an einem langen Freiluftflur aneinander, der nur von einem billigen, gestrichenen Geländer aus Aluminium gesichert ist. Direkt hinter dem Gebäude kann ich die Zufahrtsstraße erkennen, die zum Tattoo-Studio führt.

Ein Geräusch, das wie ein Schuss klingt, hallt in einer dunklen

Gasse in der Nähe von Brooklyns Straße wider. Ich erstarre und jeder einzelne Muskel in meinem Körper spannt sich mit dem Reflex an wegzurennen. Dann erwacht der Motor eines Autos stotternd zum Leben und ein alter Buick biegt um die Kurve. Kein Schuss – nur der knallende Auspuff eines Autos. Ich atme aus und gehe weiter. Je eher ich Brooklyns Wohnung erreiche, desto besser.

Selbst wenn sie mir die Adresse nicht im Kurs für englische Literatur zugesteckt hätte, wäre es mir nicht schwergefallen, Brooklyns Party zu finden. Die Musik ist so laut, dass der ganze Parkplatz praktisch vibriert, und die Wohnungstür steht offen. Mädchen in kurzen Röcken und tätowierte, gepiercte Jungs lehnen lässig an der Wand, trinken aus roten Plastikbechern und rauchen Zigaretten, die nach Kiefernnadeln duften. Grüne Farbe blättert an den Stellen von der Wand, wo sie ihre Kippen ausgedrückt haben. Entweder sind sie alle über einundzwanzig, oder das hier ist keine Nachbarschaft, in der jemand die Polizei ruft, weil Minderjährige Alkohol trinken.

»Hey, Kleine«, ruft jemand und ich erschrecke. Ich drehe mich um und sehe, wie ein großer glatzköpfiger Typ auf mich zukommt und sich vor mir aufbaut – er muss mindestens neunzig Kilo wiegen.

Er ist ganz in Schwarz gekleidet und eine schwarz-weiße Totenschädel-Tätowierung bedeckt sein Gesicht und seinen kahlen Kopf. Es sieht aus, als hätte er überhaupt keine Haut.

Ich drehe mich wieder um, in der Hoffnung, dass er nicht mit mir spricht. Er packt mich am Arm.

»Sei doch nicht so. Ich rede mit dir«, sagt er. Tiefe schwarze Linien zeichnen Schatten um seine Augen und seine Lippen sind mit Zähnen tätowiert. »Ich will dich was fragen.«

»Schieß los«, sage ich und habe Mühe, ruhig zu klingen. Die

Lippen des Mannes öffnen sich, aber ich kann nicht sagen, ob er mich anlächelt oder eine Grimasse schneidet.

»Meine Freunde machen eine Umfrage.« Er nickt in Richtung einer Gruppe von Leuten, die neben der Wohnungstür stehen. Sie sind alle gepierct und tätowiert, aber neben Mr Totenkopf sehen sie aus wie die Mitglieder einer Kirchengemeinde. »Wenn du dir aussuchen könntest, wie du sterben willst, würdest du dann lieber mit einer Schaufel totgeschlagen werden oder dir das Gesicht abbeißen lassen?«

Ich schlucke und versuche, mir nicht anmerken zu lassen, wie nervös ich bin. Der Typ mag vielleicht abgefahren aussehen, aber er will mir einfach nur eine Reaktion entlocken. Das gehört alles zu seinem Spiel.

»Ich würde mich für die Sache mit dem Gesicht entscheiden«, antworte ich und halte seinem Blick stand. »Ich würde meinem Mörder in die Augen schauen wollen.«

Diesmal bin ich mir sicher, dass Mr Totenkopf mich anlächelt. Die schwarz-weiße Tätowierung auf seinem Kieferknochen breitet sich über sein ganzes Gesicht aus, als er den Mund aufmacht. »Cool«, sagt er und gratuliert mir mit einem Faustst0ß.

Ich nicke ein paar der anderen zu, als ich an ihnen vorbeigehe, und versuche auszusehen, als gehöre ich hierher. Um mich herum dröhnt die Musik, ein ständiges *Bumm, bumm, bumm.* Als ich drin bin, ziehe ich die Kapuze meines Sweatshirts vom Kopf und sehe mich im Zimmer um. Es ist verraucht und dunkel. Körper drängen sich um mich und stehen so dicht an dicht, dass ich mich nicht bewegen kann, ohne jemanden am Arm oder in den Rücken zu stoßen. Der Fußboden ist klebrig und mit leeren Bierdosen bedeckt.

Ich kann nicht glauben, dass ich Angst hatte, diese Party könne auch nur im Entferntesten so sein wie meine letzte. Das hier ist eine ganz andere Welt. Ich habe die Musik vorher noch nie gehört und ich glaube nicht, dass irgendjemand hier auf unsere Schule geht. Ein Mädchen mit langen platinblonden Haaren und glasigen Augen reicht einem anderen Mädchen in einer weißen Lederjacke ein winziges Tütchen mit Pulver und geht dann weg, ohne sie anzusehen. Ich bahne mir einen Weg durch die Menge zu einem Tisch, der mit Bier und anderen Getränken voll steht. Ich greife nach der einzigen Dose Billig-Limo, die neben einem Karton PBR-Bier steht, nur, damit meine Hände was zu tun haben.

Eine Stimme ertönt über der Musik und erschreckt mich erneut: »Sofia!«

Ich drehe mich um und in der Menschenmenge, die mich hin und her schubst, sehe ich Charlie, der mit den Händen über seinem Kopf herumwedelt, als würde er Flugzeuge einwinken. Wenn ich eine Cartoonfigur wäre, würde meine Kinnlade jetzt bis auf den Boden runterklappen, während Ausrufezeichen in meinen Augen aufleuchten – so aufgeregt bin ich, ihn dort stehen zu sehen, in seinem abgetragenen T-Shirt mit dem verblassten Sport-Logo und seiner dunkelgrauen Kapuzenjacke. Er geht um eine Gruppe von Jungs herum, bleibt vor mir stehen und sagt etwas, das ich bei all dem Lärm nicht verstehen kann. Ich lächele so breit, dass meine Mundwinkel zu reißen drohen.

»Was?«, brülle ich zurück.

Charlie grinst mich an und trotz der Dunkelheit kann ich das Grübchen in seiner Wange erkennen. Er schiebt das Haar an meinem Hals nach hinten und lehnt sich so nah zu mir, dass ich seinen warmen Atem auf meiner Haut spüren kann.

»Es ist laut«, sagt er. »Kommst du mit raus?«

»Klar.«

Charlie nimmt meine Hand und wir kämpfen uns in den

hinteren Teil der Wohnung zu einer verschmierten Schiebetür aus Glas durch. Ich mache meine Limonadendose auf, während Charlie sich durch die Tür quetscht und wir nach draußen schlüpfen. Kalte Luft rauscht mir zur Begrüßung entgegen, ich zittere und bin beinahe froh, dass die Dose warm ist, auch wenn die Limonade grauenhaft schmeckt.

»Du scheinst der einzige andere Mensch hier zu sein, der nicht versucht, sich total volllaufen zu lassen«, sagt Charlie, als wir die donnernde Musik hinter uns gelassen haben.

»Ich trinke nicht besonders viel«, erwidere ich. Charlie nickt.

»Ich auch nicht.« Er lächelt mich an und das Grübchen taucht wieder in seiner Wange auf. Mein Magen schlägt Purzelbäume.

»Ich bin froh, dass du hier bist. Ich kenne hier sonst niemanden.« Charlie lässt seinen Blick über die Jugendlichen schweifen, die auf Klappstühlen chillen und neben der Schiebetür abhängen. Zuerst erkenne ich auch keinen von ihnen wieder, aber dann entdecke ich Tom, mit verkehrt herum aufgesetzter Baseball-Cap. Er lehnt sich nach vorne und reicht seine Zigarette einem süßen Mädchen mit schwarzen Dreads und einer dicken Brille. Das Mädchen kichert über irgendetwas, das er zu ihr sagt, beugt sich dann nach vorne und küsst ihn. Ich zucke zusammen. Grace wäre am Boden zerstört.

Charlie sieht ihn auch. »Na gut, ich kenne Tom. Aber er ist schon die ganze Zeit beschäftigt. Josh hat auch gesagt, dass er kommt, aber bisher hab ich ihn noch nicht gesehen. Und ich kenne dich.«

»Josh kommt zu dieser Party?« Ich hätte nicht gedacht, dass das hier Joshs Ding ist – er sieht so schnieke aus wie Riley. Charlie zuckt mit den Schultern.

Ich lasse meinen Blick über den fleckigen Rasen und die schmutzigen weißen Klappstühle schweifen. Dahinter kann ich die Umrisse einer Rutsche und mehrerer Schaukeln erahnen und, wie ich annehme, eines Pool, der von einem hohen Holzzaun umgeben ist. Trotz des kalten Wetters höre ich jemanden kichern und planschen.

Ein Lächeln breitet sich auf meinem Gesicht aus. Ich zerre an Charlies Ärmel. »Komm mit. Ich hab ’nen Plan.«

»Gehen wir schwimmen?«, will Charlie wissen, als ich ihn in Richtung Pool führe.

»Hier draußen sind höchstens zehn Grad!« Ich ziehe mein Sweatshirt enger um meine Schultern. »Außerdem hab ich keinen Badeanzug dabei.«

»Warum sollte dich das abhalten?«

Ich stöhne und ziehe ihn stattdessen zur Rutsche. Die Geräte auf dem Spielplatz sind aus diesem alten Stahl gemacht, der in Schulen nicht mehr verwendet wird, weil die Gefahr besteht, dass sich die Kinder beim Spielen an den scharfen Metallkanten verletzen. Ich nähere mich zögernd der Rutsche und teste die unterste Sprosse der Leiter, um sicherzugehen, dass sie mein Gewicht aushält.

»Meinst du das ernst?«, fragt Charlie. Ich hebe herausfordernd eine Augenbraue.

»Du kannst entweder mit mir rutschen oder wieder zu der Party zurückgehen und mit Leuten abhängen, die nicht mal mehr wissen, wie sie heißen. Deine Entscheidung.«

Charlie schürzt die Lippen und tut, als würde er darüber nachdenken. »Welche Leute genau?«

Ich schnappe mir einen Stein und drohe, ihn nach ihm zu werfen, aber er lacht nur und hebt die Hände. »War nur Spaß.« Er läuft zum Ende der Rutsche und geht in die Hocke. »Okay, los. Ich fang dich auf.«

»Du musst mich nicht auffangen«, sage ich. Aber ich stelle

meine Limo auf dem Boden ab, klettere die Leiter hinauf und setzte mich oben an die Rutsche. Charlie grinst.

»Natürlich muss ich das.« Er hält sich mit beiden Händen an den Seiten der Rutsche fest und schüttelt sie und das ganze Ding fängt an zu wackeln. »Das Teil ist eine Todesfalle.«

Trotz der Kühle der Nacht fühlt sich das Metall unter meinen Händen warm an. Ich stoße mich ab, und als ich schneller werde, kreische ich laut. Charlie packt meine Schultern, bevor ich im Dreck lande, und hält mich fest.

»Alles okay?«, fragt er. Er sieht tatsächlich besorgt aus. »Ich kann nicht glauben, dass sie Kinder auf dieses Ding lassen.«

»Du bist dran«, sage ich, drücke mich ab und komme wieder auf die Beine.

Charlie grinst und rennt zur Leiter. Die ganze Rutsche bebt, als er hinaufklettert, und das Metall quietscht so laut, dass ich mir sicher bin, dass sie zusammenbricht.

»Scheiße«, sagt Charlie, als er sich oben hinsetzt. »Ich hab jetzt wirklich wahnsinnigen Respekt vor dir, weil du zuerst gerutscht bist.«

»Tja, ich bin eben ein Rebell.«

»Okay, los geht's.« Charlie stößt sich ab und schießt die Rutsche hinunter. Irgendwo unterwegs wechselt er zu Warp-Geschwindigkeit – er rutscht nicht mehr, er fliegt und ich kann nicht mehr rechtzeitig aus dem Weg gehen, bevor er auf mich fällt. Wir rollen gemeinsam rückwärts und prallen in einem Knäuel auf den Boden.

»Das tut mir so leid«, sagt er und stützt sich auf einem Ellbogen ab. Er rollt nicht sofort von mir herunter. »Hast du dich verletzt?«

»Nein.« Ich halte meine Arme still, weil ich mir selbst nicht traue und es durchaus für möglich halte, dass ich ihn an der

Jacke packe und noch dichter zu mir heranziehe. Ich räuspere mich. »Alles … okay.«

Charlie neigt den Kopf zur Seite und ich frage mich, ob er weiß, was ich denke. »Ich bin wirklich froh, dass du hier bist, Sofia«, sagt er.

»Ja, na ja, ich hab schließlich auch deinen Sturz ein bisschen ausgebremst«, erwidere ich. Er bewegt sich noch immer nicht von mir runter, sondern streicht eine Locke aus meiner Stirn und schüttelt den Kopf, als hätte ich irgendwas nicht mitgekriegt.

»Nicht nur deswegen. Ich freue mich, dich zu sehen.«

Mir ist mit einem Mal zehn Grad wärmer. »Warum?«

»Du machst Witze, oder?« Charlie schließt die Augen ein wenig. Er wird mich küssen. Ich atme ein und hoffe, dass mein Mund von der warmen Limo nicht total eklig schmeckt. Aber er streicht nur mit seinem Daumen über meinen Kieferknochen, von meinem Ohr bis zum Kinn, so als wolle er sich mein Gesicht einprägen.

»Ich mag dich, okay? Du bist anders als die anderen Mädchen hier.« Er lehnt sich wieder zu mir und schließt die Augen ganz. Er zögert jedoch, als er nur noch zwei Zentimeter von mir entfernt ist.

»Ist das okay?«, fragt er.

»Ja.« Ich habe ihm kaum geantwortet, als er schon seinen Mund auf meinen presst – anfangs ganz vorsichtig, dann immer fester und gieriger. Er öffnet meine Lippen mit seiner Zunge, fährt mit seinen Fingern durch mein Haar und zieht mich näher zu sich heran, bis es an seinem Körper keinen einzigen Zentimeter mehr gibt, der sich nicht gegen meinen presst. Ich höre auf nachzudenken und reagiere einfach, indem ich meine Hüften und meine Brust mit seinen auf und ab bewege. Eine seiner

Hände steckt in meinem Haar, die andere zerrt am Bund meiner Jeans. Er fährt mit seinen Fingern durch meine Locken, lässt seine Hand dann weiter hinuntergleiten und streichelt meine Haut von meinem Hals bis zu meinem Schlüsselbein. Mehrere Schauer jagen durch meinen Körper. Eine halbe Ewigkeit vergeht, bevor Charlie sich wieder von mir löst. Sein Haar steht in alle Richtungen ab und ich sehne mich danach, es zu berühren und wieder hinter seine Ohren zu streichen. Sämtliches Blut aus seinem Kopf scheint in seine Lippen geschossen zu sein – sie sind leuchtend rot und angeschwollen, weil er mich geküsst hat.

Er streichelt meine Nase mit seiner. »Du schmeckst nach Minze«, sagt er in meinen Mund und lehnt sich nach vorne, um mich noch einmal zu küssen.

Das Gekicher im Swimmingpool geht in lautes, kreischendes Gelächter über und bricht dann ganz abrupt ab. Charlie zögert und löst seine Lippen widerwillig von meinen.

»Was denkst du, was die machen?«, frage ich. »Sollen wir mal nachsehen?«

Charlie drückt sich vom Boden ab und kommt wieder auf die Beine. Er beugt sich nach unten und streckt mir seine Hand hin. »Nur, wenn es dich davon überzeugt, dass Badeanzüge kein Muss sind.«

»Unwahrscheinlich«, sage ich, aber ich folge ihm trotzdem zum Pool. Der Zaun hat Lücken, jede ungefähr zwei oder drei Zentimeter breit. Ich schaue mit zusammengekniffenen Augen hindurch, kann aber keine Personen erkennen, nur ein Durcheinander aus Schatten. Charlie stellt sich hinter mich. Er schlingt seine Arme um meine Taille und beginnt, meinen Nacken zu küssen.

»Ich dachte, wir wollten spionieren«, flüstere ich.

»Spione machen das auch.«

Ein Stück hinter dem Zaun sagt ein Mädchen etwas, aber der Wind trägt die Worte mit sich. Ich lehne mich weiter vor und presse mein Auge gegen die größte Lücke.

Brooklyn steht auf der obersten Stufe der Kunststoffleiter eines Whirlpools und hält eine Zigarettenkippe zwischen zwei Fingern. Ein schwarzes Bikinihöschen sitzt tief auf ihren Hüften und sie trägt ein weißes Top, das sie über ihrer Taille zusammengeknotet hat. Das Trägertop ist nass und klebt an mehreren Stellen an ihrer Haut und man kann sehen, dass sie keinen BH trägt.

»Was machen sie?«, flüstert Charlie. Ich zische ihm ein »Pst« zu und lege einen Finger an meinen Mund. Im Whirlpool sitzt ein Junge, dessen braunes Haar in nassen, glatten Spitzen von seinem Kopf absteht. Dünne Dampfschwaden steigen aus dem Pool auf und vermischen sich mit dem Qualm von Brooklyns Zigarette.

»Hast du's schon mal in 'nem Whirlpool gemacht?«, fragt Brooklyn und spitzt ihre Lippen. Sie trägt dunkelroten Lippenstift. Der Junge steht auf und Wasser tropft von seinen ausgebleichten dunkelblauen Boxershorts. Er schnappt sich Brooklyn und wirbelt sie herum.

Ich erkenne die hellbraunen Augen und das gespaltene Kinn sofort. Es ist Josh. *Rileys* Josh.

Ich drücke mein Gesicht noch fester gegen den Zaun. Josh setzt Brooklyn wieder ab und zieht sie an seine Brust. Sie lässt die Zigarette hinter sich ins Wasser fallen und schiebt ihr Gesicht zu seinem hinauf. Sie küssen sich lange und intensiv und mir wird noch heißer.

Brooklyn sieht auf und ihr Blick findet genau die Stelle im Zaun, durch die ich sie beobachte. Es fühlt sich an, als hätte jemand einen eiskalten Finger ganz unten auf meinen Rücken gelegt und würde ihn an meiner Wirbelsäule hinaufwandern lassen. Sie schlingt ihre Arme um Joshs Hals und küsst ihn so gierig, dass sich ihre rot angemalten Lippen auf seine Zähne pressen, als sie ihn noch enger zu sich heranzieht. Dabei wendet sie ihren Blick die ganze Zeit über nicht vom Zaun ab. Von mir.

Es ist wie eine Mutprobe. Eine Herausforderung. Ich ziehe mich vom Zaun zurück, drehe mich zu Charlie um und habe das Gefühl, man hätte mir sämtliche Luft aus den Lungen geboxt.

»Sofia, was ist denn los?«, fragt Charlie. Ich schüttele den Kopf.

»Ich muss gehen«, sage ich.

Ich bin unterwegs zu Rileys Haus und folge einer langen, kurvigen Straße, die an Rileys Straße in einer Sackgasse endet. Knorrige Bäume säumen die Gehwege. Die Häuser stehen weit von der Straße entfernt und ihre Fenster sind dunkel. Herabhängende Äste zeichnen skelettartige Schatten auf die Vorgärten.

Ein Vogel kreischt über mir und raschelt in den Zweigen, als er davonfliegt.

»Mist«, murmele ich und versuche, mein wie wild pochendes Herz zu beruhigen. Ich bin den Großteil des Weges hierher gerannt, nicht, weil ich möglichst schnell zu Riley wollte, sondern weil ich keine Sekunde mehr in Brooklyns Nähe verbringen konnte. Jetzt, wo ich hier bin, wünsche ich mir allerdings, der Weg hätte länger gedauert.

Ich komme an weiteren riesigen Häusern vorbei, bevor ich Rileys entdecke. Ihr Haus sieht aus wie ein etwas kleingeratenes Herrenhaus. Eine breite Veranda schmiegt sich an die Vorderseite und griechisch anmutende Säulen ragen zu beiden Seiten der

Doppeltür empor. Ich drücke auf die Klingel und im Inneren hallt ein blechernes Ding-Dong wider.

Eine kleine grüne Schlange gleitet von der Holzveranda und ihr Körper bewegt sich wellenförmig über den Beton. Ich zucke zusammen und verschränke die Arme über der Brust. Im nächsten Moment verschwindet sie hinter einem schweren Blumentopf aus Ton.

Im Haus sind Schritte zu hören, dann schwingt die Tür auf.

»Sofia?« Riley lehnt sich mit der Wange gegen die Türkante und betrachtet mich von oben bis unten. »Bist du okay?«

»Es tut mir leid, ich hab versucht, dich anzurufen.« Ich versuche, wieder zu Atem zu kommen. »Kann ich reinkommen?«

Rileys Mundwinkel zuckt nach oben und ihr Gesicht wirkt gleich ein paar Grad wärmer. »Natürlich. Willst du was trinken?«

»Ähm, sicher.«

Riley macht einen Schritt zurück und öffnet die Tür zu einer Diele mit hoher Decke und echtem Marmorfußboden. Ich trete ein und bin einen Moment lang abgelenkt. Die Wände schmücken Fotos einer wunderschönen Riley, die zwischen ihren Eltern posiert, und alle drei tragen abgestimmte, piekfeine Klamotten. Ich starre sie mit offenem Mund an, erstaunt, wie perfekt sie alle aussehen, so als posierten sie für einen Katalog.

»Deine Eltern sehen nett aus.« Ich bleibe vor einem der Fotos stehen. Rileys Familie ist ganz weiß angezogen und sie sitzen auf einer Bank vor ihrem Haus am See. Trotz allem, was ich auf Brooklyns Party gesehen habe, ertappe ich mich dabei, wie ich mir wünsche, für einen oder zwei Tage in Rileys Leben schlüpfen zu können, nur, um zu sehen, wie das ist. Es muss schön sein, eine perfekte Familie zu haben, ein perfektes Haus, perfekte Freunde.

Riley bleibt neben mir stehen und schaut die Fotos an, ohne zu blinzeln. »Komm«, sagt sie, »die Küche ist da drüben.«

Ich folge ihr einen mit weißem Teppichboden ausgelegten Flur entlang in eine riesige Küche mit Geräten aus Edelstahl und Schränken aus schwerem, dunklem Holz. Graue Fliesen bedecken den Boden und das einzige Licht fließt durch das Fenster über dem Spülbecken, wo das Mondlicht durch hauchdünne Vorhänge fällt. Riley bedeutet mir, mich auf einen der Barhocker an die Kücheninsel zu setzen, die sich in der Mitte des Raumes befindet.

»Stimmt irgendwas nicht?« Sie macht den Kühlschrank auf und holt einen Krug mit Wasser heraus. Ich kann gerade genug vom Inneren des Kühlschranks sehen, um zu erkennen, dass die meisten Regale leer sind. Ich räuspere mich. Ich habe den ganzen Weg hierher darüber nachgedacht, was ich sagen soll. Aber jedes Mal, wenn sich die Worte in meinem Kopf zusammengefügt haben, überkommt mich plötzlich ein überwältigendes Gefühl der Schuld – so als sei ich diejenige, die mit Josh rumgemacht hat, nicht Brooklyn.

Riley stellt den Krug auf dem Tresen ab und mustert mich wieder. Im spärlichen Licht sehen ihre blauen Augen grau aus.

»Süße, was ist denn los?« Sie runzelt verwirrt die Stirn. Ich schaue auf meine Turnschuhe hinunter, weil ich ihr nicht in die Augen sehen kann. Wenn ich gleich nach Brooklyn gesucht hätte, sobald ich auf der Party war, anstatt mich mit Charlie auf dem Boden zu wälzen, wäre das alles gar nicht passiert.

»Ich …« Ich rutsche auf meinem Barhocker hin und her. Im Zimmer nebenan sind Schritte zu hören, die mir das Wort abschneiden. Riley hebt den Kopf, als eine Frau in einem seidenen weißen Morgenmantel die Küche betritt. Ihr Glas ist leer, abgesehen von ein paar Eiswürfeln.

»Hallo, Mädels«, sagt sie und lächelt schwach. Das muss Rileys Mutter sein, Mrs Howard, auch wenn sie überhaupt nicht so aussieht wie die Frau auf den Fotos in der Diele. Ihr Haar fällt bis auf ihre Schultern herunter. Der Schnitt erinnert im Entferntesten an eine trendige Frisur, die inzwischen herausgewachsen ist. Auch ihr Gesicht kommt mir seltsam vor – irgendwie sieht alles so aus, als sei es nicht an der richtigen Stelle, und ihre Wangen wirken hohl, als könnten sie jeden Moment in sich zusammenfallen.

Sie geht durch die Küche und das Eis in ihrem Glas klimpert. Sie holt eine Flasche mit klarer Flüssigkeit aus dem Kühlschrank, und als sie sich vorbeugt, klafft ihr Bademantel auf und ich muss meinen Blick senken, um ihre nackten Brüste nicht zu sehen.

»Amüsiert ihr Mädchen euch gut?«, fragt Mrs Howard.

»Wahnsinnig«, antwortet Riley trocken. »Komm, Sofia. In meinem Zimmer haben wir mehr Privatsphäre.«

»Hat mich gefreut, Sie kennenzulernen«, murmele ich und folge Riley die Treppe hinauf, während ich mich frage, ob sich ihr Vater hinter einer der schweren Türen befindet, die den Flur säumen. Der dicke Teppichboden dämpft unsere Schritte.

Am Ende des Flurs stößt Riley eine Tür auf, hinter der sich ein Zimmer verbirgt, das größer als das Schlafzimmer meiner Mutter ist. An den Wänden kleben altmodische Tapeten und vor den Fenstern hängen schwere Samtvorhänge. Es ist so dunkel, dass ich die Augen zusammenkneifen muss, um die Umrisse der Möbel zu erkennen. Über der Tür hängt ein kunstvolles Holzkreuz.

»Fühl dich wie zu Hause.« Riley geht quer durch den Raum, um eine Lampe anzuschalten, und lässt sich dann auf den verblassten rosafarbenen Sessel plumpsen, der vor einem antiken Schminktisch steht. Auf dem Tisch reihen sich Glasfläschchen mit Make-up und halb abgebrannte Kerzen und dazwischen liegt ein Stück Spitzenstoff, das wie ein Schal aussieht. Fotos von Alexis und Grace bedecken einen Großteil des Spiegels und lassen in der Mitte nur einen winzigen Kreis frei. Ich bleibe vor dem Schminktisch stehen und glätte ein Eselsohr an einem der Schnappschüsse. Wenn ich nicht aus einem so furchtbaren Grund hier wäre, würde ich Riley bitten, mir die Geschichte zu erzählen, die hinter jedem einzelnen dieser Fotos steckt. Ich würde mit meinem Handy Fotos von uns beiden machen und hoffen, dass ich es auch irgendwann an den Spiegel schaffe.

Links neben dem Spiegel steht eine alte Porzellanpuppe mit einem Riss im Gesicht und den gleichen braunen Locken wie Riley. Die trüben Glasaugen der Puppe verfolgen mich, als ich mich auf die Kante von Rileys Bett setze.

Ich mache den Mund auf und versuche, etwas zu sagen, aber ich kann die Worte einfach nicht laut aussprechen. *Dein Freund betrügt dich.*

»Sof?« Riley lehnt sich vor und legt eine Hand auf mein Knie. »Was ist denn?« Irgendetwas huscht über ihre Augen und sie lehnt sich wieder zurück, ihr Rücken ist kerzengerade. »Ist auf der Party irgendwas passiert?«, flüstert sie.

Ich hole tief Luft. »Riley, du musst mit Josh Schluss machen«, platze ich heraus.

Zwischen Rileys Augen bildet sich eine tiefe Falte. »Was?«

»Ich hab ihn *gesehen*«, füge ich schnell hinzu, bevor ich den Mut verliere. »Er ist jetzt mit Brooklyn zusammen.«

Erkenntnis breitet sich auf Rileys Gesicht aus und die Falte zwischen ihren Augen verschwindet wieder. Sie macht den Mund auf, schließt ihn jedoch sofort wieder.

»Du hast sie zusammen gesehen«, sagt sie mit ruhiger Stimme. Sie kneift die Augen ganz fest zusammen und ich erwarte, dass sie anfängt zu weinen, aber ihre Augen sind trocken, als sie sie mit einem Blinzeln wieder öffnet. »Hatten sie Sex?«

»Nein. Sie haben sich nur geküsst.« Ich habe den Satz kaum

ausgesprochen, als Brooklyns Worte schon in meinem Kopf widerhallen. *Hast du's schon mal in 'nem Whirlpool gemacht?*

Riley nickt. Sie fährt vom Stuhl hoch und geht in ihrem Zimmer auf und ab. Vor der Tür bleibt sie stehen, legt eine Hand auf das Holz und schließt die Augen. Ich drücke mich vom Bett ab und stehe auf, um sie in den Arm zu nehmen, als sie beginnt, langsam die Lippen zu bewegen. Sie weint nicht – sie betet.

»Amen«, flüstert sie und ihre Augen öffnen sich flackernd. Sie starrt auf die Tür, ohne ein Wort zu sagen.

»Riley, es tut mir so leid.« Meine Schultern spannen sich an und ich richte mich ein wenig auf. »Ich bin gleich hergekommen, nachdem ich sie gesehen habe. Ich dachte einfach, du solltest es wissen.«

»Ist schon okay, Sof«, sagt Riley. »Ich habe gebetet und ich denke, es ist ganz offensichtlich, was wir jetzt tun müssen. Brooklyn ist vom rechten Weg abgekommen. Wir müssen ihr helfen.«

»Du willst Brooklyn *helfen*?« Ich starre Riley mit offenem Mund an. »Aber was ist mit Josh? Bist du denn nicht stinksauer?«

»Josh hat sich von Gott abgewandt«, erwidert Riley. »Es tut weh, ja, aber ich glaube, dass er den Weg zurück zu unserem Herrn wiederfinden wird. Aber Brooklyn … Verstehst du denn nicht, Sofia? Das Ganze beweist doch, dass sie unsere Hilfe braucht. Brooklyn muss gerettet werden.«

Ein Lächeln huscht über Rileys Gesicht. Es erinnert mich an unser Kennenlernen, als ihr Lächeln auch nur auf ihren Lippen zu liegen schien und ihre Augen ganz kalt und leer blieben. Aber jetzt leuchten sie mit einer Art wilder, manischer Energie. Als Riley wieder zu sprechen beginnt, überschlagen sich ihre Worte förmlich, so als würde jedes einzelne versuchen, zuerst über ihre Lippen zu kommen.

»Wir haben gedacht, dass Brooklyn nur rebelliert, aber es ist noch viel schlimmer. Manche Menschen tragen das Böse in sich, Sofia. Brooklyn braucht uns.«

Das Wort *Böse* scheint mir zwar immer noch ein wenig zu heftig, aber nach allem, was ich gesehen habe, kann ich Riley nicht widersprechen. Wenn es das ist, was sie braucht, um über Josh hinwegzukommen, dann werde ich für sie da sein. Ich drücke ihren Arm. »Und wie stellen wir das an?«

»Keine Sorge.« Riley legt ihre Hand auf meine und drückt sie ebenfalls. »Du musst gar nichts machen. Ich habe einen Plan.«

7. Kapitel

Irgendwo im Haus knarrt eine Bodendiele und reißt mich aus dem Schlaf. Ich zwinge mich, die Augen zu öffnen, nicht sicher, ob das, was ich gehört habe, real war oder nur ein Echo aus meinem Traum. Ein einzelner schwerer Schritt donnert unten auf dem Boden. Dann Stille.

Ich fahre hoch und meine Daunendecke fällt in meinen Schoß. Mein Herzschlag pocht in meinen Ohren. Es könnte Mom sein, die nach unten gegangen ist, um sich ein Glas Wasser zu holen. Aber das ist unwahrscheinlich. Meist nimmt sie abends wahnsinnig starke Schlaftabletten und schläft wie eine Tote tief und fest bis zum Morgen durch.

Ich schiebe den Rest meiner Decke zurück und krabbele aus dem Bett. Der Boden ist eiskalt und ich zittere, während ich zur Tür stolpere. Heute Nacht leuchtet kein Mond und in meinem Zimmer ist es so dunkel, dass ich noch nicht mal meine ausgestreckten Arme vor meinen Augen sehen kann.

Das Haus versinkt in Stille. Ich bin albern. Selbst wenn es nicht Mom war, kann dieses Geräusch eine Million Ursachen haben: das Knarren des Hauses, wenn es sich absenkt, oder der Wind, der gegen die Fensterscheiben schlägt. Trotzdem halte ich den Atem an, bis ich mit meinen Fingern die Tür finde. Ich presse mein Ohr gegen das Holz und horche, ob ich wieder ein Geräusch im Flur höre.

Die oberste Stufe der Treppe stöhnt: noch ein Schritt. Da draußen ist jemand.

Ich stolpere rückwärts und knalle gegen meinen Schreibtisch. Dann höre ich ein weiteres Knarren, diesmal direkt vor meiner Tür.

»Wer ist da?«, flüstere ich. Ich entferne mich von meinem Schreibtisch und zwinge mich, auf die Tür zuzugehen. Etwas lauter frage ich: »Mom? Bist du das?«

Es ist zu dunkel, um etwas zu sehen, aber ich höre, wie die Türklinke heruntergedrückt wird, und dann spüre ich einen Lufthauch, als die Tür aufschwingt. Ein Kratzen, das klingt wie Fingernägel auf Schleifpapier, durchbricht die Stille und ich rieche Schwefel. Blau-oranges Licht erwacht mit einem Flackern zum Leben.

Ich blinzele gegen die plötzliche Helligkeit an, und als sich meine Augen langsam daran gewöhnen, erkenne ich ein brennendes Streichholz und ein Gesicht. Licht tanzt vor Rileys Augen. Sie legt einen Finger auf ihre Lippen. *Leise.*

»Du hast mich zu Tode erschreckt!« Ich atme tief ein, damit sich auch der letzte Rest meiner Angst in Luft auflöst, und lehne mich gegen meinen Schreibtisch, während mein Herz wie wild klopft. »Wie bist du ins Haus gekommen?«

Sie antwortet nicht, aber ihre Augenbraue zuckt nach oben. Ihre Augen wirken manisch, sind riesig und düster und ihre Pupillen so stark erweitert, dass sie wie schwarze Zwillingstümpel aussehen. Eine Gefühlsregung, die ich nicht einordnen kann, huscht über ihr Gesicht, und meine Frage verwandelt sich von wie in warum.

»Beeil dich«, flüstert sie. Das Streichholz brennt bis zu ihren Fingerspitzen herunter und sie schüttelt die Flamme aus. »Ich will dir was zeigen.«

Es muss um Josh gehen. Ich wette, die anderen warten im Haus auf uns und wir werden die ganze Nacht wach bleiben, Eiscreme essen und uns darüber beschweren, was für Idioten Jungs doch sind. Meine Angst verwandelt sich in Erleichterung.

Ich schnappe mir meine Turnschuhe und stoße meine Zimmertür auf. Riley folgt mir schweigend. Als wir im Flur sind, zögere ich und schaue zur Tür meiner Mutter. Ich bedeute Riley, leise zu sein, als wir die Treppe hinuntergehen.

Wir stehlen uns aus dem Haus und halten nur kurz an, damit Riley ihre grauen Turnschuhe holen kann, die sie hinter einem Blumentopf auf der vorderen Veranda versteckt hat. Sie schlüpft mit ihren nackten Füßen hinein, ohne die Schnürsenkel zu öffnen, und wir gehen die Straße hinunter.

Der Wind fährt durch die Ärmel meines Sweatshirts und ich bekomme eine Gänsehaut. Ich presse die Lippen zusammen, damit meine Zähne nicht klappern, und ziehe die Ärmel über meine Hände. Obwohl Rileys Beine nackt sind, zittert sie nicht.

Ich erkenne einen Schatten, der auf den Verandastufen sitzt, als wir uns dem verlassenen Haus nähern: Grace. Sie sieht unauffälliger aus, als ich sie je gesehen habe, und trägt nur ein schwarzes T-Shirt, Jeans und ausgebleichte Turnschuhe. Ihr Haar ist unter der Kapuze eines Hoodies mit Giraffenmuster versteckt.

»Hey, Grace«, sage ich, als ich auf der Treppe langsam an ihr vorbeigehe.

»Hey«, erwidert sie ausdruckslos. Ihr Blick wirkt ein wenig verloren und sie ignoriert Riley völlig. Man könnte meinen, sie sei diejenige, die gerade von ihrem Freund betrogen wurde.

»Ist sie okay?«, frage ich. Riley stößt die Haustür auf und wir schlüpfen hinein.

»Grace? Wahrscheinlich ist sie nur müde. Komm mit – es ist hier drüben.«

Ich schließe vorsichtig die Tür hinter mir und stelle fest, dass sie inzwischen einen Türknauf hat, der vorher noch nicht da war. Riley bemerkt meine Verwunderung und holt einen Schlüssel aus der Tasche ihrer Jeans. »Man kann nie vorsichtig genug sein«, sagt sie, als würde das sämtliche Fragen beantworten.

Wir gehen am Wohnzimmer vorbei, in dem die zusammengerollten Schlafsäcke in einer Ecke neben den Kissen aufgetürmt liegen. Keines der Teelichter brennt und der Raum wirkt dadurch leerer als beim letzten Mal. Mir wird bewusst, wie einsam wir hier draußen sind, von nichts als Erde und den Gerippen halb fertig gebauter Häuser umgeben. Der Wind raschelt durch die Plastikplane an den Fenstern. Ich stelle mir vor, wie er meilenweit über leeres Land tost, um schließlich mit voller Wucht gegen dieses Haus zu prallen, und mit einem Mal scheint er stark genug zu sein, um die Wände einzureißen.

»Wir gehen in den Keller«, sagt Riley und öffnet eine Tür, von der ich dachte, sie gehöre zu einem Wandschrank. Ich schaue die Treppe hinunter, aber ich sehe nur die Betonmauer am Ende. Der Rest des Kellers ist dunkel.

»Was ist denn da unten?«

»Eine Überraschung«, antwortet Riley. Die erste Stufe knarrt unter ihrem nackten Fuß. Sie packt mich am Arm. »Hab keine Angst.«

Ich gehe mit ihr die Treppe hinunter und konzentriere mich

darauf, einen Fuß vor den anderen zu setzen. Kalte Luft kriecht durch die Betonmauern und den Fußboden herein und verbreitet einen klammen Duft von Staub und etwas anderem, das ich nicht einordnen kann. Ich rümpfe die Nase, während wir weiter hinuntersteigen. Es riecht irgendwie metallisch, nach Münzen.

Aus der Tiefe des Kellers ist ein gedämpftes Wimmern zu hören, so als ob jemand in ein Kissen weint. Ich bleibe wie erstarrt auf der untersten Stufe stehen.

»Riley …« Ich kann noch immer nicht weiter sehen als bis zu der Betonmauer und plötzlich will ich auch nicht mehr, dass sich das ändert. Aber Riley zerrt mich am Arm und ihre Fingernägel graben sich in die Haut an meinem Handgelenk. Meine Füße bewegen sich wie von allein vorwärts.

»Es ist alles okay, Sof«, sagt sie und ich lasse zu, dass sie mich um die Ecke führt.

Die blaue Petroleumlampe von oben steht auf einem Tisch in der Nähe der hinteren Wand und wirft einen flackernden Lichtkegel auf den Beton. Alexis steht über die Lampe gebeugt und hantiert mit einem Hebel an der Seite. Ich nehme eine verschwommene Bewegung wahr, so als würde sich im Schatten hinter ihr ein Arm ausstrecken. Ich drehe blitzschnell meinen Kopf in die Richtung, um mehr zu erkennen, und bete, dass mir nur das Licht einen Streich gespielt hat.

Die winzige Flamme der Lampe tanzt immer höher und erhellt Brooklyns zusammengesunkenen Körper. Ein Streifen Klebeband zieht sich über ihren Mund und ihre Wangen und klebt ihr kurzes, verschwitztes Haar an ihrem Kopf fest. Sie ist in der Mitte des Raumes an einen Holzpfeiler gefesselt, die Arme seitlich an ihren Körper gepresst, die Beine unter ihr festgebunden.

Angst steigt in meiner Brust auf, aber ich dränge sie zurück. Das hier ist ein Scherz. Sie müssen das alles organisiert haben, um mich zu verarschen. Ich lache nervös, aber dann hebt Brooklyn den Kopf und schüttelt sich das verfilzte Haar aus den Augen. Ihr Blick wandert zu mir und ich habe das Gefühl, in kaltes Wasser zu fallen: Die Angst in Brooklyns Augen ist echt.

»Riley.« Meine Stimme klingt heiser, wie ein Flüstern. »Was hast du getan?«

»Was ich *getan* habe?« Rileys Worte schallen wie eine Ohrfeige gegen den Beton. Brooklyn zuckt bei dem Geräusch zusammen, aber sie richtet ihre roten Augen weiterhin starr auf mich. »Wir haben doch darüber gesprochen, Sofia.« Riley geht durch den Raum zu Alexis und hebt einen schwarzen Rucksack vom Boden auf. Sie fasst hinein und holt ein Fleischermesser heraus. Brooklyn atmet mit einem zitternden Schluchzen durch die Nase ein und ich lege eine Hand auf meinen Mund.

»Scheiße, Riley! Wozu brauchst du das?«

»Ich werde ihr den Teufel austreiben.« Riley dreht das Messer, damit es den grellen Schein der Lampe einfängt. Ich sehe wieder zu Brooklyn. Das Seil hat die Haut an ihren Handgelenken wund gerieben und ihr Haar ist schweißdurchnässt, aber ansonsten ist sie unverletzt. Sie sieht vor allem verängstigt aus. Ich atme aus. Es ist immer noch Zeit, das Ganze wieder in Ordnung zu bringen.

»Riley, gib mir das Messer«, sage ich und strecke meine Hand aus. Die Klinge zeigt mein verzerrtes Spiegelbild. Meine Stirn ist viel zu lang und meine Augen bestehen nur aus winzigen, leuchtend schwarzen Nadelpunkten. Ich sehe aus wie ein Monster.

»Sei nicht albern, Sofia.« Riley nimmt das Messer an sich und umklammert es besitzergreifend mit ihren Fingern. »Wir haben darüber gesprochen. Du hast versprochen, dass wir das zusammen machen.«

Riley ist völlig wahnhaft. Wir haben darüber gesprochen, ihr zu helfen, nicht, sie zu *entführen*. Brooklyn hat ihren Blick die ganze Zeit über nicht von dem Messer abgewandt. Ihr Gesicht ist angstverzerrt und die Ränder des Klebebands liegen in Falten. Ich mache ein paar Schritte durch den Keller, aber Alexis stellt sich vor mich und versperrt mir den Weg.

»Lass mich durch«, verlange ich. Alexis verschränkt die Arme vor der Brust und schaut über meine Schulter hinweg zu Riley. Brooklyn rutscht auf dem Beton hinter ihr hin und her. Das Seil um ihre gefesselten Handgelenke zieht sich knirschend enger zusammen, als sie sich bewegt. »Alexis, wir müssen sie losbinden!«

»Das ist nur zu ihrem Besten, Sofia.« Riley stellt sich hinter mich und legt eine Hand auf meine Schultern, um mich davon abzuhalten, noch weiter auf Brooklyn zuzugehen. Ein eiskalter Schauer jagt von meinen Fingerspitzen bis über meinen Rücken hinunter. »Hast du alles eingepackt, Alexis?« Riley schiebt den Rucksack auf ihrem Arm ein wenig höher. Er muss ziemlich schwer sein, denn sie verzieht das Gesicht.

»Ich denke schon.« Alexis beobachtet Riley durch den Schleier ihres blassen, weißblonden Haars. Ich kann nicht sagen, ob sie genauso schockiert ist wie ich, aber es ist offensichtlich, dass sie nichts unternehmen wird, um die ganze Sache zu stoppen.

»Was ist da drin?«, will ich wissen und schaue auf den Rucksack.

»Sehr wichtige Utensilien.« Riley öffnet den Reißverschluss des Rucksacks und holt je ein mit Salz und Wasser gefülltes Marmeladenglas, drei Flaschen Wein und eine schwere, in Leder gebundene Bibel heraus. Sie stellt alles auf dem Boden ab und greift erneut in den Rucksack. Ich erwarte weitere Messer, aber Riley zieht ein Holzkreuz heraus. Plötzlich macht es klick. »Das ist ein Exorzismus.«

»Lexie hat mir beigebracht, wie man ihn durchführt«, sagt Riley. Sie legt das Messer auf den Boden, nimmt sich eine Weinflasche und reißt den Korken heraus.

»Wir werden Brooklyn den Dämon austreiben«, erklärt Alexis. »Die meisten Priester benutzen Weihwasser oder ein Kreuz, manchmal auch gesegnetes Salz.«

Ich beschließe, über die Bemerkung mit dem Dämon hinwegzusehen, und spreche direkt die offensichtliche Schwachstelle ihres Plans an. »Aber keiner von uns ist ein Priester.«

»Wir brauchen keinen«, entgegnet Alexis. »Ich hab es Riley schon erklärt. Jeder kann einen Exorzismus durchführen, solange er vom Heiligen Geist erfüllt ist. Und je mehr wahre Gläubige man um sich hat, desto stärker ist man. Mit dir und Grace sind wir vier.«

»Hab keine Angst, Sof«, beruhigt mich Riley und trinkt einen Schluck Wein. »Das wird lustig.«

Ich nicke wie ferngesteuert. Keines ihrer Utensilien ist wirklich schlimm, abgesehen von dem Messer. Vielleicht werden sie ja nur ein bisschen Wasser auf Brooklyn kippen und eine Weile singen. Wahrscheinlich haben sie das Messer nur mitgebracht, um ihr Angst einzujagen – als Strafe dafür, dass sie mit Josh rumgemacht hat. Ich atme tief ein und versuche, meine Nerven zu beruhigen. Vielleicht ist es ja wirklich okay.

Aber als ich aufblicke, sehe ich direkt in Brooklyns blutunterlaufene Augen. Ihre Schultern heben und senken sich mit stummen Schluchzern und Schweiß und Tränen vermischen sich mit ihrem Eyeliner. Dicke schwarze Linien strömen über ihr Gesicht. Das hier ist kein Scherz. Riley hat nie gesagt, dass sie Brooklyn bestrafen will – sie hat behauptet, dass sie sie *retten* will, und aus irgendeinem Grund scheint sie dazu ein Messer zu brauchen und muss Brooklyn in einem Keller gefangen halten.

»Ich kann das nicht tun«, sage ich. Ich hebe einen Fuß vom

Boden, stelle ihn hinter mir ab und bewege mich ganz langsam in Richtung Treppe. Meine Beine fühlen sich so taub an, dass ich Angst habe zusammenzubrechen. »Ich muss gehen.«

Ich drehe mich um und stolpere zur Treppe, ohne Rileys Reaktion abzuwarten. Als ich die Betonmauer erreiche, renne ich los und meine Schuhe klatschen auf den Stufen. Mein Gehirn arbeitet viel zu schnell und sagt mir, dass ich überreagiere und dass alles in Ordnung ist. Gleichzeitig beginnen meine Handflächen zu schwitzen und mir zittern die Knie. Mein Körper will so weit wie möglich von hier weg.

Als ich durch die Kellertür stürze, läuft die Zeit mit einem Mal schneller. Mein Herzschlag pulsiert in meinen Ohren und macht es mir unmöglich, noch klar zu denken. Ich renne so schnell durch die Küche, dass ich mir einen Arm am Türrahmen anstoße, in den Flur stolpere und hart auf meinen Knien lande. Ein Schmerz schießt durch meine Beine, aber ich beiße die Zähne zusammen, rappele mich schnell wieder auf und renne weiter.

Die Schatten im Wohnzimmer scheinen nach mir zu grapschen, als ich daran vorbeirausche. An der Haustür angelangt, schaue ich hinaus, aber Grace sitzt nicht mehr auf der Veranda. Ich bleibe nicht stehen, um darüber nachzudenken, wo sie abgeblieben sein könnte. Meine Hände zittern so stark, dass der Türknauf scheppert, während ich versuche, das Schloss zu öffnen, aber schließlich gelingt es meinen Fingern, die Tür zu entriegeln. Ich drehe den Knauf und ziehe daran.

Die Tür bewegt sich nicht. Ich ziehe noch stärker. Der Knauf lässt sich ganz leicht drehen, aber die Tür selbst bleibt fest verschlossen. Schließlich sehe ich auf. Am Türrahmen ist ein Riegel festgeschraubt, der mit einem schweren Vorhängeschloss aus Metall gesichert ist.

»Scheiße.« Meine Stimme ist kaum lauter als ein Flüstern, aber sie dröhnt in meinen Ohren. Ich denke daran, was Riley gesagt hat, als ich den neuen Türknauf gesehen habe. *Man kann nie vorsichtig genug sein.*

Ich stolpere wieder durch den Flur zurück und reiße die erste Tür auf, die ich sehe. Es ist ein Schlafzimmer mit zwei Fenstern an der hinteren Wand. Ich renne durch den Raum und taste mit meinen Fingern nach der Kante des Fensters. Meine Hand streicht über Metall. Mich verlässt der Mut.

Der Fensterrahmen ist voller Nägel – das Fenster ist fest verschlossen. Einige der Nägel wurden tief ins Holz gehauen, andere sind lang und ganz verbogen und stehen in alle Richtungen aus dem Rahmen ab. Auf dem Fensterbrett liegt ein einsamer, krummer Nagel neben den verwackelten Umrissen eines Herzens, das jemand ins Holz geritzt hat.

Einen langen Augenblick lang starre ich einfach nur auf die Nägel und versuche, nicht zu hyperventilieren oder in Tränen auszubrechen. Riley ist nicht verrückt genug, uns alle hier einzusperren und die Fenster zu vernageln, damit wir nicht mehr weg können. Aber im selben Moment, als mir dieser Gedanke kommt, wird mir klar, dass sie genau das getan hat. Ich sitze hier mit ihr in der Falle – wir alle.

Meine Beine zittern, als ich mich rückwärts bewege. Ich fange an, wahllos Türen zu öffnen und verzweifelt nach einem Fluchtweg zu suchen, den Riley übersehen hat. Meine Atmung geht immer abgehackter, während ich von einem leeren Raum zum anderen renne. Ich kralle verzweifelt nach den Nägeln in den Fensterbrettern, bis meine Finger bluten, aber sie bewegen sich keinen Millimeter. Riley muss eine Nagelpistole benutzt haben.

Schließlich torkle ich ins Badezimmer. Hier gibt es nur ein Fenster, eines von der Sorte, die man mit einer Kurbel öffnet.

Aus dem Rahmen ragen keine Nägel heraus. Ich stoße ein zitterndes, verzweifeltes Schluchzen aus.

Ich umfasse die Kurbel mit beiden Händen. Das Plastik des Griffs schneidet sich in meine Haut, als ich ihn mit aller Kraft herumreiße. Das Fenster ruckelt und öffnet sich einen Spaltbreit und kalte Luft strömt ins Badezimmer. Wolken verdecken den Mond und die Nacht ist rabenschwarz. Grillen zirpen im Gras.

Ich höre auf, an der Kurbel zu drehen, als die Öffnung groß genug für mich ist, um hinauszuklettern. Die Grillen zirpen lauter, aber vielleicht kommt es mir auch nur so vor, weil mein Herz langsamer schlägt. Ich werde es schaffen. Ich werde von hier verschwinden und ich werde die Polizei rufen. Ich wische meine verschwitzten Hände an meiner Jeans ab, beuge mich vor und meine Knöchel werden ganz weiß, als ich mich mit den Fingern am Fensterbrett festkralle.

Eine Hand klatscht von außen an die Scheibe und schlägt das Fenster zu. Meine Finger stecken noch immer dazwischen.

Ein beißender, heißer Schmerz schießt durch meine Hände. Ich schreie auf und versuche, mich loszureißen, aber das Fenster klemmt meine Finger fest. Die Wolken ziehen weiter und Riley steht ins Mondlicht getaucht vor mir.

Sie betrachtet mich aus ihren grauen Augen, lehnt sich dann mit ihrer Schulter gegen das Fenster und drückt es noch fester gegen meine Finger.

»Ich kann dich jetzt nicht gehen lassen, Sof.« Riley tritt von der Scheibe zurück und das Fenster geht wieder auf. Ich reiße meine Hände raus und keuche abgehackt. Blut quillt zwischen meinen Knöcheln hervor und tropft an meinen Handgelenken hinunter auf die Ärmel meiner Jacke.

»Mach dich sauber«, sagt Riley. »Wir fangen gerade erst an.«

8. Kapitel

Ich falle mit den Knien auf den kalten Badezimmerboden, taste hektisch nach der Rolle Klopapier neben der Toilette und wische ungeschickt das Blut weg, das von meinen Fingern tropft. Ich öffne und schließe prüfend meine Hand. Es ist nichts gebrochen.

Jemand hämmert gegen die Tür. »Beeil dich, Sof.« Das Holz dämpft Rileys Stimme. »Wir warten.«

Ich hole zweimal tief Luft. Meine Lunge brennt und in meinem Kopf dreht sich alles. Es ist nur Riley. Riley, die mit mir über Jungs gequatscht und Rotwein getrunken hat. Riley, die darauf bestanden hat, dass ich mit ihr esse, nachdem ich die tote Katze gefunden hatte. Sie ist nicht verrückt – sie ist nur durchgedreht. Die echte Riley ist immer noch da drin.

Außerdem kann ich ja nicht ewig im Badezimmer bleiben. Ich lecke meinen Daumen ab und wische das Blut von meinen Knöcheln. Dann stoße ich die Tür auf.

Das Mondlicht, das durchs Badezimmerfenster hereinscheint, erhellt Rileys schmale Schultern und ihre langen, dünnen Arme.

Sie neigt den Kopf zur Seite und ihre dunklen Locken bauschen sich auf ihrer Schulter. Sie sieht aus wie eine Puppe.

»Geh wieder in den Keller«, befiehlt sie. »Ich muss mich um das da kümmern.«

Sie nickt in Richtung Badezimmer. Sie hat eine Nagelpistole in der Hand. Dann schiebt sie sich an mir vorbei, um auch die letzte Fluchtmöglichkeit in diesem Haus zu verschließen.

»Riley, überleg dir das noch mal«, sage ich. Riley dreht sich um. Sie lächelt nicht, aber die Falten um ihre Augen und ihren Mund werden weicher. Sie nimmt meine Hand und drückt sie direkt über meinem Handgelenk.

»Ich weiß, dass du Angst hast, Sofia«, erwidert sie. »Ich weiß, dass du deshalb versucht hast abzuhauen. Aber wenn du nicht für mich bist, dann bist du gegen mich.«

Ihre Hand schließt sich enger um meine, gerade so viel, dass ich ein Zwicken an meinem Handgelenk spüre. Ich zucke zusammen und reiße meinen Arm los.

»Ich bin für dich«, sage ich und blicke auf die Nagelpistole runter.

»Gut« erwidert Riley. »Und jetzt geh.«

Schatten breiten sich über den ganzen Flur aus und ich kann kaum erkennen, wohin ich gehe. In der Küche finde ich einen Lichtschalter und drücke ihn, aber nichts passiert. Fluchend stoße ich die Kellertür auf und klammere mich im Dunkeln am Geländer fest. Vorsichtig taste ich mit der Spitze meines Turnschuhs nach der obersten Stufe.

Grace lugt hinter der Betonmauer hervor, sie wartet am Fußende der Treppe. »Kommst du runter, oder was?«

»Grace«, sage ich erleichtert. Schatten verbergen ihr Gesicht und ich stelle mir dieselbe leere, ausdruckslose Miene vor, die ich auch auf der Veranda bei ihr gesehen habe. Alexis wird sich auf Rileys Seite stellen, ganz gleich, was passiert. Aber Grace ist anders. Sie kann unmöglich glauben, dass das, was da unten passiert, in Ordnung ist. »Ich glaube, Riley …«

Die Kellertür öffnet sich hinter mir und schneidet mir das Wort ab. Ich drehe mich um.

Riley tritt auf die Treppe. Im spärlichen Licht sind nur die Umrisse ihres schlanken Körpers zu erkennen. Sie zieht die Tür zu und etwas Metallenes knallt gegen das Holz. Ich lasse meinen Blick zur Tür schweifen und erkenne, dass ein dickes Bolzenschloss am Türrahmen angebracht ist.

»Was ist das?«

»Riley hat es montiert«, antwortet Grace.

»Wir wollen schließlich nicht, dass sich jemand an uns ranschleicht«, fügt Riley hinzu.

Ich blinzele gegen die Dunkelheit an. Riley schließt das klickende Schloss ab und steckt dann den Schlüssel in ihre Hosentasche. Sie schließt den Rest der Welt nicht aus – sie schließt uns ein.

»Beeilung, Mädels«, sagt Riley und geht die Treppe hinunter. »Wir haben viel zu tun.«

Grace schlurft ohne ein weiteres Wort tiefer in den Keller hinein. Ich folge ihr, aber jedes Mal, wenn ich einen Fuß auf eine der knarrenden Stufen setze, blitzt ein neues Bild vor meinem inneren Auge auf: zuerst der mit Wein und Weihwasser gefüllte Rucksack, dann die zugenagelten Fenster und jetzt das brandneue Bolzenschloss an der Tür. Es muss mehrere Tage gedauert haben, das alles vorzubereiten, vielleicht sogar Wochen. Ich stelle mir vor, wie Riley oben die Fenster zunagelt, kurz bevor wir anderen zum Haus kommen, um Wein zu trinken und über Josh abzulästern. Ich stelle mir vor, wie Riley genau an dem Nachmittag im Eisenwarenladen ein Bolzenschloss gekauft hat, an dem ich mit Brooklyn im Tattoo-Studio war. Ich wische meine verschwitzten Handflächen an meiner Jeans ab.

Alexis hockt neben Brooklyn und flüstert. Sie blickt auf, als wir drei uns ihr nähern, und steckt ihr dünnes Haar hinters Ohr. Sie hat rund um Brooklyn flackernde Kerzen aufgestellt und deutet auf eine letzte, die sie noch in der Hand hält.

»Ich hab gelesen, dass Dämonen Angst vor Feuer haben«, erklärt sie und ihre großen Augen blinzeln.

»Guter Plan, Lexie«, säuselt Riley. »Das ist, als würden wir sie mit einem Kreis aus Licht umgeben, um sie aus der Finsternis zu ziehen.«

Riley drückt meine Schulter. »Ja, gute Idee«, füge ich hinzu und sie strahlt mich an.

Alexis stellt die letzte Kerze auf den Boden und steht wieder auf. »Jetzt, wo wir alle hier sind, sollten wir anfangen.«

Sie greift nach meiner Hand und Riley nimmt meine andere. Zusammen mit Grace bilden wir einen Halbkreis um Brooklyn. Ich will sie nicht ansehen, aber ich habe keine Wahl und hebe den Blick.

Eine Strähne ihres verschwitzten platinblonden Haars hängt Brooklyn ins Gesicht und flattert jedes Mal um ihre Nase herum, wenn sie ausatmet. Dicker schwarzer Eyeliner rinnt in Tränen über ihre Wangen. Ich halte Rileys Hand noch fester. Wir müssen nur den Exorzismus hinter uns bringen. Vielleicht wird es ja gar nicht so schlimm.

»Wir müssen mit Gott im Reinen sein, bevor wir anfangen können«, erklärt Alexis. Brooklyn schiebt ihren Fuß, der in schweren Springerstiefeln steckt, ein Stück zur Seite. Die Sohle quietscht auf dem Betonboden. »Wenn wir wollen, dass er den Dämon vertreibt, müssen wir unsere Sünden beichten und ihn um Vergebung bitten.«

Zwischen uns breitet sich eine unangenehme Stille aus, die nur von den Flammen durchbrochen wird, die um die Dochte der Kerzen züngeln. Ich bin mir nicht sicher, ob ich die Sünden der anderen kennen möchte.

»Ich schätze, dann fang ich mal an«, sagt Grace schließlich und spielt nervös am Reißverschluss ihrer Kapuzenjacke herum. Sie starrt auf ihre Turnschuhe, während sie spricht, so als würde sie ihnen ihre Geschichte erzählen und nicht uns. »Ich brauche ein Stipendium, damit ich mir ein gutes College leisten kann, und deshalb brauche ich gute Noten. Analysis macht mich aber so richtig fertig und letzte Woche hab ich meinem kleinen Bruder ein bisschen von seinem Ritalin geklaut. Er hat ADHS, und die Tabletten sollen ihm dabei helfen, sich zu konzentrieren. Ich dachte, die helfen mir sicher auch beim Lernen.«

»Oh, Grace«, erwidert Riley. »Warum hast du uns denn nicht gesagt, dass du in Schwierigkeiten steckst?«

»Ich hab mich geschämt«, gesteht sie und lässt die Hand von ihrem Reißverschluss fallen. »Es war ja nur das eine Mal. Sie haben mir geholfen, den Test zu überstehen, aber ich hab mich die ganze Zeit ziemlich benebelt gefühlt. Ich nehme sie ganz bestimmt nicht noch mal.«

Riley sieht Grace direkt in die Augen, als sie ihren Blick wieder hebt. »Gut.«

Der Wind drückt mit solcher Wucht gegen das winzige, rechteckige Fenster in der Nähe der Kellerdecke, dass das Glas ächzt. Gestern hätte mich Grace' Beichte vielleicht noch schockiert, aber im Licht der jüngsten Ereignisse sind die paar Pillen, die sie sich eingeworfen hat, ziemlich harmlos.

»Du bist dran«, sagt Riley und nickt Alexis zu.

Alexis lässt Grace' Hand los und wickelt eine Strähne ihres langen blonden Haars um ihren Finger. Sie dreht sich zu mir um, als sie anfängt: »Riley und Grace wissen das schon, aber meine ältere Schwester, Carly, ist seit ein paar Monaten im Krankenhaus. Das hätte eigentlich ihr bestes Jahr in der Abschlussklasse werden sollen und jetzt liegt sie im Koma – und das alles nur, weil sie aus Versehen eine winzige Erdnuss gegessen hat.« Alexis' Akzent wird stärker, während sie spricht, und sie macht genau an den richtigen Stellen kurze Pausen, so als hätte sie diese Geschichte schon viele Male erzählt. Sie flüstert das Wort *Koma*, als sei es zu schmerzhaft, es laut auszusprechen.

Riley räuspert sich. »Das ist doch nicht deine Schuld, Lexie«, sagt sie.

Alexis wickelt die blonde Strähne immer enger um ihren Finger. »Das ist es nicht. Ich sollte eigentlich die ganze Zeit traurig sein, aber das bin ich … einfach nicht.« Das Kerzenlicht flackert und spiegelt sich in Alexis' großen, dunklen Augen. »Vieles ist einfacher geworden, seit sie nicht mehr da ist«, fährt sie fort. »Ich muss mich nicht mehr mit ihr messen und wir streiten uns nicht mehr. Es gibt Tage, an denen ich mir wünsche, dass sie nie wieder aufwacht.«

»Aber sie ist deine Schwester«, sagt Grace.

»Ich weiß«, erwidert Alexis. Ihre Stimme beginnt zu zittern und ich merke, wie sehr Alexis der Gedanke quält. Aber trotzdem kommt mir irgendetwas an ihrer Beichte seltsam vor. »Ich bete jeden Tag um Vergebung. Gott weiß, dass ich mir wünsche, dass Carly wieder gesund wird.«

Grace nickt, verzieht jedoch angewidert den Mund. Was für ein Mensch wünscht sich, dass die eigene Schwester nicht mehr aus dem Koma aufwacht?

»Wir vergeben dir, Lexie«, versichert Riley. »Carly wird bestimmt bald wieder aufwachen und du wirst dich freuen, sie wiederzuhaben. Da bin ich ganz sicher.«

Der Wind schwingt sich zu einem Heulen auf. Grace lächelt Alexis ein wenig beklommen zu und Alexis atmet sichtbar erleichtert aus.

»Ich bin die Nächste«, bestimmt Riley. Sie strafft die Schultern und lässt ihre Augen ganz absichtlich sanfter wirken. »Ich hab euch ja immer gesagt, dass Josh und ich bis nach der Hochzeit warten wollen, aber, na ja, diesen Sommer am Seehaus ist die Sache ein bisschen außer Kontrolle geraten.«

»Ernsthaft?« Grace reißt die Augen auf. »Warum hast du uns denn nichts erzählt?«

»Ja, wie sehr außer Kontrolle?«, will Alexis wissen.

»Wir sind nicht bis zum Äußersten gegangen, aber wir waren nahe dran. Ich hab ihn aufgehalten, bevor wir diese Grenze überschritten hätten. Aber manchmal frage ich mich, was passiert wäre, wenn ich es nicht getan hätte. Wahrscheinlich ist es meine Schuld, dass …«

Ihre Stimme bricht und sie schüttelt den Kopf und kann ihren Satz nicht zu Ende bringen. Sie setzt die Weinflasche an ihre Lippen, schließt die Augen und trinkt. Als sie die Flasche wieder absetzt, flüstert sie: »Lieber Gott, bitte vergib mir.«

Wieder breitet sich Stille zwischen uns aus und diesmal ist sie angespannt. Alexis drückt meine Hand so fest, dass meine Finger taub werden, während Grace nur auf ihre Turnschuhe starrt und sich weigert, einer von uns in die Augen zu schauen. Riley knufft mich in die Seite. »Sof? Du bist dran. Du kannst uns alles erzählen.«

Ich schaue zu Boden, als sich die Blicke der anderen auf mich richten.

Meine Haut kribbelt komisch und die Erinnerung läuft wie ein Film in meinem Kopf ab, bevor ich auch nur ein Wort sagen kann.

Ich rutsche im Biologieunterricht auf meinem Hocker hin und her, stecke ein Wattestäbchen in eine Plastiktüte und beschrifte das Etikett mit einem Filzstift. Ich kauere über dem Tisch, als mich etwas am Kopf piekt.

»Hey!«, sage ich und drehe mich um. Erin steht hinter mir, ein Wattestäbchen in der Hand. Sie trägt ein Lederoberteil, dessen V-Ausschnitt so tief ist, dass sie unmöglich einen BH tragen kann.

»Lila und ich haben gewettet, wo hier im Klassenzimmer wohl die meisten Keime sind«, sagt Erin und lässt das Wattestäbchen in eine Plastiktüte fallen. »Ich hab mein ganzes Geld auf dein furchtbar fettiges Haar gesetzt.«

Sie lacht nicht, aber die Schüler hinter ihr kichern und glucksen hinter vorgehaltenen Händen. Ich sehe Karen an, die mit Lila am anderen Ende des Raumes steht. Sie sieht zwar nicht so amüsiert aus wie alle anderen, aber sie starrt nur auf ihre Schuhe und sagt kein Wort.

Tränen brennen in meinen Augenwinkeln, aber ich weiß, dass es das Schlimmste wäre, wenn ich jetzt anfangen würde zu weinen. Stattdessen schiebe ich meinen Hocker zurück und gehe ganz schnell aus dem Raum. Als ich den Flur erreiche, zittern meine Schultern und ich kann mein Schluchzen nur schwer unterdrücken. Ich höre sie hinter mir lachen. Das Geräusch dröhnt in meinem Kopf.

»Sof?« Rileys Stimme holt mich wieder in die Gegenwart zurück und ich öffne blinzelnd die Augen.

Alexis berührt meinen Arm. »Es ist okay, wir sind für dich da.«

Ich schlucke und schüttele die Erinnerung ab. Fast ohne es zu merken, zupfe ich an meiner Nagelhaut herum.

»Ich hab in meiner letzten Schule nirgendwo dazugehört. In meinem Naturwissenschaftskurs waren ein paar Mädchen, die sich immer über mich lustig gemacht haben. Und …« Ich schlucke den Rest des Satzes hinunter, weil ich mir nicht sicher bin, wie ich ihn beenden soll. Riley schubst mich mit der Schulter an.

»Und was?«

Ich ziehe an der Haut meines Daumennagels. »Ich hab mich mit einer von ihnen geprügelt«, lüge ich. »Sie musste ins Krankenhaus.«

Ich wünsche mir, das wäre wirklich passiert, und dann fällt mir wieder ein, wie Großmutter mir gesagt hat, man könne auch in Gedanken sündigen – dass etwas zu denken beinahe genauso schlimm ist, als würde man es wirklich tun. Wenn das wahr ist, dann habe ich genauso schlimme Sünden begangen wie die anderen. Ich wollte Erin wirklich verprügeln.

»Oh, Sofia.« Riley stellt sich vor mich und fasst mich an den Schultern. Sie zieht mich in ihre Arme und streicht mit einer Hand über meinen Hinterkopf. »Du musst dich so allein gefühlt haben«, sagte sie so leise, dass nur ich sie hören kann. »Aber jetzt bist du bei uns«, fügt sie hinzu. »Genau dort, wo du hingehörst.«

Eine Sekunde lang fällt es mir ganz leicht, den wahren Grund zu vergessen, aus dem wir hier sind – und die Tatsache, dass Brooklyn gefesselt in der Ecke sitzt. Dann drückt Riley mich an sich und ihre Umarmung ist gerade so fest, dass ich mir nicht sicher bin, ob sie mich wirklich trösten will oder ob ich es als Warnung verstehen sollte. Als sie sich wieder von mir löst, sieht sie mich nicht noch einmal an. Stattdessen kneift sie die Augen zusammen und wendet sich Brooklyn zu.

»Wir alle haben uns vor Gott demütig gezeigt«, sagt sie und macht ein paar Schritte nach vorne. Sie kniet sich vor Brooklyn auf den Boden, diesmal so nahe, dass sich ihre Knie gegen Brooklyns ausgefranste Jeans pressen.

»Was ist mit dir?« Riley greift nach dem Klebeband auf Brooklyns Mund und reißt es ab. Brooklyn schnappt nach Luft und ihr Kopf kippt auf ihre Brust. Ich zucke zusammen, als ich den bösen roten Streifen sehe, den das Band auf ihrem Gesicht hinterlassen hat.

Riley packt Brooklyn am Kinn und zwingt sie, ihr in die Augen zu schauen. Brooklyns verschmierter Eyeliner klebt an Rileys Fingern. Sie atmet stoßweise und keuchend ein und es klingt so schmerzhaft, dass es mir in der Brust wehtut.

»Bist du bereit, zu beichten?«, fragt Riley.

Einen langen Augenblick lang hebt Brooklyn ihren Blick nicht vom Boden. Sie blinzelt heftig, so als würde sie versuchen, ihre Tränen zurückzuhalten. Das ist es, wird mir bewusst. Das ist es, was Riley wollte. Vielleicht wird sie den Exorzismus ja gar nicht durchführen – sie will nur, dass Brooklyn zugibt, was sie getan hat.

Schließlich sieht Brooklyn doch zu Riley hinauf. Mit zitternden Lippen öffnet sie den Mund.

Und spuckt Riley ins Gesicht.

»Fahr zur Hölle«, sagt sie.

9. Kapitel

Riley wischt sich mit dem Handrücken Brooklyns Spucke von der Wange. Ich erwarte, dass sich ihr Gesicht vor Wut verzerrt, aber sie starrt nur mit glasigen Augen geradeaus und verzieht ihre Lippen zu einer dünnen, straffen Linie. Ich sehe nicht eine Spur von dem Mädchen, das ich zu kennen geglaubt habe. Sie trinkt aus der Weinflasche und leckt sich mit der Zunge über die Lippen.

»Wie fühlt sich das an, du Schlampe?« Brooklyn zerrt an ihren Fesseln, und der Pfeiler, an dem sie festgebunden ist, ächzt leise. Sie spuckt noch einmal aus, und diesmal trifft sie Rileys Fuß. »Ich sollte dich in *Satans* Namen taufen.«

Riley neigt den Kopf zur Seite. Sie erinnert mich an einen Falken, der eine Maus beäugt. »Tja, dann. Wir haben noch viel vor. Alexis, was kommt als Nächstes?«

»Wir müssen für Brooklyns Seele beten. Ich habe die Stelle hier«, antwortet Alexis. Ich kaue auf der Innenseite meiner Wange herum, während sie ein vergilbtes Blatt Papier zwischen den Seiten ihrer Bibel hervorzieht. Selbst jetzt, inmitten all dieses Irrsinns, sieht sie in ihrer weißen Strickjacke mit den silbernen Herzchen und ihren Jeansshorts absolut makellos aus. Ich werte das als gutes Zeichen. Sie hätte sich nicht so hübsch angezogen, wenn sie geglaubt hätte, dass das hier gewalttätig enden könnte.

»Dann beschwöre ich mal den Dämon herauf.« Riley greift nach der Flasche mit dem Weihwasser.

»Sofia, ich brauche dich.« Riley streckt mir ihre freie Hand hin. Als ich sie nicht sofort nehme, packt sie meine Hand, schiebt ihre Finger zwischen meine und zieht mich noch näher zu sich heran. »Wir können uns dem Dämon gemeinsam stellen. Deine Stärke wird meine Stärke sein.«

Ich versuche, Riley in die Augen zu sehen und darin wenigstens ein kleines Flackern der Riley zu entdecken, die ich mag. Der Riley, von der ich dachte, sie sei meine Freundin. Die Lampe steht aber so, dass sich ihre Augen im Dunkeln befinden und nur ihr Lächeln erleuchtet ist. Es verzerrt sich zu einem hämischen Grinsen.

»Hab ein bisschen Vertrauen«, sagt sie zu mir. Sie nimmt Grace bei der Hand und zieht sie weiter in den Kreis.

Alexis beginnt vorzulesen. »Wir treiben dich aus, du unreine, satanische Macht.« Ihre klare, feste Stimme erfüllt den Keller bis in die hintersten, kalten Ecken. Ich will meine Hand aus Rileys Griff lösen, aber als ich mich bewege, drückt sie nur umso fester zu.

»Sei demütig unter der mächtigen Hand Gottes«, fährt Alexis fort. Ich wende meine Aufmerksamkeit wieder ihr zu und frage mich, wo sie die lächerliche Passage gefunden hat, die sie vorliest. Sie klingt, als stamme sie aus einem schlechten Horrorfilm.

Alexis' Stimme wird lauter. »Erzittere und fliehe!« Sie blickt von der Bibel auf und betrachtet Brooklyns Gesicht, als erwarte sie, dass sie anfängt, sich auf dem Boden zu wälzen, oder dass Rauch aus ihrem Mund aufsteigt.

Aber Brooklyn hebt nur eine Augenbraue. »Hast du das auf Wikipedia gefunden?«, fragt sie und lacht höhnisch.

»Ja, wo hast du das her, Lexie?«, will nun auch Grace wissen und runzelt die Stirn.

»Das ist das offizielle Gebet für einen rituellen Exorzismus«, antwortet Alexis.

Brooklyn lacht nur noch lauter. »Ich weiß wirklich nicht, warum ich mir Sorgen gemacht hab«, sagt sie. »Ihr seid ganz offensichtlich allesamt Profis.«

»Halt die Klappe«, fährt Riley sie an. »Es spielt keine Rolle, woher das stammt. Was wir sagen, ist nicht so wichtig wie das, was wir glauben.«

Riley kippt die Flasche mit dem Weihwasser vorsichtig über Brooklyns Kopf aus. Das Wasser tropft aus der Flasche und Brooklyn zuckt zusammen, als es sie trifft. Sie blinzelt ein paar Mal und starrt Riley herausfordernd an.

Dann neigt sie den Kopf zur Seite, damit der Rest des Wassers über ihr Gesicht fließt, und schüttelt ihr Haar aus, als wäre sie ein Hund.

»Macht ihr das, damit ich für den *Wet-T-Shirt*-Teil der Nacht bereit bin, der später noch ansteht?«, fragt sie. Riley umfasst die Flasche noch fester und ihr Lächeln verhärtet sich.

»Sie macht sich über uns lustig«, sagt Riley. »Sof, gib mir das Salz.«

Ich rühre mich nicht. Riley funkelt mich an.

»Je schneller du uns hilfst, desto schneller ist das alles vorbei.«

»Na schön.« Ich löse meine Finger aus Rileys Griff. Brooklyn hat recht. Riley ist kein Profi – sie ist nur ein wütender Teenager.

Uns hier einzusperren, war ziemlich krank, aber das hier ist ein reines Schikane-Ritual, um Brooklyn zu zeigen, wer das Alphaweibchen ist. Ich hebe das Glas mit dem Salz vom Boden auf und lege es Riley in die Hand. Die meisten anderen Mädchen hätten wahrscheinlich nur ein Hass-Buch gebastelt.

Wasser tropft aus Brooklyns Haar.

»Mach weiter«, drängt Riley und Alexis räuspert sich.

»Befreie uns aus den Fängen des Teufels, o Herr«, fährt sie, etwas weniger enthusiastisch als zuvor, fort.

Riley schüttet ein wenig Salz in ihre Hand und wirft es in die Luft. Ich zucke zusammen, als es Brooklyn im Gesicht trifft, aber sie kneift die Augen zusammen und wendet sich ab und das meiste fällt auf ihr Haar. Ein paar winzige weiße Kristalle bleiben an ihren nassen Wangen und in ihrem Mundwinkel kleben. Brooklyn leckt sich die Lippen.

»Wirf nächstes Mal noch eine Limette und ein bisschen Tequila mit rüber«, sagt sie. Ich beiße mir auf die Lippen, um ein Grinsen zu unterdrücken.

»Gottlose«, faucht Riley. Sie schüttet ein weiteres Häufchen Salz in ihre Hand und schleudert es in Brooklyns Gesicht. Diesmal trifft sie ihre Nase und ihren Mund. Brooklyn flucht leise und versucht, das Salz aus ihren Augen zu blinzeln. Riley wirft sofort eine zweite Handvoll hinterher, dann noch eine. Als das Glas beinahe leer ist, lässt sie sich auf den Boden fallen, ihre Knie nur wenige Zentimeter von Brooklyns entfernt.

»Reicht dir das immer noch nicht?« Riley fährt mit ihren Fingern durch Brooklyns Haar, reißt ihren Kopf brutal nach hinten und zwingt sie, nach oben zu schauen. Brooklyns Augenwinkel zucken.

»Riley.« Ich mache einen Schritt nach vorne. Das Ganze ist nicht mehr komisch. Selbst Alexis hört auf zu lesen.

»So sollten wir das nicht machen«, sagt Alexis, und zum ersten Mal zittert ihre Stimme. Der trotzige Ausdruck auf Brooklyns Gesicht verschwindet.

»Seht ihr denn nicht, was sie tut?«, erwidert Riley. »Sie lacht uns aus.«

Riley löst unsanft ihre Hand aus Brooklyns Haar und erhebt sich wieder. Ihr Blick huscht zu dem Kreuz, das um Alexis' Hals hängt. Ich bin die Einzige, die Brooklyn beobachtet, und ich sehe, wie sie ihre Schultern strafft und ihre Hände auseinanderreißt, um die Fesseln zu lockern. Ich will ihr helfen, aber als ich einen Schritt auf sie zugehe, bewegt Brooklyn den Kopf vor und zurück und schaut demonstrativ in Richtung Treppe. Ich runzele die Stirn, verstehe aber, was sie versucht, mir zu sagen. Wir sind hier unten eingesperrt und es steht drei gegen eine. Ich kann es mir noch nicht erlauben, mich den anderen zu widersetzen.

»Wir brauchen was Stärkeres«, sagt Riley und lässt ihren Blick auf Alexis' Halskette ruhen. »*Das da*. Leih mir mal dein Kreuz, Alexis.«

Alexis reicht mir wortlos die Bibel. Sie greift nach ihrer Halskette und fummelt am Verschluss herum. Das Kreuz fällt in ihre Hand. Sie streckt sie Riley hin.

Riley hält das Kreuz an der Kette hoch. »Danke, Lexie«, sagt sie. Sie lässt das Kreuz direkt vor Brooklyns Augen hin und her schwingen wie ein Pendel.

»Ich treibe dich aus, im Namen des Vaters, des Sohnes und des Heiligen Geistes«, sagt sie. Es sind fast dieselben Worte, die sie benutzt hat, um mich zu taufen.

Brooklyn sieht zu, wie das Kreuz hin und her baumelt. Ihre wütenden, blutunterlaufenen Augen richten sich wieder auf Riley. Rileys Miene wird ernster. Sie zieht ihren Arm zurück und schleudert Brooklyn das Kreuz ins Gesicht. Die Kette blitzt in der Luft und trifft mit einem Klatschen auf. Das Kreuz schneidet sich tief in Brooklyns Wange und hinterlässt einen dünnen roten Streifen auf ihrer Haut. Ein einziger Tropfen Blut rinnt wie eine Träne über ihr Gesicht.

Ich weiche einen Schritt zurück. »Mein Gott«, stoße ich leise aus. Auch mein letzter Funken Hoffnung, dass die ganze Sache ohne Gewalt über die Bühne geht, erlischt. Wir müssen von hier verschwinden. Sofort.

»Versuchen wir's noch mal«, sagt Riley.

Plötzlich verlagert Brooklyn ihr Gewicht zur Seite, lässt ihre gefesselten Beine vorschnellen und rammt einen Springerstiefel gegen Rileys Schienbein. Riley knallt auf den Beton und ihre Handgelenke verdrehen sich, als sie auf dem Boden landet. Das Kreuz fällt scheppernd aus ihrer Hand.

»Schlampe!« Riley wischt sich das Haar aus dem Gesicht, drückt sich vom Boden ab auf alle viere und zuckt zusammen, als ihr Gewicht auf ihren Handgelenken lastet. Grace will ihr zu Hilfe eilen, aber Brooklyn versetzt Riley erneut einen Tritt, diesmal in die Rippen. Riley kippt gegen Alexis und sie stürzen gemeinsam zu Boden und werfen eines der Teelichter um. Die Flamme flackert und erlischt mit einem Zischen.

Ohne das Schloss an der Kellertür wäre das der perfekte Zeitpunkt für eine Flucht. Die Muskeln in meinen Beinen spannen sich an, aber ich halte still. Als mir der Gedanke kommt, mich auf Riley zu stürzen und ihr den Schlüssel zu klauen, ist sie bereits wieder auf den Beinen.

Brooklyns durchdringendes Gelächter erfüllt den Keller. In ihren Augen flackert ein rotes Licht, und auch wenn ich weiß, dass sich darin nur der Kerzenschein spiegelt, sehen sie aus, als würden sie leuchten. »Riley, ich glaube, es funktioniert!«, brüllt sie. »Ich glaube, ich bin gerettet!«

»O mein Gott.« Grace schlägt die Hände vor den Mund. »Alexis, deine Jacke!«

Eine Rauchwolke steigt hinter Alexis' Rücken auf und wird immer dichter, je weiter sie sich der Kellerdecke nähert. Orangeblaue Flammen züngeln an den winzigen weißen Herzen am Saum ihrer Strickjacke.

»Scheiße, Lexie, du brennst!«, sage ich.

Alexis wirbelt herum und schreit, als sich das Feuer auf ihrem Ärmel ausbreitet. Sie versucht, die Jacke auszuziehen, aber ihre Hände zittern so entsetzlich, dass sie die Knöpfe nicht öffnen kann.

Ich packe ihren Arm und reiße an ihrer Strickjacke und es ist mir egal, dass die Knöpfe durch die Luft fliegen und sich klappernd auf dem Boden verteilen. Alexis reißt sich die Jacke vom Körper, als die Flammen an ihrem Ärmel hinaufklettern. Die Strickjacke landet ein paar Meter entfernt auf einer anderen Kerze und das Feuer knistert weiter. Die Flammen verschlingen einen der winzigen Perlmuttknöpfe, während sich eine nebliggraue Wolke im ganzen Keller ausbreitet.

Grace murmelt atemlos eine Reihe von Flüchen. Sie zieht ihr Sweatshirt über ihren Mund und tritt die Flammen mit einem Turnschuh aus. Das Feuer erstirbt, aber der Rauch bleibt. Grace schlingt ihre Arme um Alexis' Schultern und drückt sie an sich.

»Schhh, es ist alles gut«, flüstert Grace.

Brooklyn lehnt sich gegen den Pfeiler und atmet zitternd ein. »Ich brauch zwar eigentlich 'ne Zigarette, aber ich schätze, das hier tut's auch.«

Rileys Wangen leuchten rot und ihr Haar ist so zerzaust, wie ich es vorher noch nie bei ihr gesehen habe. Sie geht langsam auf Brooklyn zu. Ich bohre meine Zähne tiefer in meine Unterlippe und wünsche mir nichts sehnlicher, als dass Brooklyn

Riley einen weiteren Tritt versetzt und sie so lange am Boden liegen bleibt, dass ich ihr den Schlüssel abnehmen und von hier verschwinden kann. Aber Riley bleibt ein Stück vor Brooklyns Springerstiefeln stehen.

»Du siehst verängstigt aus, Ri«, sagt Brooklyn. »Ich dachte, die Dämonen sollten vor deinem Gott niederknien, nicht andersrum.«

Ich hole tief Luft und lasse meinen Blick ganz ruhig durch den Raum schweifen. Vielleicht entdecke ich ja etwas, mit dem ich das Bolzenschloss oben an der Treppe knacken kann – oder sogar etwas, das sich als Waffe eignet. Ich habe es satt, so zu tun, als sei ich auf Rileys Seite, habe es satt, der Sache ihren Lauf zu lassen und zu hoffen, dass niemand verletzt wird. Das Ganze muss jetzt enden. Sofort.

»Alexis, hol mir das Messer«, sagt Riley und ich erstarre. Hier unten gibt es nichts, womit man sich dagegen wehren könnte. Alexis hebt es vom Boden auf. Das Geräusch von Metall, das über den Beton schleift, hallt im ganzen Keller wider.

Riley nimmt Alexis das Messer ab und fährt mit einem perfekt manikürten Fingernagel über die lange Klinge. Als sie die Spitze erreicht, drückt sie das Fleisch ihres Fingers hinein und es quillt ein kleiner Blutstropfen hervor. Das Blut läuft an ihrem Finger hinunter.

»Gut«, sagt sie und geht auf Brooklyn zu. »Es ist scharf.«

»Nur weil du ein großes Messer in der Hand hast, jagst du mir noch lange keine Angst ein«, sagt Brooklyn. Ein Lächeln zuckt um ihre Lippen. »Ich muss auch glauben, dass du den Mumm hast, es zu benutzen.«

»Du glaubst nicht, dass ich das hier benutzen würde?«, fragt Riley. Brooklyn bewegt ihre Beine, aber Riley lässt sich darauf fallen, bevor Brooklyn sie vom Boden heben kann. Sie rammt den Messergriff seitlich in Brooklyns Knie, direkt unterhalb der Kniescheibe.

Brooklyns Mund verzerrt sich zu einem perfekten O und ihre Haut wird kreideweiß. Sie verzieht das Gesicht und stößt einen erstickten Schrei aus.

Alexis stellt sich hinter Brooklyn, reißt ihren Kopf nach hinten und entblößt die blasse, empfindliche Haut an ihrem Hals. Riley hebt das Messer und drückt die Spitze der Klinge an Brooklyns Kehle. Sie dreht das Messer, während sie zu sprechen beginnt, und die scharfe Spitze bohrt sich tiefer in Brooklyns Haut. Brooklyn windet sich und versucht, sich loszureißen, aber der Pfeiler hinter ihr engt sie ein.

»Jetzt sag mir: Hast du immer noch keine Angst?«, fragt Riley.

10. Kapitel

Riley presst das Messer noch fester an Brooklyns Kehle. Ich versuche, nicht darüber nachzudenken, wie leicht sie diese aufschlitzen könnte. Es wird Blut fließen, wenn sich eine von beiden bewegt. Ich kann den Hass förmlich spüren, der Riley aus sämtlichen Poren strömt. Vielleicht will sie Brooklyn ja wirklich helfen, aber das ist ganz sicher nicht alles, was sie will. Sie will, dass Brooklyn bezahlt.

»Warte!« Das Wort fliegt aus meinem Mund, bevor ich darüber nachdenken kann, was ich tue. Es folgt Stille und jetzt schauen mich alle an und warten auf eine Erklärung. Ich räuspere mich und mache zögerlich einen Schritt auf Riley zu. »Lass es mich versuchen.«

Ich kenne Brooklyns Sünde. Vielleicht kann ich sie ja dazu bringen, sie zu gestehen, ohne dass sie verletzt wird. Riley starrt mich prüfend mit eisiger Miene an und es ist beinahe, als könne sie durch meine Haut und meine Knochen auf all die Teile in meinem Inneren blicken, die ich vor ihr verstecken will. Dann, als hätte sie einen Schalter umgelegt, hellt sich ihr Gesicht plötzlich auf.

»Natürlich«, sagt sie. »Du solltest diejenige sein, die sie dazu bringt, alles zu beichten.«

Sie drückt mir das Messer in die Hand und ich umschließe es mit meinen Fingern. Meine Haut beginnt zu kribbeln, als sie den Holzgriff berührt. Riley fasst mich an den Schultern, zieht mich ganz dicht zu sich heran und küsst mich auf die Wange.

»Mach uns stolz«, sagt sie. Ihre Lippen hinterlassen einen feuchten Fleck, der sich wie Säure in meine Haut brennt, aber ich wische ihn nicht weg. Vielleicht ist das krank, aber ich *will* Riley stolz machen, selbst nach alldem.

»Brooklyn«, beginne ich und zwinge mich, ihr direkt in die Augen zu schauen, »ich weiß, was du auf der Party getan hast. Ich hab dich gesehen. Wenn du es einfach zugibst, dann können wir alle wieder nach Hause gehen.«

»Was hab ich denn getan, Sofia?«, fragt Brooklyn. Sie blinzelt mich an und ihre dunklen Augen blitzen hasserfüllt. »Klär mich auf.«

»Du warst mit Josh im Whirlpool«, erwidere ich. »Du hast …« Ich will nicht beschreiben, wie besitzergreifend sie ihre Lippen auf Joshs gepresst und ihre Arme um seinen Hals geschlungen hat, deshalb schlucke ich den Rest meines Satzes hinunter und hoffe, dass die anderen die Lücken selbst füllen.

»Ri, warum hast du uns das denn nicht erzählt?«, will Grace wissen.

»Ich glaube, ich wollte es mir einfach nicht eingestehen«, flüstert Riley. »Ich …«

»Warte mal«, unterbricht Brooklyn sie. »Du denkst, ich hätte deinen Freund gevögelt?« Sie zieht ihr geschundenes Bein enger an ihren Körper und ihre Stiefel schaben über den Boden. »Ich hab dieses geleckte Arschloch nie angerührt.«

»Brooklyn, ich versuche …«, *dir zu helfen*, will ich eigentlich sagen, aber ich presse meine Lippen zusammen und schlucke die Worte hinunter.

Riley berührt meinen Arm. »Sie will uns nur noch wütender machen«, sagt sie. »Aber ich kenne Mittel und Wege, die Wahrheit herauszufinden.«

Sie holt ein Handy aus ihrer Gesäßtasche. Es ist mit Klebeband beklebt und jemand hat mit dickem schwarzem Filzstift ein kleines Bild eines Kätzchens mit Vampirzähnen auf die Rückseite gemalt.

»Was machst du mit meinem Telefon?«, fragt Brooklyn. »Glaubst du vielleicht, Josh und ich hätten uns gegenseitig versaute Nachrichten geschickt?«

»Falls ja, dann hast du sie alle gelöscht«, antwortet Riley. In ihren Augen funkelt wieder derselbe Glanz wie vorher, als sie mich hierhergebracht hat, um mir die gefesselte Brooklyn zu zeigen. »Ich schätze, ich werde einfach ein paar neue schreiben müssen. Wenn du nicht zugeben möchtest, dass du meinen Freund gevögelt hast, dann werde ich eben dafür sorgen, dass er es für dich tut.«

Ich starre auf das Handy. Am liebsten würde ich es Riley aus der Hand reißen und die Polizei rufen.

»*Was machst du gerade?*«, liest Riley laut vor, während sie die Nachricht tippt. »*Ich bin so einsam.*«

Sie zögert kurz, tippt dann jedoch mit ihrem Daumen aufs Display. »Gesendet«, sagt sie. Sie lässt das Handy wieder in ihre Tasche gleiten und geht vor Brooklyn in die Hocke.

»Also, was wollen wir jetzt machen, während wir auf eine Antwort warten?«, fragt sie und biegt einen Finger aus Brooklyns Faust. Sie nimmt mir das Messer aus der Hand, bevor ich sie aufhalten kann, und steckt die Spitze unter Brooklyns Fingernagel. Ein Phantomschmerz schießt durch all meine Finger gleichzeitig. »Wie wär's, wenn wir ein kleines Spiel spielen? Entweder gestehst du deine Sünden, oder ich mache dir die Nägel.«

Brooklyn blickt auf das Messer hinunter und dann wieder zu Riley hinauf.

»Fahr zur Hölle«, faucht sie durch ihre zusammengebissenen Zähne.

»Das klang mir nicht wie ein Geständnis«, erwidert Riley und schiebt das Messer tiefer unter Brooklyns Fingernagel.

Brooklyn wirft ihren Kopf gegen den Pfeiler und stößt einen verzweifelten, animalischen Schrei aus. Ich schließe die Augen, aber ich sehe gerade noch, wie Riley das Messer unter Brooklyns Fingernagel steckt und tiefer hineinrammt, und höre das kranke Knacken, als sich der Nagel von Brooklyns Finger löst. Ich muss würgen, aber ich schlucke es runter.

Ich darf nicht durchdrehen. Ich muss Brooklyn von hier wegbringen.

Ich mache die Augen rechtzeitig wieder auf, um zu sehen, wie Brooklyns kleiner schwarzer Fingernagel von Rileys Messer fällt und auf dem Boden landet. Brooklyns Schrei verwandelt sich in zitterndes Schluchzen und ihre Brust hebt und senkt sich in schnellem Tempo. Ich starre auf den blutigen kleinen Klumpen auf dem Beton, während Riley einen weiteren Finger aus Brooklyns Faust schält und die Messerspitze unter den Nagel bohrt.

»Riley, wir sollten hier mal lüften«, unterbreche ich sie, bevor sie das Messer noch weiter unter Brooklyns Fingernagel schieben kann. Der Rauch ist so dick, dass er in meinem Rachen kratzt. Riley spannt ihre Schultern an und ich erstarre, weil ich mir sicher bin, dass sie die Angst in meiner Stimme gehört hat. Sie wird jede Sekunde das Messer auf mich richten.

Dann senken sich ihre Schultern wieder und sie wischt sich mit dem Handrücken den Schweiß von der Stirn. »Ja«, sagt sie. »Gehen wir nach oben.«

Grace und Alexis drängen sich ganz dicht an Riley und folgen ihr zur Tür. Ich lasse sie ein Stück vorgehen und bleibe zögernd am Fuß der Treppe stehen.

Jetzt, wo sie allein ist, bricht Brooklyn vor dem Holzpfeiler zusammen und ihre Brust hebt und senkt sich schnell, so als würde sie anfangen zu hyperventilieren. Als sie ihr Bein bewegt, verzerrt sich ihr Gesicht zu einer schmerzerfüllten Maske.

Riley zieht den Schlüssel für das Bolzenschloss aus der Hosentasche und ihr Haar fällt ihr wie ein Vorhang ins Gesicht. Grace und Alexis drücken sich hinter ihr aneinander und flüstern mit gedämpften, mitfühlenden Stimmen. Es klingt, als würden sie über Josh sprechen, aber ich höre nicht wirklich zu.

Ich könnte Brooklyn losbinden, dann wären wir drei gegen zwei. Brooklyn ist zwar verletzt, aber wir würden es vielleicht trotzdem an ihnen vorbeischaffen.

Ich mache einen Schritt von der Treppe weg und rolle meinen Fuß ganz vorsichtig vom Ballen bis zur Ferse ab, damit die Sohlen meiner Turnschuhe nicht auf dem Boden quietschen.

Alexis tätschelt Rileys Schulter. »Es ist besser so«, sagt sie. Ich versuche, normal zu atmen, aber jedes Mal, wenn ich Luft hole, füllt sich mein Mund mit Rauch und ich schaffe es nur mit Mühe, nicht laut zu husten. »Wenigstens weißt du jetzt, was für eine Art Mann er ist.«

Ich ducke mich hinter die Betonmauer, renne durch den Keller und knie mich neben Brooklyn. Sie blickt starr geradeaus, so als könne sie mich nicht sehen.

»Was machst du denn da?«, zischt sie und ihre Stimme ist kaum lauter als ein Flüstern. Ich greife nach dem Seil, mit dem sie an den Pfeiler gefesselt ist, und versuche, den Knoten mit meinen Fingern zu öffnen.

»Ich hol dich hier raus«, antworte ich. Ich flüstere die Worte direkt in ihr Ohr, damit sie nicht im ganzen Keller widerhallen.

»Riley ist skrupellos. Wenn sie dich erwischt, wird sie dich auch fesseln«, flüstert Brooklyn. Das Seil rutscht mir aus den Fingern. Ich zittere und sehe mich im Keller nach etwas um, mit dem ich es lösen kann.

»Ich hatte Glück, dass Sofia sie gesehen hat«, sagt Riley und ihre Stimme schwebt die Treppe hinunter. Ich ignoriere sie und schnappe mir den Kugelschreiber, der zwischen den Seiten von Alexis' Bibel steckt. Ich versuche, die Knoten von Brooklyns Fesseln damit zu lockern.

»Sofia?«, ruft Riley. Es folgt ein Moment der Stille. Mein Körper wird eiskalt und meine Finger scheinen am Seil festzufrieren. Die Stufen knarren, als Riley sie wieder hinuntersteigt.

»Verdammt«, flüstere ich und stecke den Kugelschreiber noch tiefer zwischen die Knoten. Brooklyn dreht sich um und sieht mich an.

»Geh«, sagt sie. »Wir haben nur eine Chance, wenn sie glaubt, dass sie dir vertrauen kann. Sonst sind wir beide geliefert.«

»Sof, was machst du denn da?«, ruft Riley von der Treppe zu mir herunter. Das Holz ächzt ein weiteres Mal und ich höre, wie sich Alexis und Grace etwas zuflüstern, während sie Riley die Treppe hinunterfolgen. Ich bin so nah dran. Die Knoten werden jeden Moment nachgeben. Ich drehe den Kugelschreiber in den Seilschlingen, aber er rutscht aus meinen verschwitzten Fingern und fällt klappernd zu Boden.

»Scheiße«, keuche ich.

Die Schritte halten inne und jemand murmelt: »Was war das?«

Brooklyn schaut zur Treppe hinüber und der Muskel in ihrem Kiefer spannt sich an.

»Stich zu.« Ihr Blick wandert zu dem Kugelschreiber auf dem Boden.

»*Was?*«

»Sie *muss* dir vertrauen, Sofia«, drängt Brooklyn. »Das ist unsere einzige Chance.« Ich wische mir die Hände an der Hose ab und hebe den Kugelschreiber auf. Meine Finger zittern, als ich ihn über Brooklyns Bein hebe. Ich kann das auf keinen Fall tun, niemals. Rileys Schritte klatschen über den Kellerboden – sie wird jede Sekunde um die Ecke biegen und mich sehen.

»Tu es!«, sagt Brooklyn. Hinter mir flackert eine Kerze und Brooklyns Augen werden rot. Sie sehen wieder aus, als würden sie leuchten. Vor lauter Nervosität lasse ich den Kugelschreiber fallen und er landet wieder scheppernd auf dem Boden und rollt neben Brooklyns Finger. Ich greife danach, aber Brooklyn erwischt ihn zuerst.

Ohne zu zögern legt sie ihre Finger um den Kugelschreiber und rammt ihn sich ins Bein.

»Shit!«, brüllt sie. Ein dunkler Kreis aus Blut bildet sich auf ihren Jeansshorts. Tränen treten in ihre Augen und sie wirft den Kopf gegen den Pfeiler und schluchzt heftig. Dann drückt sie mir den Kugelschreiber in die Hand und ich umklammere ihn sofort mit meinen Fingern, während ich versuche, die Übelkeit zu unterdrücken, die in mir aufsteigt.

Ich schaffe es nicht, auf das Blut an der Spitze des Kugelschreibers hinunterzuschauen.

»O mein Gott!«, schreit Riley. Sie steht jetzt neben mir und sieht zu, wie sich der Blutfleck auf Brooklyns Bein ausbreitet. Ihre Augen wirken leuchtend – stolz.

»Sie hat versucht abzuhauen«, lüge ich. »Als ihr zur Treppe gegangen seid, hat sie sofort angefangen, an den Seilen zu zerren.«

Riley presst ihre Lippen zu einer dünnen Linie zusammen und drückt meine Schulter. Die Geste tröstet und widert mich gleichzeitig an. »Ich wusste, dass wir auf dich zählen können.«

11. Kapitel

Meine Großmutter hat mir mal von einem Exorzismus erzählt, bei dem sie zugesehen hat. Sie war damals noch sehr jung und er fand in einer kleinen Kirche irgendwo in Mexiko auf dem Land statt. Ein fünfjähriger Junge wurde vor die Gemeinde geführt. Er hatte sich mit einer großen Stecknadel, die er im Nähkästchen seiner Mutter gefunden hatte, die Haut an den Armen aufgeschlitzt, sodass sie in Fetzen herunterhing, und er sprach eine Sprache, die niemand verstand.

Der Priester begoss den Jungen den ganzen Tag lang mit Weihwasser und sprach ein Gebet nach dem anderen, um ihn zu retten.

Als sich der Tag allmählich dem Ende zu neigte, waren die meisten Gemeindemitglieder gegangen. Aber meine Großmutter und ihre Mutter blieben und beteten über ihren Rosenkränzen, um dem Priester und dem Jungen Kraft zu geben.

Die Stimme meiner Großmutter, die noch kräftig und tief

klang, bevor sie erkrankte, wurde immer ganz leise, wenn sie den nächsten Teil der Geschichte erzählte:

Der Junge, er tembla – zittert – und er schreit vor Schmerzen, sagte sie in ihrem gebrochenen Englisch und fuchtelte und grapschte mit ihren Händen vor ihrem Gesicht herum, so als versuche sie, die Geschichte aus der Luft zu ziehen. *Seine Augen leuchten rot und er fällt auf den Boden und schreit. Als er seine Augen wieder aufmacht, mija, da leuchten sie nicht mehr. Wir wussten, dass er gerettet war. Frei.*

Ich wiederhole die Worte meiner Großmutter immer wieder in meinem Kopf, während Brooklyn vor Schmerzen heult. Ich stelle mir vor, wie ihr Bein unter der scharfen Spitze des Kugelschreibers nachgegeben hat, und meine Hände zittern. Schritte donnern über den Boden.

»O mein Gott. Was ist denn passiert?«, fragt Alexis. Grace bleibt hinter ihr stehen, in der entferntesten Ecke des Kellers.

»Brooklyn wär fast abgehauen, aber Sofia hat sie aufgehalten«, erklärt Riley. »Wir können jetzt nicht aufhören. Nicht, wenn sie schwächer wird. Lasst uns beten.«

Alexis greift nach Rileys Hand, aber Riley nimmt stattdessen meine. »Alexis, kannst du für Brooklyn beten? Ich will Sof bei mir haben.«

Eifersucht blitzt in Alexis' Gesicht auf, verschwindet jedoch sofort wieder. »Natürlich«, sagt sie. »Was immer du für das Beste hältst.«

Riley krallt ihre Hand noch fester um meine. Sie betrachtet mich nun als eine von ihnen. Brooklyn wimmert leise und ich blicke auf und sehe ihr direkt in die Augen. Selbst jetzt scheinen ihre Pupillen rot zu leuchten.

Großmutters tiefe, heisere Stimme dröhnt noch weiter in meinem Kopf.

Der Junge, seine Augen leuchten rot, und er fällt auf den Boden und schreit ...

Ich zucke zusammen und wende mich ab. Es sind nur die Kerzen, sonst nichts.

Alexis schließt die Augen und beginnt, in einer anderen Sprache zu sprechen: »Pater noster, qui es in caelis«, flüstert sie und schwankt hin und her. Bei ihrem Südstaatenakzent klingen die lateinischen Worte seltsam.

Brooklyn windet sich unter ihr auf dem Boden. Ihre Augenlider flackern und sie verdreht ihre Pupillen so weit nach hinten, dass ich nur noch das Weiße sehen kann. Ich muss wieder an den Jungen denken, wie er zittert und bebt, während meine Großmutter und ihre Mutter in dieser leeren Kirche das Vaterunser beten. Dann lacht Brooklyn und bricht den Bann.

»Sie verarscht uns«, sagt Riley. Sie greift nach dem Rucksack und holt eine Schachtel Streichhölzer heraus. Ein kalter Finger aus Angst streicht an meiner Wirbelsäule hinunter.

»Was hast du vor?«, frage ich.

»Vertrau mir«, sagt sie. Sie fährt mit einem Streichholz über die Reibefläche und einen Moment lang sagt keine von uns ein Wort. Der Schwefel entzündet sich und blaue Funken fliegen von der Spitze, bevor eine tief orangerote Flamme aufflackert. Riley dreht das Streichholz in ihren Fingern hin und her und die Flamme spiegelt sich in ihren dunklen Augen wider.

Sie wirft das Streichholz auf Brooklyn.

Es landet auf Brooklyns nacktem Bein, direkt unter ihren ausgefransten abgeschnittenen Shorts. Plötzlich scheint ihr ganzes Gesicht in sich zusammenzufallen. Sie schnappt keuchend nach Luft und zappelt wie wild mit ihrem Bein, um das Streichholz von ihrer Haut zu schütteln. Es fällt auf den Beton und erlischt und es bleibt nur der Geruch von brennenden Münzen zurück.

»Du bist dran.« Riley nimmt meine Hand und legt die Streichholzschachtel in meine offene Handfläche. Ich zögere. Die kleine Pappschachtel kommt mir entsetzlich schwer vor, obwohl ich weiß, dass sie praktisch nichts wiegt. »Gibt's ein Problem?«

»Nein«, antworte ich, ein wenig zu schnell. Langsam hole ich ein Streichholz aus der Schachtel und zünde es an der Reibefläche am unteren Rand des Deckels an. Ich gehe in Gedanken jede Option durch, die mir einfällt, und versuche, eine Möglichkeit zu finden, aus dieser Sache herauszukommen: eine Ausrede, ein Ablenkungsmanöver – irgendwas. Ich suche jede noch so verstaubte Ecke meines Verstandes ab, aber da ist nichts. Kein Plan, keine andere Möglichkeit.

Die Flamme flackert auf, erst blau, dann orange.

Ich muss hier raus, schärfe ich mir selbst ein, aber die Worte haben kaum Kraft. Riley stellt mich auf die Probe und ich muss sie bestehen, wenn ich noch eine Chance haben will.

Die Flamme kriecht langsam an dem Streichholz hinunter. Meine Finger zittern so stark, dass sie beinahe erlischt. Ich hebe meine Hand und werfe das Streichholz in die Luft. Zum Glück landet es wegen meiner zitternden Finger auf dem Betonboden neben Brooklyn anstatt auf ihrer nackten Haut.

»Ganz knapp, Sof«, sagt Riley, aber sie sieht mich schon nicht mehr an. Sie hebt das Messer vom Boden auf.

Neben mir schließt Grace die Augen und hebt ihre Hände zum Gebet in Richtung Kellerdecke.

»Noch mal, Sofia«, sagt Riley, als sie sich vor Brooklyn hinkniet. Nachdem ich das Streichholz angezündet habe, lasse ich es diesmal fast bis zu meinen Fingern hinunterbrennen. Es erlischt noch in der Luft, bevor es auf Brooklyns nackter Haut landet und ich spüre sofort, wie eine Welle der Erleichterung durch meinen Körper schwappt.

Brooklyn bemerkt kaum, wie das schwarze Streichholz auf ihrem Bein landet. Ihre Augen sind auf Rileys Messer gerichtet.

»Noch mehr Drohungen?«, fragt sie mit erstickter Stimme. »Das wird allmählich öde.«

Riley dreht das Messer, bis die Klinge das Kerzenlicht einfängt. »Ich hab mal was über eine Exorzismus-Methode gelesen, die man Ausbluten nennt«, erklärt sie. »Wenn man den Körper des Besessenen schlimm genug verletzt, vertreibt das den Dämon.«

Riley presst das Messer in Brooklyns entblößten Oberschenkel und zieht die Klinge in Richtung ihres Knies. Sie bewegt das Messer so langsam, dass ich höre, wie die Haut reißt, bevor Sekunden später eine dünne rote Blutlinie auf Brooklyns Bein auftaucht.

Brooklyn kneift die Augen ganz fest zusammen und ihre Kiefermuskeln spannen sich an, aber sie schreit nicht. Blutbläschen quellen direkt über ihrem Knie hervor und fließen um ihr Bein.

»Riley«, sage ich. Ein weiteres Streichholz erwacht flackernd zum Leben, aber ich bin so abgelenkt, dass es direkt in meiner Hand erlischt und meine Finger verbrennt. Ich erschrecke und lasse es fallen.

»Keine Angst, die Schnitte sind nicht tief«, versichert Riley. »Wir wollen sie ja nicht umbringen – wir wollen dem Dämon nur Angst machen.«

Riley streicht mit dem Messer über Brooklyns anderen Oberschenkel, genauso langsam. Ich stelle mir vor, wie sich das Messer in das Fleisch meiner Oberschenkel gräbt und meine Haut aufschlitzt. Es brennt höllisch.

Brooklyns Mund klappt mit einem wortlosen Schluchzen auf. Ihre Brust hebt und senkt sich immer schneller und Tränen strömen über ihr Gesicht und hinterlassen trübe graue Eyeliner- und Mascaraspuren. Dann zieht Riley die Klinge über Brooklyns Schienbeine – erst über das linke, dann über das rechte. Blut tropft auf den Boden.

Alexis fällt auf die Knie und deklamiert noch lauter: »*Adveniat regnum tuum!*«

Riley steht wieder auf. Sie hält das blutige Messer noch immer mit einer Hand umklammert. Als sie sich das Haar aus der Stirn wischt, bleibt ein rot verschmierter Fleck über ihrer Augenbraue zurück.

»Sof, würdest du mir das Salz reichen?«, bittet Riley und wischt sich ihre blutigen Finger an ihrer Jeans ab. »Ich will nicht alles mit Blut verschmieren.«

Mein Körper bewegt sich, bevor ich es ihm befehle, so als hätte jemand anders die Kontrolle über meine Arme und Beine übernommen.

Grace schwankt noch immer hin und her, die Arme über den Kopf erhoben, die Augen fest zusammengekniffen. Ich schiebe mich an ihr vorbei und gehe neben dem abgenutzten Rucksack in die Hocke, der an der Wand lehnt. In der Vordertasche entdecke ich eine Tüte mit Salz.

Als ich mich wieder umdrehe, hat sich Brooklyns Blutpfütze bis unter Rileys nackte Füße ausgebreitet. Sie bemerkt es nicht, und als sie auf mich zukommt, hinterlassen ihre Zehen blutige Abdrücke auf dem Boden.

»Danke«, sagt sie und nimmt mir das Salz aus der Hand. Riley streicht mir eine meiner Locken hinters Ohr. Ich spüre etwas Nasses, Warmes auf meiner Wange. Brooklyns Blut.

Riley öffnet die Tüte mit dem Salz und schüttet sich etwas in ihre Handfläche. Ich will meine Augen schließen, wie Grace, damit ich nicht mit ansehen muss, was sie gleich tut. Aber ich habe zu viel Angst, um den Blick abzuwenden oder meine Augen zusammenzukneifen. Es ist dieselbe Angst, die mich davon abhält, Riley zu sagen, dass sie aufhören soll, oder zu versuchen, ihr das Messer abzunehmen. Ich will nicht die Nächste sein.

Riley geht wieder vor Brooklyn in die Hocke. Als sie ihre Knie auf dem Boden absetzt, durchtränkt Blut ihre Jeans. Sie nimmt Brooklyns Kinn und presst das Salz zwischen ihren zusammengepressten Lippen hindurch.

Brooklyn reißt die Augen auf. Sie versucht, ihren Kopf wegzuziehen, aber Alexis stellt sich hinter sie und packt sie am Haar, um sie festzuhalten. Riley legt beide Hände auf Brooklyns Mund.

Brooklyn wirft ihren Kopf erst auf die eine Seite, dann auf die andere. Alexis packt ihr Haar noch fester und Riley drückt mit den Händen ihr Gesicht nach oben, bis Brooklyn sich überhaupt nicht mehr bewegen kann.

»Ich lasse los, wenn du deine Sünden gestehst«, sagt Riley. Brooklyn rührt sich nicht mehr. Ihre Augenlider flattern, aber sie schließt sie nicht.

»Bist du bereit, Demut vor dem Herrn zu zeigen?«

Brooklyn nickt und Riley lehnt sich ganz langsam zurück. Alexis löst ihre Hände aus Brooklyns Haar, aber ein paar zerzauste, blond gebleichte Strähnen bleiben zwischen ihren Fingern hängen.

Brooklyn kippt nach vorne und würgt Salz auf den Boden. Sie bleibt vornüber gebeugt, schluchzt leise und spuckt mehrmals aus, um auch das restliche Salz aus ihrem Mund zu bekommen.

»Also?«, fragt Riley. Brooklyn schüttelt den Kopf und murmelt so leise etwas, dass wir anderen es nicht hören können. Riley packt sie am Haar und reißt ihren Kopf nach oben.

»Ich hab dich nicht verstanden.«

Brooklyn atmet zitternd ein. Riley lehnt sich näher zu ihr.

Eine angespannte, gedämpfte Stille breitet sich zwischen uns aus. Der Wind drückt gegen das Fenster. Der Stoff von Grace'

Sweatshirt raschelt, als sie die Arme bewegt. Ein flüchtiger, blasser Funke der Hoffnung flackert in meiner Brust auf.

Bitte. Bitte, lass das hier einfach vorbei sein.

Brooklyn hebt den Kopf, richtet ihre dunklen, hasserfüllten Augen auf Riley und öffnet den Mund. Blut spritzt auf ihre Nase und tropft über ihre Zähne.

Sie wirft sich vor und beißt sich mit ihren Zähnen in Rileys Gesicht fest.

Rileys entsetzte Schreie durchschneiden die Stille. Brooklyns Lippen sind leuchtend rot gefärbt, als sie sich wieder von Riley löst. Sie spuckt aus, und ein blutgetränktes Stück Haut sinkt auf den Betonboden.

12. Kapitel

»Du verdammte Schlampe!« Riley taumelt von Brooklyn weg und hält sich das Gesicht mit beiden Händen. Blut quillt aus den Lücken zwischen ihren Fingern hervor.

»Riley, o mein Gott!« Alexis versucht, Rileys klammernde Faust von ihrem Gesicht zu entfernen, aber Riley stößt sie weg.

»Hol mir ein Pflaster!«, schreit sie. Hinter ihr leckt sich Brooklyn das Blut von den Lippen. Ihr Blick wandert zur Treppe rüber, aber diesmal muss sie mir nicht sagen, was ich tun soll.

»Wir müssen rauf ins Bad«, sage ich. Ich schäle ganz vorsichtig die Finger von ihrem Gesicht. Nun kann ich die abgerissene, blutige Haut darunter erkennen. Brooklyns Zähne haben einen perfekten Abdruck auf ihrer Wange hinterlassen. »Es wird sich entzünden, wenn du die Wunde nicht auswäschst.«

Rileys Finger zittern. Sie nickt und lässt zu, dass ich sie in Richtung der Treppe schiebe. »Ich glaube, ich hab in der Küche Pflaster gesehen«, fügt Grace hinzu.

Alexis zieht Brooklyns Fesseln noch fester. »Diesmal sollten sie halten«, sagt sie und folgt uns die Stufen hinauf.

Meine Miene bleibt immer noch ausdruckslos, als Riley ihre freie Hand in die Hosentasche steckt und den Kellerschlüssel herausholt, und ich hoffe, dass sie meinem Gesicht nicht ansieht, wie sehr ich ihr den Schlüssel aus der Hand reißen möchte. Nachdem sie das Bolzenschloss geöffnet hat, packt Riley meine Hand und drückt sie ganz fest.

»Wenn wir das Blut erst mal abgewaschen haben, wird man gar nichts mehr sehen«, lüge ich. Mich würde es nicht wundern, wenn sie für den Rest ihres Lebens eine Narbe im Gesicht hätte. Alexis sieht mich mit zusammengekniffenen Augen finster an, sagt aber nichts.

Als wir oben sind, lasse ich Alexis Riley am Arm führen, während Grace ins Badezimmer vorausgeht. Ich halte die Tür auf und sie kommen eine nach der anderen rein.

»Ich such mal die Pflaster«, sage ich. Riley nickt, aber der Badezimmerspiegel lenkt sie ab. Sie stößt flüsternd einen Fluch aus, lehnt sich über das Waschbecken und tupft behutsam die Haut rund um ihre Wunde ab. Zum ersten Mal, seit wir hierhergekommen sind, beobachtet mich niemand.

Ich husche durch den Flur in die Küche. Staub bedeckt die Arbeitsplatten und große Spinnweben hängen unter der Decke. Meine Hoffnung erfüllt sich nicht: Es gibt keine Hintertür, aber an der hinteren Wand ist ein kleines Fenster. Ich lehne mich über die Spüle, um es zu erreichen, aber als ich die verbogenen Nägel sehe, die aus der Fensterbank ragen, spare ich mir den Versuch, es zu öffnen.

Eine Reihe ziemlich vulgärer Flüche geht mir durch den Kopf. Riley muss jedes einzelne Fenster zugenagelt haben. Ich lehne mich wieder zurück, wische den Staub hinten an meiner Hose ab und fange an, Schränke und Schubladen zu öffnen. Irgendwo hier könnte ein Ersatzschlüssel sein, oder zumindest etwas, das ich als Waffe benutzen kann.

Aber die Schränke sind größtenteils leer und Spinnweben erstrecken sich von einer Ecke zur anderen. Auf dem obersten Regal steht ein Weinglas. Ich gehe auf die Zehenspitzen und hole es herunter. Es ist aus Plastik, nicht aus Glas – als Waffe nicht zu gebrauchen. Am Rand klebt verschmierter, leuchtend roter Lippenstift, wie Brooklyn ihn trägt, und der Boden ist noch rot gefärbt, weil der Wein nie aus dem Glas gespült wurde. Ich stelle das Glas wieder in den Schrank und schließe die Tür. Ich gehe in die Knie und öffne den Schrank darunter, aber alles, was ich finde, sind ein halber Laib Brot und ein Kunststoffglas mit Erdnussbutter.

»Sofia, wir haben die Pflaster gefunden«, ruft Grace aus dem Badezimmer und erschreckt mich. »Sie waren hier, unter dem Waschbecken.«

Wenn sie schon dabei sind, Riley zu verarzten, dann sind sie fast fertig. Seufzend starre ich durch die schmutzige Fensterscheibe über der Spüle. Hinter dem Haus ist kein Garten, nur ein langer Streifen umgegrabener Erde, von dicken Bäumen gesäumt, deren Blätter sich bereits orange und braun färben.

Ich frage mich, was auf der anderen Seite dieser Bäume ist. Noch mehr verlassene Häuser und leere Grundstücke? Oder wartet dort vielleicht eine Straße, Geschäfte – die Zivilisation?

Irgendetwas bewegt sich hinter dem schmutzigen Glas.

Ich nehme es aus dem Augenwinkel wahr und blicke auf. Es ist ein Mann – ein Obdachloser, allem Anschein nach. Er trägt ein schwarzes T-Shirt und eine Jogginghose, die zerrissen und mindestens drei Nummern zu groß ist, und er hält eine Flasche in der Hand, die in einer braunen Papiertüte steckt.

Er torkelt zwischen den Bäumen hindurch und wird jede Sekunde wieder verschwunden sein. Ich lehne mich über die Spüle, hebe eine Hand und klopfe an die Glasscheibe. Meine Stimme bleibt in meiner Kehle stecken, als ich mit der Faust gegen das Fenster haue.

Der Mann dreht den Kopf in Richtung Haus. Ich öffne den Mund und schreie.

»Sofia?«

Ich beiße mir auf die Lippen und wirbele herum. Riley steht direkt hinter mir. Sie blickt zum Fenster.

»Da war ein Riesenviech«, lüge ich und nehme meine Hand wieder runter. »Eine Kakerlake.«

Riley rümpft die Nase. »Ekelig. Hast du uns denn nicht gehört? Wir haben die Pflaster gefunden.«

Sie zeigt auf die fleischfarbenen Pflaster auf ihrem Gesicht. Sie bilden ein X auf ihrer linken Wange. Ich will mich wieder zum Fenster umdrehen und sehen, ob der obdachlose Mann noch da ist, aber das kann ich nicht, solange Riley noch vor mir steht. Sie durchquert die Küche und lehnt sich gegen das Spülbecken.

»Ich weiß, dass du bei dem, was wir tun, kein gutes Gefühl hast«, sagt sie. Bei ihr klingt es, als sei ich nur nervös, weil wir uns nachts rausschleichen oder nackt baden gehen.

»Ich wollte dir das hier zeigen, damit du es besser verstehst.« Riley zieht ein zusammengefaltetes Blatt Papier aus ihrer Hosentasche und reicht es mir.

Es ist ein ausgeschnittener Zeitungsartikel. Ich falte ihn auf und lese die Schlagzeile: BELIEBTER LEHRER BEI UNFALL GETÖTET. Direkt darunter ist ein Foto von einem älteren Mann mit dichtem weißem Haar und dunkler Haut mit tiefen Falten.

Ich runzele die Stirn und überfliege die ersten Zeilen des Artikels.

Der Geografie- und Theaterlehrer der Adams High School, Carlton Willis, starb letzte Nacht gegen 20 Uhr, als er in der Aula der Schule von einer Leiter stürzte. Er hinterlässt seine Frau, Julianna Willis …

Irgendetwas an der Sache klingt vertraut, aber ich komme nicht drauf, was. »Und was hat das mit Brooklyn zu tun?«

»Mr Willis hat nach der Schule einen Bibelkreis geleitet.« Riley krallt sich mit den Fingern am Rand des Spülbeckens fest. »Grace und Brooklyn waren letztes Jahr zusammen in seinem Geografiekurs in der letzten Stunde. Grace sagt, Brooklyn hätte Mr Willis *gehasst.* Einmal hat Brooklyn hinten in seinem Kurs gesessen und irgendwas Seltsames gesungen. Es war echt unheimlich und störend, also hat Mr Willis sie rausgeschmissen. Aber bevor sie gegangen ist, hat sie ihr Geografiebuch nach ihm geworfen. Grace sagt, sie hätte ein Fenster zerbrochen. Mr Willis hat geschworen, dafür zu sorgen, dass sie von der Schule fliegen – oder sogar verhaftet werden würde.«

Ich kann nicht anders, meine Neugier ist stärker. »Und was ist dann passiert?«

»Nichts. Am selben Abend hatte Mr Willis dann den Unfall.«

»Unfall …« Ich schaue noch einmal auf das Schwarz-Weiß-Foto des Zeitungsausschnitts hinunter. Etwas an Mr Willis' Hand erregt meine Aufmerksamkeit: ein dicker Ehering. Ich überfliege den Nachruf ein zweites Mal und wieder bleibe ich an der letzten Zeile des ersten Abschnitts hängen: Er hinterlässt seine Frau, Julianna Willis …

CARLTON & JULIANNA 1979.

»Sein Ring«, sage ich und zeige auf das Bild. »Brooklyn –«

»Brooklyn trägt ihn um den Hals«, beendet Riley den Satz für mich. Sie wischt sich eine Haarsträhne aus der Stirn. »Wie eine Trophäe.«

Ich schüttele den Kopf. Das ist verrückt. »Aber warum?«

»Weil sie ihn umgebracht hat«, antwortet Riley. »Weil sie böse ist. Und darum müssen wir sie aufhalten.«

Ich denke über Rileys Geschichte nach, als wir die Treppe wieder hinuntergehen. Erst die gehäutete Katze unter der Tribüne und jetzt ein Lehrer. Kann es sein, dass Riley nur noch mehr Lügen verbreitet? Oder ist Brooklyn wirklich gefährlich? Ich weiß es nicht.

Brooklyn hat die Augen geschlossen, als wir wieder in den Keller kommen, aber sie öffnen sich mit einem Flackern, als sie unsere Schritte hört.

»Zurück für mehr?«, fragt sie.

Rileys Ausdruck verhärtet sich. Sie legt eine Hand an die Pflaster auf ihrer Wange. »Haben wir keinen Wein mehr?«, fragt sie.

Grace holt eine neue Flasche aus dem Rucksack und reicht sie ihr. Ich erwarte, dass Riley sie gegen die Wand schmeißt und Brooklyn mit einer Glasscherbe angreift, aber sie dreht nur den Deckel ab und trinkt, während sie Brooklyn über die Flasche hinweg beobachtet.

Das Handy in ihrer Hosentasche vibriert und Riley lässt die Weinflasche wieder sinken. Mit einem Mal scheint es, als würde die Luft im Keller dicker. Riley holt das Telefon heraus und tippt aufs Display. Sie richtet ihre Augen auf Brooklyn.

»Ist von Josh«, verkündet sie. »Er schreibt …« Riley zögert, und jeder Muskel in ihrem Körper spannt sich an. »*Brauchst du Gesellschaft?*«

Jede Hoffnung, die ich hatte, die ganze Sache könne bald vorbei sein, löst sich in Luft auf. Riley wirft Brooklyns Handy weg und es schlittert über den Boden. Sie fällt auf die Knie und nimmt Brooklyns gefesselte Beine zwischen ihre.

»Hure«, spuckt sie aus und klatscht eine Hand auf Brooklyns Gesicht. Brooklyns Kopf knallt gegen den Holzpfeiler hinter ihr. Ich zucke zusammen und wende den Kopf ab und mein Blick fällt auf das Fleischermesser, das vor Grace' Füßen halb unter dem Rucksack klemmt. Niemand sonst scheint sich daran zu erinnern, dass es da ist.

»Gib es zu!«, schreit Riley. Ich drehe meine Füße nach links und schiebe mich langsam auf das Messer zu.

»Na schön!«, brüllt Brooklyn. Sie spuckt auf den Betonboden und streckt ihr Kinn nach vorne. »Du willst, dass ich meine verdammten Sünden beichte? Ich hab's getan, okay? Ich hab mit deinem Freund geschlafen. Und weißt du, was das Beste daran ist? Wir waren hier, in diesem Haus. Wir haben deinen Wein getrunken und er hat mich auf deinem Schlafsack gefickt.«

Rileys Gesicht wirkt leer, ausdruckslos, so als hätte sie kein einziges Wort von Brooklyns Beichte gehört. Ohne auch nur mit der Wimper zu zucken, ohrfeigt sie Brooklyn ein weiteres Mal. Ich gehe neben dem Messer in die Hocke und ziehe es unter dem Rucksack hervor. Riley steht wieder auf und geht im Keller auf und ab.

»Gib mir das«, sagt sie und bleibt direkt vor mir stehen. Bevor ich auch nur ein Wort sagen kann, reißt Riley mir das Fleischermesser aus der Hand.

»Riley.« Ich erhebe mich wieder und denke nicht länger darüber nach, was das Klügste wäre oder wie ich Riley davon überzeugen kann, dass ich auf ihrer Seite bin. Wenn Josh der Auslöser dafür war, dass Riley so durchgedreht ist, wer weiß, was sie dann jetzt noch alles tun wird. Ich strecke meine Hand nach dem Messer aus, aber Riley drückt es besitzergreifend an sich. »Komm schon. Sie hat ihre Sünde gebeichtet. Wir können nichts mehr tun.«

Riley schüttelt den Kopf. »Das war nicht ihre einzige Sünde.« Sie hockt sich neben Brooklyn und diesmal packt sie ihre Hand. »Gib mir die Bibel, Lexie«, befiehlt sie.

Alexis erwidert nichts. Ihre glasigen Augen fixieren starr die hintere Kellerwand.

»Lexie!«, brüllt Riley und Alexis zuckt zusammen. »Gib mir die Bibel.«

Alexis nimmt die Bibel aus dem Rucksack und reicht sie Riley. »Dreckige Sünderin«, murmelt sie, als Riley die Bibel unter Brooklyns Hand schiebt und anschließend ihre Finger flach auf dem Einband ausbreitet.

Brooklyn hebt den Kopf. Schwarzer Mascara hat sich in ihren Augenwinkeln gesammelt und ist rund um ihre Nase verschmiert und ihr Mund ist von Blut umrahmt. Sie versucht, ihre Hand wegzuziehen, aber Riley hält sie ganz fest und drückt Brooklyns Finger mit ihrer Handfläche flach nach unten. Sie hält das Messer über die Spitze von Brooklyns kleinem Finger.

»Du verdammte Psychopathin!«, schreit Brooklyn. Sie tritt um sich und windet sich, wehrt sich gegen die Fesseln, die sie festhalten. »Lasst mich einfach gehen!«

»Mädels, helft mir, sie unten zu halten«, sagt Riley. Alexis stellt sich sofort hinter Brooklyn und packt sie an den Schultern, damit sie sich nicht mehr wehren kann. Grace zögert, hockt sich dann aber neben Riley und schnappt sich Brooklyns Handgelenke.

Riley legt beide Hände um das Messer.

»Okay, okay!«, brüllt Brooklyn und die Worte sind angstverzerrt. »Ich hab die Katze unter der Tribüne getötet. Sie ist bei mir zu Hause um die Häuser gestreunt, also hab ich sie in meiner

Badewanne ertränkt. Dann hab ich ihr mit einem Taschenmesser, das ich einem Jungen in der Schule geklaut hab, die Haut abgezogen. Ist es das, was du hören wolltest?«

»Mir ist egal, was für kranke Sachen du mit dieser Katze gemacht hast.« Riley lässt das Messer auf Brooklyns Finger schaukeln und Brooklyn zuckt zusammen, als sie das Stechen der Klinge spürt. »Erzähl mir von Mr Willis.«

Brooklyn schüttelt den Kopf. »Er hatte einen Unfall. Was willst du denn von mir hören?«

Riley drückt das Messer nach unten. Ein Knirschen ist zu hören, als die Klinge durch Haut und Gewebe schneidet und sich in den Ledereinband der Bibel unter Brooklyns Fingern gräbt. Mir bleibt der Atem in der Kehle stecken und ich schließe die Augen, damit ich nicht sehen muss, wie die Kuppe von Brooklyns kleinem Finger von der Bibel kullert und mit einem klebrigen Klatschen auf dem Boden landet.

Brooklyns Geschrei lässt den Keller vibrieren und hallt von den Wänden wider. Als ich meine Augen aufmache, hat Riley Brooklyns nächsten Finger auf der Bibel ausgestreckt. Blut fließt aus Brooklyns kleinem Finger und tropft auf den Boden. Riley hat nicht allzu viel abgeschnitten. Sie hat das Messer direkt unter den Nagel geschoben und höchstens einen Millimeter von Brooklyns Finger abgetrennt. Trotzdem kann ich nicht aufhören, den blutigen Stumpf anzustarren, den sie hinterlassen hat.

Ich weiche zurück, bis ich die kalte Betonwand hinter mir spüre. Mein ganzer Körper ist nass geschwitzt. Ich weiß nicht, was schlimmer ist – die Geschichten, die Brooklyn erzählt, oder das, was Riley tut, um sie dazu zu bringen, sie zu gestehen.

»Erzähl mir von Mr Willis«, wiederholt Riley.

»Ich hab ihn auch umgebracht!«, schreit Brooklyn und versucht verzweifelt, ihre Hand wegzuziehen. »Ich hab in der Aula auf ihn gewartet. Ich wollte, dass es wie ein Unfall aussieht, und als er die Leiter rausgeholt hat und draufgestiegen ist, hab ich … ich …«

»Hast du ihn gestoßen?«, beendet Riley den Satz für sie. Brooklyn presst die Lippen zusammen und nickt.

»Ja. Ja, ich hab ihn gestoßen«, brüllt sie. »Bist du jetzt zufrieden, du Psycho?«

Ich schmecke saure Galle in meinem Rachen. Ich versuche zu schlucken, aber der beißende, metallische Geruch von Blut und der noch immer durch den Keller wabernde Rauch steigen mir in die Nasenlöcher. Mein Magen verkrampft sich und zieht sich zusammen und Magensäure steigt meine Kehle hinauf. Ich falle auf die Knie und mein ganzer Körper schüttelt sich, während ich mich erbreche und es in alle Richtungen spritzt.

Ich hebe den Blick und Brooklyn sieht mir in die Augen. Sie schüttelt langsam den Kopf und ihre Augen wirken verzweifelt, schmerzerfüllt. Sie lügt, erkenne ich. Sie versucht nur, zu überleben. Ich atme erleichtert aus.

»Ja, ich bin tatsächlich zufrieden«, sagt Riley und ihre Lippen verzerren sich zu einem Grinsen. »Jetzt musst du nur noch getauft werden.«

13. Kapitel

Ich friemele mit meinen Fingern die verwickelten Knoten auf, die Brooklyn an den Pfeiler fesseln. Sie bewegt sich kaum noch und hat das Bewusstsein verloren – ob wegen des Blutverlusts oder der Schmerzen, kann ich nicht sagen. Das starre Seil reibt meine Haut auf, aber schließlich lockern sich die Knoten und ich kann es lösen. *Wir kommen hier raus*, will ich Brooklyn sagen. Die Taufe wird ein Kinderspiel verglichen mit dem, was sie bisher durchgemacht hat.

Brooklyns Augenlider flattern, aber sie gehen nicht ganz auf. Grace wickelt ein wenig Toilettenpapier um den verbliebenen Stummel von Brooklyns Finger und klebt es mit Pflastern fest. Ich vermeide es, das blutige Papier anzuschauen, während sie damit beschäftigt ist.

»Vergiss nicht, ihre Arme und Beine wieder zu fesseln.« Riley verstaut ein schweres Holzkreuz und das restliche Salz und Weihwasser im Rucksack. »Wir gehen jetzt alle in den ersten

Stock rauf und wollen schließlich nicht, dass sie sich unterwegs losmacht.«

»Im Erdgeschoss ist doch auch ein Badezimmer, oder?«, frage ich. Alexis krabbelt um mich herum zu Brooklyns Beinen und beginnt, die Fesseln wieder um ihre Knöchel zu wickeln.

»Nur das Bad neben dem großen Schlafzimmer im ersten Stock hat eine Badewanne«, antwortet Riley.

»Wozu brauchen wir denn eine Badewanne?«

»Das wirst du schon sehen.« Rileys Worte jagen mir einen eiskalten Schauer über den Rücken, aber ich erwidere nichts. Ich knote das Seil um Brooklyns Handgelenke und lasse die Knoten absichtlich locker – nur für den Fall. Alexis bindet die Fesseln um Brooklyns Fußknöchel fest und beginnt zu kichern.

»Was ist denn so lustig?«, frage ich sie. Alexis blickt auf, aber ihre Augen fokussieren mein Gesicht nicht richtig.

»Mir kommt es so vor, als ob sie gar nicht richtig echt wäre«, sagt sie und stupst Brooklyns schlaffes Bein an. »Sie wirkt wie eine Puppe.«

Ich versuche, nicht zu sehr darüber nachzudenken, was sie damit meint. Riley stellt den Rucksack neben der Wand ab und schnappt sich Brooklyns Arme, während Alexis und Grace ihre Beine nehmen. Obwohl sie Brooklyn zu dritt tragen, können sie sie nur ein paar Zentimeter vom Boden hochheben. Sie müssen sich beim Gehen ducken und bewegen sich langsam auf die Treppe zu. Alexis' Atmung wird mit jeder Bewegung schwerer und Grace sieht jetzt schon aus, als würde sie in Ohnmacht fallen. Schweiß steht auf ihrer Stirn und ein paar krause Haarsträhnen lösen sich aus ihrem Pferdeschwanz.

»Sof, kannst du die Kerzen ausblasen?«, fragt Riley und stöhnt, als sie Brooklyns Gewicht verlagert. Sie hat einen ihrer Arme um Brooklyns Oberkörper geschlungen, während Grace sie nun an ihren gefesselten Armen und Schultern trägt. Riley verzerrt jedes Mal das Gesicht, wenn sie einen Schritt zurück macht. »Und den Rucksack mitbringen?«

»Okay.« Ich blase schnell die Kerzen am anderen Ende des Kellers aus und gehe zum Rucksack, der noch immer an der Wand lehnt. Ich knie mich neben ihn und verstaue das Messer und den Rosenkranz darin. Dann streifen meine Hände etwas Hartes aus Plastik. Ich erstarre.

Brooklyns Telefon liegt neben dem Rucksack, eingeklemmt zwischen dem Riemen und der Wand. Es muss hier gelandet sein, als Riley es weggeschleudert hat.

Ein kribbelnder Schauer jagt meine Wirbelsäule hinauf. Ich blicke über meine Schulter. Riley und die anderen zerren Brooklyn noch immer die Treppe hinauf. Ich hebe das Telefon auf und drücke auf den An-/Aus-Knopf. Das Display leuchtet auf. Auch mein letztes bisschen Angst, dass Riley mich erwischen könnte, fällt von mir ab. Brooklyn hat einen Finger verloren. Sie muss ins Krankenhaus.

Ich streiche mit dem Daumen über das Display.

Ich tippe die Nummer des Notrufs. Als ich auf *Wählen* drücke, leuchtet eine Warnung auf: *2 % VERBLEIBEN.*

Ich fluche leise. Vielleicht kann ich noch eine Nachricht abschicken. Ich drücke auf das Nachrichtensymbol und Joshs letzte Nachricht erscheint.

Brauchst du Gesellschaft?, hatte Josh geschrieben. Ich denke daran, was Brooklyn gesagt hat – dass sie immer zusammen hier waren.

Ja, komm zum Haus, tippe ich ein und bete, dass er noch weiß, welches Haus das richtige ist. Ich drücke auf *Senden*, aber bevor ich sehen kann, ob die Nachricht verschickt wurde, wird das Display schwarz.

»Sof?«, ruft Riley.

»Ich komme.« Ich stecke das Handy in den Rucksack und hänge ihn über meine Schulter. Riley und die anderen haben die Hälfte der Treppe geschafft. Ich quetsche mich an ihnen vorbei und helfe Riley mit Brooklyns Schultern. Erleichterung huscht über ihr Gesicht, als ich ihr einen Teil der Last abnehme.

»Vielleicht kann Grace die Tür aufmachen?«, schlage ich vor. Riley nickt.

»Der Schlüssel ist vorne in meiner Hosentasche.«

Grace schiebt ihre Hand in Rileys Hosentasche und zieht den Schlüssel heraus. Sie öffnet das Bolzenschloss und stößt die Tür auf. Ich denke an die Nachricht und daran, dass Josh möglicherweise schon auf dem Weg hierher ist.

Er kommt, denke ich. So oder so, wir kommen hier raus.

Ich atme tief ein und versuche, Brooklyns Oberkörper besser in den Griff zu kriegen, indem ich meine Arme unter ihre Schultern schiebe. Vom Vornüberbeugen tut mir der Rücken weh und ein Schmerz schießt meine Waden hinauf, als wir durchs Wohnzimmer in den großen Flur schlurfen, von dem eine düstere Treppe in den ersten Stock hinaufführt.

Grace hilft Alexis und nimmt eins von Brooklyns Beinen, aber es kostet uns trotzdem große Mühe, sie halb die Treppe hinaufzuzerren, halb zu tragen. Blaue Adern ziehen sich über Brooklyns geschlossene Augenlider und ihre Haut ist so bleich wie Milch. Wenn ich ihren Atem nicht auf der Innenseite meines Armes spüren könnte, hätte ich Angst, dass sie schon tot ist.

Wir bleiben auf dem Treppenabsatz stehen, um kurz zu verschnaufen. Das Mondlicht kriecht mit langen Fingern durch die Bogenfenster neben uns und ergießt sich auf den polierten Holzboden. Keuchend lehnt sich Riley gegen die Wand und legt eine Hand auf die Brust. Ich blicke aus dem Fenster neben ihr und hoffe, Joshs Auto auf das Haus zufahren zu sehen. Aber die Straße ist leer.

»Kommt schon«, sagt sie und verlagert Brooklyns Gewicht. »Wir sind fast da.«

Der erste Stock ist noch unfertiger als das Erdgeschoss. Trübe Plastikplanen hängen von den Decken und verhüllen die Bereiche, in denen die Wände noch nicht hochgezogen sind. Eine Farbdose steht neben einer der Schlafzimmertüren, umgeben von ein paar leeren Bierflaschen.

Das große Schlafzimmer liegt direkt gegenüber der Treppe. Das Mondlicht strömt durchs Fenster herein, während wir Brooklyn über den grauen Fliesenboden schieben und blutige Flecken hinterlassen. Es ist schon nach Mitternacht. Bald wird der Mond in der Ferne hinter den Hügeln verschwinden und das ganze Haus wird noch dunkler sein als jetzt.

Das Badezimmer ist riesig. Weißer Marmor erstreckt sich über eine der Wände, und in der Ecke, unter einem mit milchigem Plastik verdeckten Fenster, befindet sich der größte Whirlpool, den ich je gesehen habe. Auf dem Porzellan des Doppelwaschbeckens liegt eine dünne Staubschicht.

Als sie die Badewanne erreicht, legt Riley Brooklyn ab und lehnt sich keuchend gegen den Rand. Auch ich lasse Brooklyns Schultern los und versuche, sie so sanft wie möglich auf dem Kachelboden abzulegen. Brooklyn stöhnt und rollt sich wie ein Fötus zusammen. Langsame, zitternde Atemluft entweicht aus ihrem Mund.

»Sof, du hast das Weihwasser, oder?« Riley lehnt sich über die Badewanne und dreht den Wasserhahn auf. Nichts passiert. Sie flucht leise, dreht den Hahn wieder zu und noch einmal auf, aber es kommt kein Wasser heraus.

»Vielleicht können wir Brooklyn ja nur mit Weihwasser besprenkeln oder …«, fange ich an. Ein schäumendes Gurgeln dröhnt unter der Badewanne und schneidet mir das Wort ab. Dickes rotbraunes Wasser spritzt aus dem Hahn. Riley quietscht erfreut und steckt den Stöpsel in den Abfluss.

»Perfekt«, sagt sie und sieht zu, wie sich die Wanne mit dem schmutzig braunen Wasser füllt.

Grace verzieht das Gesicht und legt ihre Hand auf die Nase. »Widerlich.«

»Alle Dinge sind rein in Gottes Augen«, sagt Alexis. Sie schaut auf das matschbraune Wasser hinunter und kichert weiter. »Schmutzig, schmutzig, schmutzig«, flüstert sie.

Ihre Stimme macht mir eine kribbelnde Gänsehaut. Grace schüttelt es immer wieder, während sich die Wanne füllt, und sie wendet sich schließlich ab – sie kann nicht hinsehen.

Auf dem Boden entfährt Brooklyn ein tiefes Stöhnen. Riley kniet sich neben sie und wischt unsanft eine verschwitzte Haarsträhne aus ihrer Stirn.

»Ganz ruhig«, sagt sie. »Bald ist alles vorbei.«

Brooklyn presst ihre Lippen zusammen und nickt. Selbst ich spüre Trost durch Rileys Worte. Bald ist alles vorbei. Alexis dreht den Wasserhahn zu.

»Die Wanne ist voll«, sagt sie. »Brauchst du Hilfe, um sie hochzuheben?«

Rileys Blick wandert zu mir. »Das Weihwasser?«

»Oh, richtig.« Ich mache den Rucksack auf und hole die inzwischen nur noch halb volle Flasche mit dem Weihwasser heraus. Ich reiche sie Riley und sie schüttet ein paar Tropfen in die schmutzig braune Brühe. Sie stellt die Flasche auf dem Badewannenrand ab und hievt Brooklyn dann an den Schultern hoch. Alexis packt Brooklyns Arme, um sie ruhig zu halten.

»Ich taufe dich im Namen des Vaters, des Sohnes und des Heiligen Geistes«, sagt Riley und schubst Brooklyn mit dem Gesicht voraus in die Wanne. Wasser schwappt über den Rand.

Ich halte den Atem an, während Brooklyn in der Wanne zappelt. Ich erinnere mich an meine eigene Taufe und meine Lunge beginnt zu brennen.

»Lass sie wieder raus«, sage ich. »Das reicht.«

Aber Riley hält Brooklyn noch fester und schiebt sie tiefer ins Wasser. »Nur noch ein paar Sekunden«, erwidert sie.

Brooklyn drückt sich mit aller Kraft gegen Rileys Hand, aber Riley beißt die Zähne zusammen und hält sie unten. Blasen steigen an die Oberfläche des trüben Wassers. Ich dränge mich an Grace vorbei und knie mich neben die Wanne.

»Riley, hör auf.« Ich packe Riley am Arm, aber sie stößt mich weg. Alexis lacht, als ich auf den Boden kippe.

»Alles okay?« Grace hält mir ihre Hand hin, aber ich ignoriere sie und krabbele wieder zu Riley zurück. Brooklyn bewegt sich nicht mehr. Das Wasser reicht ihr jetzt bis über die Schultern und sie ist so tief in die Wanne gesunken, dass ihre Knie den Boden nicht mehr berühren. Sie wehrt sich nicht mehr.

»Riley!« Ich stecke meine Hände ins Wasser und taste nach Brooklyns Arm, aber die Wanne ist tief. Meine Finger streifen etwas, das sich wie Haar anfühlt, und dann packt mich Riley an den Schultern und zieht mich nach hinten. Ich knalle mit dem Ellbogen auf den Boden und der Schmerz schießt durch meinen Arm.

»Beruhige dich«, sagt Riley. »Ich wollte sie gerade wieder hoch lassen.«

Riley lässt endlich Brooklyns Kopf los und setzt sich auf ihre Fersen zurück. Ihre Arme sind vom braunen Wasser ganz dreckig. Brooklyn rührt sich nicht. Ich bewege mich auf sie zu. Gerade als ich meine Hand wieder nach ihr ausstrecken will, packt Riley Brooklyn an den Beinen und kippt sie in die Wanne.

Trübes Wasser platscht auf den Marmorboden und spritzt auf unsere Füße, während Brooklyns Körper unter die Oberfläche taucht und verschwindet. Ich rappele mich wieder auf die Knie, aber Riley stößt mich mit dem Ellbogen zur Seite, bevor ich noch einmal in die Badewanne greifen kann.

»Du rückst ihr ja total auf die Pelle.« Riley kneift ihre kalten Augen zusammen, als sie zu mir hinunterschaut.

»Sie ertrinkt«, fauche ich.

»Vielleicht«, erwidert Riley. »Wenn das Gottes Wille ist.« Riley packt meinen Arm noch fester und zerrt mich aus dem Badezimmer.

»Riley, nicht!« Ich versuche, meinen Arm loszureißen, aber Riley hält ihn zu fest. »Sie wird sterben!«

»Lexie, du machst die Tür zu«, befiehlt Riley.

»Nein!«, schreie ich. Alexis und Grace folgen uns aus dem Badezimmer. Selbst Alexis scheint sich diesmal nicht sicher zu sein, was Rileys Befehle angeht, aber sie schließt trotzdem die Tür hinter sich. Ich horche, ob ich ein Platschen oder Schreie höre – irgendetwas, das mir sagt, dass Brooklyn auf der anderen Seite der Tür noch am Leben ist. Aber alles, was ich höre, ist Stille.

Ich reiße mich von Riley los, aber sie bohrt ihre Fingernägel in meine Haut und zwingt mich aus dem Schlafzimmer in den Flur. Während Alexis mich an den Armen packt, holt Riley den Schlüssel aus ihrer Hosentasche. An den Türrahmen ist ein silbernes Schloss genagelt, genau wie im Keller und an der Haustür.

Riley hat das alles geplant – genau diesen Moment. Sie wollte Brooklyn nie taufen. Von Anfang an hat sie geplant, sie im Badezimmer einzuschließen und sie zu töten.

Während Riley mit dem Schlüssel hantiert, drehe ich meinen Arm von Alexis weg, schwinge ihn dann wieder zurück und treffe sie direkt unter den Rippen. Fluchend kippt sie nach vorne und ich kann mich aus ihrem Griff befreien. Ich werfe mich gegen Rileys Schulter und schiebe sie zur Seite, bevor sie das Schloss einrasten lassen kann.

»Sofia, hör auf!«, brüllt Riley. Ich höre ihr nicht zu. Ich stoße die Schlafzimmertür auf und renne ins Bad. Meine Füße rutschen über den glatten Holzboden, der vom Blut und dem schmutzigen Wasser aus der Wanne noch immer ganz nass ist.

Riley holt mich ein, als ich das Badezimmer erreiche. Ich versuche, die Tür zu öffnen, aber sie knallt sie wieder zu.

»Du weißt ja nicht, was du tust«, keucht sie. »Der Teufel …«

Ich öffne die Tür mit Gewalt und stoße Riley zur Seite. Sie rutscht auf einer Wasserpfütze neben der Badezimmertür aus und fällt beinahe hin, kann sich jedoch an der Wand abstützen und sich gerade noch halten. Die Wasseroberfläche ist so still, dass sie aussieht wie Glas. Ich renne zur Badewanne, lasse mich auf die Knie fallen und fuchtele mit einer Hand in dem braunen Wasser herum. Grace und Alexis drängen sich hinter Riley durch die Tür und ihre Schritte hallen auf dem Marmorfußboden wider. Sie eilen zu mir, aber sie kommen zu spät. Wir alle kommen zu spät. Ich stehe da und ziehe meinen zitternden Arm aus dem Wasser.

»O mein Gott«, sage ich und lege meine Hände auf den Mund.

Die Badewanne ist leer. Brooklyn ist nicht tot – sie ist weg.

14. Kapitel

Brooklyn ist weg. Ich pralle rückwärts gegen Riley und ihr ganzer Körper wird steif. Ihre Finger krallen sich um meine Handgelenke.

»Wo ist sie?«, fragt Riley.

»Ich weiß es nicht.«

Riley lässt meinen Arm fallen. Ihre Augen weiten sich und ihr Blick schweift durch den Raum und wandert langsam in Richtung Tür. Jeder einzelne Muskel ihres Körpers spannt sich an, so als erwarte sie, dass Brooklyn aus einer der Wände springt.

Ich spiele die Situation immer wieder in meinem Kopf durch, wie bei einer Matheaufgabe, deren Lösung einfach nicht stimmt. Ich schlinge meine Arme um meine Brust und suche das Badezimmer ab. Grace klammert sich am Türrahmen fest und ihre Knöchel werden ganz weiß. Alexis steht neben ihr. Ihre Mundwinkel verzerren sich zu irgendetwas zwischen einem Lächeln und einer Grimasse.

»Wir hätten wissen müssen, dass sie abhaut«, sagt sie. Ich ignoriere sie und beginne, die Türen der Kommoden und Schränke und der Duschkabine zu öffnen. Leer, allesamt. Brooklyn ist wirklich nicht hier.

»Wo *zur Hölle* ist sie?« Riley knallt ihre offene Handfläche auf die Ablage neben dem Waschbecken.

»Riley …«

»Nein!«, platzt Riley heraus und schneidet mir das Wort ab. »Wir müssen sie finden. Sofort!«

Auf Alexis' Gesicht liegt noch immer dieses eigenartige Lächeln. Sie wickelt eine ihrer langen blonden Haarsträhnen um den Finger. »Hast du's immer noch nicht kapiert? Sie wird uns finden und dann wird sie uns umbringen.«

»Nein!« Riley wirft energisch ihren Kopf zurück. »Nein, sie ist zu schwach. Das wird nicht passieren. Grace, du guckst im Keller. Wir anderen suchen in den oberen Stockwerken nach ihr.«

»Warum sollen wir denn drinnen nach ihr suchen?« Grace spricht so schnell, dass sie nuschelt. »Sie ist wahrscheinlich direkt zur Haustür gelaufen, Ri.«

»Nein«, insistiert Riley. »Sie kann hier nirgendwo raus, dafür hab ich gesorgt. Sie ist noch im Haus. Wir müssen sie nur finden.«

Grace sieht aus, als wolle sie noch etwas anderes sagen, aber stattdessen presst sie die Lippen zusammen und nickt.

»Du checkst die Schlafzimmer«, sagt Riley zu Alexis. »Sofia und ich schauen unten nach.«

Alexis' Lächeln verschwindet. »Du willst, dass ich allein gehe?«

»Tu's einfach.« Riley packt mich am Arm und zieht mich aus dem Zimmer in den Flur.

Schatten lauern in den Ecken. Die Plastikplane, die von der Decke hängt, raschelt im Phantomwind. Jede Sekunde, die vorübertickt, dröhnt in meinem Schädel. Ich *will*, dass Brooklyn von hier flieht. Ich sollte versuchen, Riley abzulenken – jeder Moment, den wir vergeuden, könnte der Moment sein, in dem Brooklyn ein offenes Fenster oder eine Tür ohne Schloss findet.

Aber so sehr ich mir auch wünsche, dass das alles vorbei und Brooklyn in Sicherheit ist, weiß ich trotzdem noch nicht, wozu sie wirklich fähig ist. Sie könnte sich hinter jeder dieser Ecken verstecken, auf der anderen Seite jeder Wand lauern. Sie könnte überall sein.

Eins der Dielenbretter knarrt. Ich mache einen Satz und wirbele herum, aber es ist nur Grace. Sie schleicht wortlos die Treppe hinunter.

Riley hebt den abgenutzten schwarzen Rucksack, den ich habe fallen lassen, vom Boden auf. Sie macht ihn auf und holt das Fleischermesser heraus. Ihre nackten Füße machen praktisch kein Geräusch, als sie sich durch den Flur bewegt, den Rücken dicht an der Wand, damit die Bodendielen nicht knarren. Ich muss an die unzähligen Reihen von Nägeln denken, die in den Fensterbrettern stecken. Brooklyn kann es unmöglich schaffen, sie aus dem Holz zu ziehen, bevor wir das Erdgeschoss erreichen. Ich muss Riley aufhalten.

»Beeil dich«, zischt Riley. Sie geht zur Treppe, aber als sie den Absatz erreicht, bleibt sie stehen und neigt den Kopf zur Seite.

Ich höre es auch – Gelächter. Zuerst nur leise, aber dann steigert es sich zu einem lauten Kichern, bevor es abrupt erstirbt. Ich drehe mich nach Alexis um, aber der Flur hinter mir ist leer. Sie muss schon in einem anderen Zimmer sein.

»Sieh mal nach Lexie«, sagt Riley. Ihr Kopf verschwindet aus meinem Sichtfeld, als sie die Stufen zum Erdgeschoss hinuntergeht.

Ich schlurfe vorsichtig den Flur entlang, bis ich vor dem Fenster am anderen Ende stehe, direkt neben der trüben Plastikplane, die von der Decke hängt. Aus dem Augenwinkel sehe ich, wie etwas über den Flur huscht, und wirbele herum. Ein verknotetes Seil baumelt von der Decke und wirft einen schwankenden Schatten über den Boden, während es hin und her baumelt, hin und her. Ich strecke einen Arm aus, um es anzuhalten, lege den Kopf in den Nacken und folge dem Seil zu einer Tür direkt über mir. Der Dachboden.

Die Plastikplane raschelt, obwohl kein Wind weht.

»Brooklyn?« Ich drehe mich um und lausche, ob ich jemanden atmen höre, aber ich spüre nur meinen eigenen Herzschlag, der gegen meinen Brustkorb hämmert. Die verschwommenen Schatten zwischen dem Plastik und der unfertigen Wand könnten groß genug sein, um zu einer Person zu gehören. Ich trete näher und meine Turnschuhe quietschen über den Boden. Ich hebe eine zitternde Hand und schlinge meine Finger um die Plane.

Jemand lacht. Ich drehe mich so schnell um, dass ich das Gleichgewicht verliere und gegen das Fenster hinter mir stolpere. Die Scheibe zittert und eine Sekunde lang bin ich mir sicher, dass sie zerbrechen wird. Aber sie hält. Das Glas fühlt sich ganz kalt auf meinen nackten Armen an.

In dem leeren Flur herrscht Stille, dann ertönt das Lachen erneut. Anfangs ist es ganz leise, dann keuchend – hysterisch. Es kommt aus dem Schlafzimmer gegenüber. Ich schleiche darauf zu und stoße die Tür auf.

Alexis ist allein in dem leeren Zimmer und ihre weit aufgerissenen, ausdruckslosen Augen fixieren eine Stelle an der Wand vor ihr. Sie steht schwankend auf den Ballen und hat die Zehen nach innen gerollt, wie Klauen. Die Haut an ihren Fußsohlen ist blutverschmiert.

Sie kichert leise vor sich hin und wickelt eine lange blonde Haarsträhne um ihren Finger. Sie dreht sie fester und fester ein, bis ihre Fingerspitze ganz blau wird.

Dann zieht sie daran – und reißt sich die ganze Haarsträhne aus dem Kopf.

Ich schnappe nach Luft und klatsche beide Hände vor meinen Mund, um das Geräusch zu dämpfen. Alexis dreht langsam den Kopf, so als hätte sie mich jetzt erst bemerkt.

»Findest du das nicht auch lustig?« Sie spreizt die Finger und die Locke fällt aus ihrer Hand und landet auf einem kleinen Haufen Haare neben ihren Füßen. Lockige Strähnen bedecken den Boden wie winzige blonde Fragezeichen.

»Was ist denn so lustig, Alexis?« Ich schlucke und zwinge mich, meinen Blick von den Haaren abzuwenden.

»Wir werden hier alle sterben«, sagt sie mit heiserer Stimme. »Wir werden schreiend sterben.«

Ein eiskalter Schauer läuft mir über den Rücken. Die Tür hinter mir schwingt auf und knallt donnernd gegen die Wand. Ich atme tief ein, bevor ich mich umdrehe, damit man mir nicht ansieht, dass ich zu Tode erschrocken bin.

Riley steht im Flur und hält sich mit einer Hand am Türrahmen fest, während die andere neben ihrem Bein herunterhängt und das Fleischermesser umklammert. Braunes, verkrustetes Blut klebt an den Nähten ihrer Jeans. Sie blickt auf das Häuflein aus Haaren neben Alexis' nackten Füßen, sagt jedoch nichts.

»Hast du Brooklyn schon gefunden?«, fragt Alexis. Riley tippt mit dem Messer gegen ihr Bein.

»Unten ist sie nicht.« Riley nimmt ihre Hand vom Türrahmen und geht in den Flur, um aus dem Fenster zu sehen. »Grace denkt …«

Ein Deckenbalken über uns stöhnt.

»Was war das?«, flüstere ich.

»Sie ist auf dem Dach.« Alexis legt ihre kalte Hand auf meinen Arm. Blondes Haar klebt an ihren Fingerspitzen. »Wie ist sie denn aufs Dach gekommen?«

Die Tür zum Dachboden öffnet sich krachend. Riley macht einen Satz und das Messer fällt scheppernd zu Boden und rutscht mit dem Griff unter die Plastikplane hinter ihr.

Ich fluche leise und stolpere gegen Alexis. Sie lacht ein paarmal und es klingt beinahe wahnsinnig. Sie wickelt sich die nächste blonde Strähne um den Finger. Die Tür zum Dachboden schwingt hin und her und die Scharniere quietschen.

»Da ist niemand«, keucht Riley und Erleichterung huscht über ihr Gesicht. Sie geht auf die Knie und tastet den Boden mit zitternden Händen nach dem Messer ab, während sie auf das dunkle Loch in der Decke starrt. Ich schaue ebenfalls zur Tür und stelle mir vor, wie sich Brooklyn von oben auf uns stürzt. Jedes einzelne Haar in meinem Nacken stellt sich auf.

Aus dem Augenwinkel sehe ich, wie eine Gestalt hinter der Plastikplane auftaucht, die vor der Wand hängt.

Bevor ich reagieren kann, reißt Brooklyn die Plane von der Decke und zieht sie über Rileys Gesicht. Riley schreit auf und Brooklyn zieht das Plastik noch enger um ihren Kopf und wirft sie zu Boden. Sie drückt Rileys Arm mit ihrer Schulter nach unten und zieht die Plane noch fester um ihr Gesicht.

»Hilfe!«, brüllt Riley und saugt dabei das Plastik an ihre Lippen. Ihre Finger finden das Fleischermesser und sie fuchtelt wie wild damit herum.

Brooklyn holt mit ihrer Hand aus und knallt sie Riley ins Gesicht. Sie versucht, ihr das Messer aus der Hand zu reißen, aber Riley klammert sich mit aller Kraft daran fest, während sie blind in die Luft sticht, weil sie mit der trüben Plastikplane vor dem

Gesicht nichts sehen kann. Brooklyn beißt die Zähne zusammen und rammt ihren Ellbogen gegen Rileys Faust. Riley flucht und ihre Finger lösen sich ein wenig vom Griff des Messers. Brooklyn greift wieder nach dem Messer und diesmal kann sie es Riley aus der Hand reißen.

»Lass sie in Ruhe!« Alexis rennt auf die beiden zu, als Brooklyn sich gerade aufrappelt und das Messer vor sich hält. Alexis bleibt wie erstarrt stehen und macht dann einen Schritt zurück.

»Rühr mich ja nicht an, verdammt!«, brüllt Brooklyn. Erst jetzt, wo sie sich nicht mehr mit Riley auf dem Boden wälzt, sehe ich, wie übel zugerichtet sie aussieht. Ihre Klamotten sind triefnass und blutig und ihr Haar steht in nassen Spitzen von ihrem Kopf ab. Das Toilettenpapier, das um ihren kaputten kleinen Finger gewickelt war, ist verschwunden und an der Stelle, an der einmal ihre Fingerspitze war, ist der rote Stummel zu sehen. Das schmutzige Wasser in der Badewanne hat das Blut von ihrer Haut gewaschen, aber dadurch sind die tiefen, hässlichen Schnittwunden nur umso besser zu erkennen, die ihr Gesicht und ihre Arme und Beine kreuz und quer überziehen. Böse leuchtende, tiefblaue Flecken sind wie Blumen auf ihren Wangen erblüht.

Ich hebe beide Arme, als Zeichen, dass ich mich ergebe, und versuche, Brooklyns Blick einzufangen. Ihre Augen wirken verschlagen und nervös, wie bei einem wilden Tier. Aber sie hält das Messer ganz still.

»Brooklyn.« Ich mache einen Schritt auf sie zu und sie stößt mit dem Messer nach mir. Das ist genau der Moment, auf den ich gehofft hatte, seit Riley uns alle im Keller eingeschlossen hat. Die Machtverhältnisse haben sich geändert. Wir können endlich von hier verschwinden. »Brooklyn, bitte. Ich …«

Riley zieht die Plastikplane von ihrem Gesicht, stützt sich auf ihrem Ellbogen ab und tritt Brooklyn die Beine unter dem Körper weg. Brooklyn fällt nach hinten und knallt gegen die Wand. Sie lässt das Messer fallen und es landet klirrend auf dem Boden. Riley springt auf, stürzt sich auf sie und rammt Brooklyn eine ihrer Schultern in den Magen. Brooklyn findet wieder Halt und die beiden taumeln an den Rand der Treppe. Brooklyn fällt rückwärts auf die Stufen und Riley versucht, sich von ihr zu lösen, aber Brooklyn packt sie an den Haaren und sie prallen gemeinsam auf. Sie schwanken am Kopfende der Treppe hin und her, bevor sie über die Kante rollen und in einem einzigen Durcheinander aus Armen und Beinen abwärts stürzen.

Ich renne zum Kopfende der Treppe und Alexis folgt dicht hinter mir. Die beiden knallen gemeinsam auf dem Treppenabsatz auf und Riley gelingt es, sich von Brooklyn zu lösen. Brooklyn versucht aufzustehen, aber Riley versetzt ihr einen Tritt gegen die Brust und sie kullert allein die restlichen Stufen hinunter. Ich renne ihr nach, aber bevor ich den Treppenabsatz erreiche, rollt Brooklyn schon auf den Boden und bleibt regungslos liegen.

Riley drückt sich hoch und stützt sich auf dem Ellbogen ab. Sie atmet ganz abgehackt. Ihr Haar klebt verschwitzt am Kopf und an ihrem Kieferknochen bildet sich ein neuer blauer Fleck. Alexis kniet sich neben sie.

»Tut das weh?«, fragt sie. Sie versucht, Rileys blauen Fleck zu berühren, aber Riley schlägt ihre Hand weg und funkelt sie an. Ich bewege mich um die beiden herum und gehe die Treppe hinunter.

Brooklyns Arm ist hinter ihr komplett verrenkt und ihre Beine liegen in seltsamen, unnatürlichen Winkeln verdreht unter ihrem Körper. Die untersten Stufen sind blutverschmiert. Ich halte mich am Geländer fest, während ich ins Erdgeschoss hinuntergehe. Riley sagt irgendetwas, aber ihre Worte verschwimmen, bevor sie an meine Ohren dringen. Ich konzentriere mich ganz auf Brooklyn. Ich halte meinen Blick starr auf ihre Augen gerichtet und hoffe, dass sie sich mit einem Flackern öffnen. Aber sie bleiben geschlossen.

Auf halber Strecke bemerke ich, dass Grace an der Wand steht. Es ist so dunkel, dass ihr Sweatshirt und ihre blaue Jeans mit den Schatten verschmelzen, und ich kann ihren Gesichtsausdruck nicht richtig erkennen. Sie muss hören, dass ich die Treppe herunterkomme, denn sie blickt von Brooklyns regungslosem Körper auf.

»Ich glaube, sie ist tot«, sagt Grace.

15. Kapitel

»Sie ist nicht tot.« Riley hievt sich auf die Beine und humpelt über den Treppenabsatz. »Grace, hilf mir, sie zu tragen.«

Grace starrt auf Brooklyns leblosen Körper. Ihre Unterlippe zittert. »Ich … ich weiß nicht …«

»Wir sollten die Polizei rufen«, unterbreche ich sie. »Oder einen Krankenwagen. Vielleicht ist sie wirklich …« Ich zögere, weil ich das Wort *tot* nicht laut aussprechen will. »Vielleicht ist sie ernsthaft verletzt.«

Riley zuckt zusammen, als sie ihr Gewicht auf ihr linkes Bein verlagert, und beginnt, die restlichen Stufen hinunterzuhumpeln, während sie sich schwer auf dem Geländer abstützt. Neben mir bleibt sie zögernd stehen und spricht mit leiser Stimme, damit die anderen sie nicht hören können.

»Was sollen wir der Polizei denn sagen? Dass das Mädchen, das wir gefoltert haben, aus Versehen die Treppe runtergefallen ist?«

Sie sagt das so nüchtern, dass ich einen Moment brauche,

bevor die Worte wirklich zu mir durchdringen. Ich rieche den Wein in Rileys Atem, aber ich schaue ihr nicht in die Augen.

»Du warst auch dabei, Sofia«, fährt Riley fort. »Glaubst du wirklich, dass dich *irgendjemand* für unschuldig halten wird, nur, weil du versucht hast, sie nicht zu treffen, als du Streichhölzer auf ihre nackten Beine geworfen hast?«

»Das hast du gesehen?«, frage ich zurück.

»Ich sehe alles. Spritz dir ein bisschen Wasser ins Gesicht. Alexis, Grace und ich bringen Brooklyn nach oben.«

Bei dem Gedanken, mir mit diesem matschbraunen Wasser das Gesicht zu waschen, dreht sich mir der Magen um, aber ich steige trotzdem die Treppe rauf. Ich muss weg von Riley.

Auf dem Weg nach oben komme ich an Alexis vorbei. Sie neigt den Kopf zur Seite, so als lausche sie auf etwas, das ich nicht hören kann. Hinter ihrem Ohr, an der Stelle, an der sie sich die Haare ausgerissen hat, ist ein übler roter Fleck zu erkennen.

Ich schiebe mich schweigend an ihr vorbei und steuere auf das große Schlafzimmer zu, aber als ich eine Hand auf den Türknauf lege, überlege ich es mir anders. Ich will nicht in das Badezimmer, in dem Brooklyn beinahe ertrunken wäre. Stattdessen gehe ich weiter den Flur hinunter und öffne mehrere Türen, bis ich ein weiteres Bad finde. Ich schlüpfe hinein und mache die Tür zu. Ich schließe sie ab und drehe den Knauf so leise wie möglich, damit Riley im Erdgeschoss auf keinen Fall etwas hört.

Nun, da mich eine verschlossene Tür von Riley trennt, fühle ich mich so sicher wie schon seit Stunden nicht. Ich kneife die Augen zusammen und lehne meinen Kopf gegen das Holz, aber ich muss meine Zähne tief in meine Unterlippe graben, um nicht laut loszuschluchzen. Meine Nervosität, meine ganze Angst und der Schock steigen in mir hoch und ich balle meine Hände zu Fäusten. Die aufgeschürfte Haut an meinen Knöcheln spannt und die Nagelhaut an meinen Fingern brennt und erinnert mich wieder daran, warum ich eigentlich hier bin. Ich nehme meine Hände herunter und hole zweimal zitternd Luft.

An der Wand über dem Waschbecken ist kein Spiegel, nur eine leere weiße Fläche. Wahrscheinlich ist es besser so, denke ich, als ich den Wasserhahn auf- und wieder zumache. Ich will gar nicht wissen, wie ich aussehe, nachdem ich eine Nacht in einem blutigen, verrauchten Keller verbracht habe. Ich schaue immer wieder über meine Schulter, um mich zu vergewissern, dass die Badewanne hinter mir wirklich leer ist. Ich habe ihr den Rücken zugedreht und stelle mir vor, wie Brooklyn darin sitzt, während Blut und dreckiges Wasser von ihren Haaren triefen.

Es dauert eine Weile, bis das Wasser aus dem Hahn spritzt und diesmal ist es nicht matschig und dickflüssig, sondern nur ein bisschen braun. Ich lasse das Wasser über meine Hände laufen und zucke zusammen, als es auf die Haut an meinen Knöcheln und Fingernägeln trifft.

Neben dem Wasserhahn liegt ein rosa Haargummi, in dem sich eine einzelne braune Haarsträhne verfangen hat. Ich schnipse ihn auf den Boden und frage mich, ob es in diesem Haus überhaupt ein Zimmer gibt, in dem Riley nicht war. Das Wasser rauscht auf meine Hände und nach einer Weile fühlt es sich sogar richtig gut an. Ich schließe die Augen und halte meine Hände weiter unter den Strahl, bis sie vom kalten Wasser ganz taub sind.

Ich mache den Hahn zu, öffne die Augen und schaue gerade in dem Moment wieder ins Waschbecken, als eine Grille ihren Kopf durch den Abfluss steckt. Ich würge einen Schrei hinunter und stolpere so schnell rückwärts, dass meine Füße gegen die Badewanne knallen und ich mich an der Wand festhallten muss, um nicht hineinzufallen. Die Grille krabbelt aus dem Abfluss ins Waschbecken und breitet ihre Flügel aus.

Jemand hämmert gegen die Tür. »Sofia! Beeil dich, wir brauchen deine Hilfe.«

Ich richte mich wieder auf, öffne die Tür und beobachte mit einem Auge weiter die Grille. Sie kriecht über die Ablage, während ich in den Flur hinausschlüpfe. Meine Haut kribbelt, als ich die Tür hinter mir zuziehe.

»Pass auf deinen Kopf auf«, warnt mich Alexis und ich ducke mich zur Seite, als sie eine Leiter aus der Tür in der Decke rutschen lässt. Hinter ihr zerren Grace und Riley Brooklyn an den Armen den Flur entlang. Ich betrachte Brooklyn prüfend und suche nach irgendwelchen Anzeichen, dass sie langsam wieder aufwacht, aber sie rührt sich nicht.

Riley bleibt am Fuß der Leiter stehen. Sie lässt Brooklyns Arm los und er knallt mit einem dumpfen Schlag auf den Boden.

»Sof, du musst deine Arme um ihre Brust legen und hochklettern«, sagt Riley und nickt in Richtung Dachboden. »Dann können Grace und ich jede ein Bein nehmen.«

»Du willst sie auf den Dachboden bringen?«, frage ich. Der Dachboden ist dunkel – dunkler als der Keller oder der Flur neben der Küche. Ich bezweifle, dass dort oben irgendwelche Fenster sind.

»Im Keller war einfach zu viel Rauch«, erwidert Riley und rümpft die Nase. »Und die Tür zum Dachboden hat ein extrem gutes Schloss. Sie kann uns also auf keinen Fall noch mal entkommen. Lexie, warum läufst du nicht schnell nach unten und holst uns die Kerzen? Dann haben wir wenigstens ein bisschen Licht.«

Gehorsam wie immer nickt Alexis. Ihre nackten Füße klatschen auf dem Boden, als sie den Flur hinunterläuft. Riley schnappt sich eines von Brooklyns Beinen und Grace schlurft nach vorne und tut es ihr nach.

»Sof«, sagt Riley und nickt in Richtung von Brooklyns Brustkorb. »Wir brauchen deine Hilfe.«

Widerwillig greife ich mit meinen Armen um Brooklyns Oberkörper und hebe sie vom Boden hoch. Meine Hände schlingen sich auf ihrer Brust fest ineinander und ich spüre das schwache Pochen ihres Herzschlags direkt unter ihren Rippen. Erleichterung steigt in mir auf. Sie lebt noch.

Zu dritt klettern wir ganz langsam die Leiter hinauf und bleiben alle paar Sekunden stehen, um Brooklyns Gewicht neu zwischen uns zu verlagern. Die Leiter zum Dachboden ist zu steil, um rückwärts hinaufzuklettern, ohne sich an irgendetwas festzuhalten, deshalb lasse ich nur einen Arm um Brooklyns Brust geschlungen und hake den anderen immer wieder an dem wackeligen Geländer ein, das an der Leiter befestigt ist. Brooklyn ist nicht besonders schwer, aber sie droht trotzdem, aus meinem Griff zu rutschen.

Nach einer gefühlten Ewigkeit erreichen wir den Dachboden. Raue Holzbalken und rosafarbenes Dämmmaterial bilden die Wände und die Decke läuft in steilem Winkel nach oben. Haufenweise verblasste Vogue-Ausgaben stapeln sich in den Ecken neben mehreren Plastiktüten mit Nagellackfläschchen und einem alten Glätteisen. Leere Bier- und Weinflaschen säumen die komplette Wand des Dachbodens, nach Größe sortiert.

»Was ist denn das alles?«, frage ich keuchend, während wir Brooklyn von der Leiter auf den unfertigen Dachboden zerren. Riley hebt den Kopf und zuckt mit den Schultern.

»Ich komme manchmal allein hierher«, antwortet sie. »Nur, um von zu Hause wegzukommen.«

Allem Anschein nach kommt sie sehr oft hierher. Ich halte meinen Kopf geduckt, bis wir Brooklyn in die Mitte des Raumes geschleppt haben, wo ein dicker Holzbalken aus dem Boden ragt. Dann lehne ich mich gegen einen anderen Holzbalken, völlig erschöpft vom Aufstieg über die Leiter. Das winzige runde Fenster an der hinteren Wand zeigt zur Hauptstraße.

Ich erhasche einen heimlichen Blick aus dem Fenster und hoffe noch immer, dass Josh meine Nachricht bekommen hat und inzwischen auf dem Weg hierher ist. Aber die Straße ist leer und unerbittliche schwarze Wolken bedecken den Mond und tauchen alles in graue Dunkelheit.

»Grace, hol mir das Seil da«, befiehlt Riley und zeigt auf einen Werkzeugkasten aus Metall, der vor der Wand steht. Neben dem Werkzeugkasten liegt die leuchtend gelbe Nagelpistole, mit der sie vorhin das Fenster im Badezimmer zugenagelt hat. Ich starre darauf hinunter und frage mich, wann sie sie hier hochgebracht hat.

Riley lehnt Brooklyn gegen den Balken, und als Grace ihr das Seil reicht, beginnt sie, es um Brooklyns Körper zu wickeln, bis sie dick mit mehreren Seilschichten gefesselt ist. Ihr Kopf kippt vor und ihr Kinn ruht auf ihrer Brust.

»So«, sagt Riley, als sie das Seil hinter Brooklyn festknotet. »Das sollte reichen.«

»Wir haben den Rucksack unten gelassen«, sagt Grace. Sie steht neben der Leiter und hält sich immer noch mit einer Hand am Holzgeländer fest. »Ich geh ihn holen.«

Grace klettert die Leiter wieder runter. Als ihr Kopf nicht mehr zu sehen ist, dreht sich Riley zu mir um, aber bevor sie etwas sagen kann, durchdringt ein grelles, klares Läuten das Haus. Die Türklingel. Rileys Miene verhärtet sich. Mein Herz hüpft in meiner Brust – Josh.

Riley rennt zur Leiter und steigt so schnell in den ersten Stock hinunter, dass das wackelige Holz unter ihrem Gewicht knarrt und ächzt. Ich laufe zur Leiter, um ihr zu folgen, aber Riley springt das letzte Stück nach unten, greift nach der untersten Stufe und schiebt die Leiter wieder zusammen.

»Pass auf sie auf«, ruft sie zu mir herauf.

»Warte!«, rufe ich zurück, als Riley die Leiter nach oben schiebt. Die Tür schließt sich und es ist ein Klicken zu hören, als sie zufällt. »Riley!«, brülle ich und hämmere gegen die Tür. Ich ziehe an dem Hebel, um die Leiter auszufahren, aber sie sitzt fest. Die Türklingel ertönt noch einmal. Schwere Schritte rennen die Treppe hinunter.

Scheiße, denke ich. Sie hat das absichtlich gemacht. Ich stoße mich von dem Balken ab und renne durch den Dachboden zum Fenster. Ich presse mein Gesicht gegen das Glas und blicke mit zusammengekniffenen Augen auf die Straße hinunter. Ein leuchtend roter Pick-up parkt am Straßenrand. Jemand sitzt auf dem Vordersitz und sein Arm liegt im geöffneten Fenster.

Ich erkenne das zerknitterte Hemd sofort.

»Charlie!« Ich knalle meine Hand mit voller Wucht gegen das Fenster und hoffe, dass das Glas zerbricht. »Charlie!« Meine Stimme wird schon heiser, aber das ist mir egal – ich schreie trotzdem. »Schau hoch! Schau hoch!«

Unten schwingt die Haustür auf und direkt unter mir sind leise Stimmen zu hören. Wenn Charlie mich gehört hat, dann lässt er es sich nicht anmerken. Er schaut auf die Uhr an seinem Handgelenk hinunter und winkt Josh, der an der Haustür steht, ungeduldig zu. Die Stimmen unten werden lauter – es klingt, als würden er und Riley sich streiten. Ich balle meine Hand zur Faust und schlage wieder gegen das Fenster. Das Glas bebt, aber es zerbricht nicht.

»Sofia?« Die Stimme klingt schwach und krächzend. Ich höre auf, gegen das Fenster zu hämmern, und drehe mich um. Brooklyn hebt den Kopf und ihre Augenlider öffnen sich flatternd.

»Du bist wach!« Ich gehe neben Brooklyn in die Hocke und betrachte ihr Gesicht. Sie zuckt zusammen und versucht, ihren Arm zu bewegen, aber das Seil sitzt zu fest.

»Scheiße«, sagt sie und zieht an dem Seil. »Wo bin ich?«

»Dachboden.« Ich krabbele über sie hinweg und versuche, die Seilschlingen mit meinen Händen nach unten zu schieben, aber sie sind hinter ihrem Rücken zu fest verknotet. »Wir sind hier oben zusammen eingesperrt.« Draußen erwacht dröhnend der Motor eines Autos zum Leben.

»Nein.« Ich stehe auf und drehe mich wieder zum Fenster um. Ein weißer Blitz huscht über die Straße, als die Scheinwerfer des Wagens angehen. Ich presse mein Gesicht noch rechtzeitig gegen das Glas, um zu sehen, wie sich der Pick-up vom Haus entfernt.

»Nein!« Ich donnere mit der Faust gegen die Wand. Tränen der Verzweiflung und Frustration treten mir in die Augen. »Nein!«, brülle ich erneut. »Kommt zurück!«

»Sofia?« Brooklyn rutscht auf dem Boden hin und her und das Seil, mit dem sie gefesselt ist, knarrt. Ich fühle mich zu betäubt, um ihr sofort zu antworten, lasse mich auf den Boden sinken und schlucke die Tränen hinunter.

»Josh und Charlie waren hier«, erkläre ich ihr schließlich. »Aber jetzt sind sie wieder weg.«

Brooklyn dreht den Kopf zur Seite. Ihr Blick wandert durch den Raum und sie betrachtet die leeren alten Flaschen und die Zeitschriften mit den Eselsohren. Sie rümpft die Nase. »Und Riley und die anderen? Wo sind die?«

»Unten.«

Brooklyn reißt die Augen auf. »Dann sind wir allein?«

Ich nicke in Richtung der Tür hinter ihr. »Ja, aber wir sind eingeschlossen.«

»Diese Dachbodentüren schließen automatisch, aber es gibt einen Trick, um sie zu öffnen.« Brooklyn zeigt mit ihrem Kinn auf das Seil. »Binde mich los, dann zeig ich's dir.«

Ich betrachte Rileys alte Sachen, während ich durch den Dachboden zu Brooklyn gehe. Rileys Porzellanpuppe sitzt neben einem uralten pinkfarbenen CD-Player aus Plastik. Ein neuer Riss platzt zwischen den Augen der Puppe auf wie eine Narbe. Ich erschaudere. Das ist wirklich unheimlich.

Ich hocke mich neben Brooklyn und beginne, mich an den Knoten zu schaffen zu machen, mit denen sie an den Balken gefesselt ist. Hinter mir ist ein Klicken zu hören.

»*Shout to the … Shout to the … Shout to the …*« Die Worte erfüllen jeden Winkel und jede Nische des Dachbodens und hallen von den offenen Balken wider.

Ich stehe auf und stolpere rückwärts. »Was zur Hölle ist das?«

»Das ist der CD-Player«, sagt Brooklyn und schaut auf irgendetwas, das sich hinter ihr befindet. »Du musst mit dem Fuß drangekommen sein.«

»*Shout … shout … shout …*«

Ich drehe mich um, schnappe mir den CD-Player und schalte ihn aus. Kaum ist die Musik verstummt, höre ich etwas anderes – ein Kratzen. Es kommt aus der Ecke.

»Hörst du das?«, frage ich und bewege mich auf das Geräusch zu. Es verstummt.

»Das sind wahrscheinlich nur Ratten«, sagt Brooklyn und rutscht hin und her. »Komm jetzt, Sof, du musst mich losbinden.«

»Richtig.« Ich schüttele den Kopf und renne wieder zu Brooklyn. »Unten«, sage ich, während ich an den Seilschlingen ziehe, »im Keller, hast du gesagt, du hättest diesen Lehrer von einer Leiter gestoßen.«

»Gelogen«, versichert Brooklyn. »Alles, was ich *gestanden* hab, war gelogen. Ich dachte, Riley würde mich gehen lassen, wenn ich ihr Spiel mitspiele.«

»Ich wusste es«, sage ich und eine Welle der Erleichterung schwappt über mich hinweg. Ich kralle meine Finger an den Knoten fest, aber ich schaffe es nicht, sie zu lösen. Frustriert setze ich mich auf den Fersen ab.

»Ich brauche eine Schere oder ein Messer oder ...« Mein Blick fällt auf den Werkzeugkasten unter dem Fenster und mir kommt eine Idee. Ich renne hinüber und wühle darin nach einem dieser langen, leicht gebogenen Nägel. »Das könnte funktionieren.«

Ich hocke mich wieder neben Brooklyn und versuche, den Nagel durch einen der Knoten zu schieben. Es gelingt mir, den Knoten ein wenig zu lockern, bevor mir der schweißnasse Nagel aus den Fingern rutscht. Ich fluche leise und taste mit meinem Finger auf dem Boden herum.

In der Ecke höre ich wieder das Kratzen. Diesmal ist es lauter. Brooklyns Körper spannt sich unter dem Seil an.

»Ziemlich große Ratte«, flüstert sie. Das Geräusch verstummt und auf dem Dachboden ist es wieder still.

Ich finde den Nagel wieder, stehe auf und bewege mich langsam auf das Kratzen zu. Es kommt aus der hintersten Ecke des Dachbodens, die sich direkt über dem leeren Zimmer befindet, in dem Alexis sich die Haare ausgerissen hat. Der Boden in der Ecke ist kahl und leer. Das Ganze wirkt irgendwie seltsam – sämtliche Ecken des Dachbodens sind mit Rileys Zeitschriften und Kosmetikartikeln vollgestopft. Nur diese nicht.

Ich knie mich neben der Wand auf den Boden.

»Ist da irgendwas?«, zischt Brooklyn. Ich lege einen Finger an meine Lippen, damit sie ruhig ist. Dort ist etwas, aber es ist so leise, dass ich es von der anderen Seite des Raumes nicht hören konnte. Jetzt klingt das Geräusch irgendwie vertraut, aber ich kann das leise Kratzen immer noch nicht richtig einordnen.

Ich lehne mich an die Wand und presse mein Ohr auf das Holz. Jetzt erkenne ich das Geräusch.

Atmen.

Ich reiße mein Gesicht von der Wand und weiche erschrocken zurück. Ein animalischer Überlebensinstinkt meldet sich und mein ganzer Körper spannt sich an und sagt mir, dass ich wegrennen soll.

Dann holt mein Gehirn auf. Dort hinten versteckt sich jemand und beobachtet uns. Ich kneife die Augen zusammen und lege eine Hand an die Wand. Hier oben ist es zu dunkel, um etwas zu sehen, aber ich spüre, wie sich das Holz bewegt. Eine Tür.

»Sofia, was zur Hölle?«, faucht Brooklyn. Ich klemme den gebogenen Nagel in die schmale Ritze. Die Tür öffnet sich knarrend und enthüllt einen düsteren, engen Zwischenraum. Zwei Augen blinzeln in der Dunkelheit. Ich erschrecke, als sich Grace in das spärliche Licht des Dachbodens bewegt. Ihre Haut wirkt wächsern und unter ihrem Haaransatz sammelt sich Schweiß.

»Grace, du hast mich zu Tode erschreckt!«, sage ich.

»Riley hat mich gezwungen«, flüstert sie, bevor ich sie fragen kann, was sie da eigentlich gemacht hat. »Sie wollte sehen, was du machst, wenn du allein bist.«

Meine Kehle fühlt sich mit einem Mal ganz trocken an. »Warum?«, frage ich. Das Geräusch der aufklappenden Dachbodentür unterbricht uns und Riley taucht am Kopfende der Leiter auf. Sie blickt auf Brooklyns Fesseln und den gebogenen Nagel in meiner Hand.

»Was glaubst du wohl, warum?«, fragt Riley.

16. Kapitel

Ich weiche vor Grace und der Nische hinter der Wand zurück und lasse den Nagel fallen. Er landet mit einem leisen Klimpern auf dem Boden und rollt neben Brooklyns Knie. Riley verfolgt ihn mit den Augen.

»Was hast du gemacht, Sofia?«, fragt sie. Grace kriecht aus ihrem Versteck und schiebt sich an der hinteren Wand entlang zu der kleinen Nische neben der Tür.

Brooklyn sinkt gegen den Balken zurück und ihr Gesicht wirkt erschöpft. Sämtliche Hoffnung entweicht daraus und ihre Wangen sind ganz eingefallen. Ihr Haar ist zu steifen blonden Stacheln verklebt, die wie Dornen aus ihrem Kopf ragen.

»Lass mich einfach gehen«, flüstert sie und bohrt ihre Fingernägel in den Holzboden. »Bitte.«

Riley ignoriert ihr Flehen. »Du wolltest sie losbinden«, sagt sie zu mir und kommt einen Schritt auf mich zu. Brooklyn schnappt nach Luft und atmet stoßweise aus, während sich ihre

Brust entkräftet hebt und senkt. Eine Träne rinnt ihre Wange hinunter.

Die Dunkelheit des Dachbodens malt Rileys Gesicht schwarz und grau. Ihre Wangen und Augen wirken hohl, ihre Haut aschfahl. Ich mache einen Schritt von ihr weg, aber die Wand mit dem Fenster ist direkt hinter mir. Ich presse meine Hand flach auf die kalte Glasscheibe. Draußen heult der Wind.

»Riley, ich …«

»Du wolltest sie gehen lassen!« Riley verpasst mir eine schallende Ohrfeige. Ich schnappe nach Luft und der Schmerz schießt durch meine Wangen. Grace zuckt zusammen und starrt auf den Fußboden. Sie kann mir nicht in die Augen sehen.

»Was hast du denn gedacht, was passieren würde?«, fährt Riley fort. »Dass du und Brooklyn nach unten rennen und mit unseren Freunden abhauen würdet?«

»Bitte«, fleht Brooklyn und in diesem Moment hasse ich sie. Ich will weinen und flehen und zusammenbrechen. Aber stattdessen starre ich nur in Rileys eiskalte, leere Augen und versuche, stark zu bleiben. Brooklyn atmet ein und formt dasselbe Wort noch einmal lautlos. *Bitte.*

Riley ohrfeigt mich weiter. Ich zucke zusammen, als ich den brennenden Schlag ihrer Hand spüre.

»Hast du gedacht, ich wüsste nicht, dass du ihnen eine Nachricht geschickt hast? Dass ich nicht gehört habe, wie du vorhin im Keller mit dem Telefon hantiert hast? Ich weiß alles, Sofia! Alles!«

Wie?, will ich sie fragen. *Wie siehst du alles, woher weißt du alles?* Ich überlege kurz, ob sie womöglich auch Sicherheitskameras installiert hat, als sie die Fenster zugenagelt hat, aber auch das würde nicht erklären, warum sie scheinbar in meinen Kopf gucken kann und woher sie weiß, was ich denke und fühle.

»Riley«, keuche ich und lege eine Hand auf meine Wange. »Ich bin …«

»Halt die Klappe! Verstehst du denn nicht? Gott wollte, dass das passiert. Er wollte, dass du versagst, damit du erkennst, dass der einzige Weg aus diesem Haus über *ihn* führt.« Riley verzieht das Gesicht und sinkt auf die Knie. »Ich wusste, dass das passieren würde«, sagt sie und ihre Hände zittern, als sie sie vor ihr Gesicht hebt. »Ich habe so sehr dafür gekämpft, dass wir alle stark bleiben, aber ich wusste, ich *wusste*, dass eine von uns abtrünnig werden würde! Und jetzt liegt es an mir, dich wieder zurückzuholen.«

Ich sehe Riley sehr lange an, bevor mir bewusst wird, dass sie weint. Brooklyn starrt auf Rileys bebende Schultern und aus ihren Augen spricht dieselbe Wut, die ich noch vor wenigen Augenblicken empfunden habe. Riley verdient es nicht, zu weinen. Sie hat es einfach nicht verdient.

Ein warmer gelber Lichtschein taucht an der Tür im Boden auf. Die Leiter knarzt und das Licht kommt langsam näher. Riley richtet sich auf und wischt sich über die Augen. Alexis klettert die Leiter herauf, mit einer dicken weißen Kerze in der rechten Hand.

»Wo ist das Messer?«, fragt Riley mit fester Stimme. Die Haut um ihre Augen ist leicht gerötet, aber ansonsten deutet nichts darauf hin, dass sie geweint hat.

»Unten, im Rucksack.« Alexis stellt die Kerze links neben der Leiter ab und klettert auf den Dachboden. Das flackernde Licht erfüllt den Raum mit Schatten.

»Geh es holen«, faucht Riley sie an und stellt sich wieder hin. Sie geht im Raum auf und ab und ihre steife, blutbefleckte Jeans macht dabei ein kratzendes Geräusch, so als würde sie mit trockenem Papier über den Boden wischen. Sie wirft Grace einen wütenden Blick zu. »Du auch. Ich muss einen Moment mit Sofia allein sein.«

»Geht nicht«, sage ich. Kaum haben meine Worte meinen Mund verlassen, als mir bewusst wird, dass ich einen Fehler gemacht habe. Riley bleibt stehen und funkelt mich so böse an, dass mich das Gefühl beschleicht, ihr Blick könne sich durch meine Haut brennen.

»Was ist denn los?«, will Alexis wissen, die immer noch an der Leiter steht. Sie lässt ihren Blick von mir zu Riley und schließlich zu Grace wandern.

»Bitte«, sage ich, aber dabei beobachte ich Riley. Mir wird bewusst, dass Riley niemals Schmerz fühlen könnte. Riley fühlt überhaupt nichts.

»Holt das Messer«, befiehlt sie wieder. Alexis runzelt die Stirn, klettert die Leiter aber wieder runter. Grace schlurft hinter ihr her. Ich bemerke erst, dass ich eine Hand nach ihnen ausstrecke, als sie bereits verschwunden sind. Meine Hand schwebt in der Luft und greift ins Leere.

»Du lässt zu, dass der Teufel dich manipuliert.« Riley wendet sich von mir ab. Sie spricht mit sich selbst. »Darum hast du Josh eine Nachricht geschickt und darum wolltest du Brooklyn gehen lassen. Das ist die einzige Erklärung.«

»Riley …«, beginne ich, aber sie schneidet mir das Wort ab.

»Der Teufel zehrt von deiner Schwäche, Sofia! Siehst du denn nicht, wie Brooklyn dich manipuliert? Wie sie dich benutzt? Genau das tut der Teufel!«

Rileys Stimme steigert sich zu einem hysterischen Kreischen. Es hallt von den Wänden des Dachbodens wider. Sie bleibt stehen, legt ihre Hände an den Kopf und fährt sich mit den Fingern durchs Haar. Ihr Pferdeschwanz löst sich und ihre zerzausten Haare umrahmen ihr Gesicht.

»Riley«, sage ich und schiebe mich unmerklich in Richtung der Leiter. Ich versuche, meine Stimme so sanft wie möglich klingen zu lassen. »Riley, ich bin nicht besessen. Du musst dich beruhigen.«

»Beruhigen?« Riley stolpert über Brooklyns Bein, um sich vor mich zu stellen und mir den Weg zur Tür abzuschneiden. Brooklyn zuckt noch nicht einmal mit der Wimper, sondern beobachtet uns nur mit großen, neugierigen Augen. »Wie soll ich mich denn bitte beruhigen, Sofia? Wir haben alles versucht. Alles! Nichts hat funktioniert. Und du wolltest sie einfach *gehen* lassen.«

Die Leiter knarzt und Alexis klettert auf den Dachboden, dicht gefolgt von Grace. Sie hat eine Packung Müsliriegel in der Hand und der schwarze Rucksack hängt über ihrer Schulter.

»Gib mir den.« Riley zerrt unsanft den Rucksack von Grace' Arm und reißt ihn mit Gewalt auf. Der silberne Reißverschluss fliegt weg und landet klappernd auf dem Boden. Grace weicht vor Riley zurück und reibt sich die Schulter. Riley zieht das Fleischermesser aus dem Rucksack und lässt ihn dann fallen. Mit bebender Hand hält sie das Messer vor sich. Die Klinge zittert.

»Sofia hat uns hintergangen.« Sie sieht mir direkt in die Augen und kaltes Entsetzen kriecht in meine Knochen. Sie kommt einen Schritt näher und fuchtelt mit dem Messer herum, während sie spricht. »Sie hat versucht, Brooklyn zur Flucht zu verhelfen.«

»Riley, warte.« Ich hebe beide Hände vor meine Brust und taumele rückwärts gegen die Wand. Ich kann meinen Blick nicht von dem Messer abwenden. Es sieht irgendwie anders aus, als würde es mich beobachten. Es ist dasselbe Messer, mit dem Riley Brooklyns Finger abgeschnitten hat, dasselbe Messer, das ihre Haut aufgeschlitzt und ihr Blut auf dem Boden vergossen hat. Es hat jetzt Blut geleckt.

»Was machst du denn da?«, flüstert Grace. Riley drückt die Messerspitze auf meine Brust. Ich stelle mir vor, wie sie es in meinen Körper rammt und in meinem Kopf beginnt sich alles zu drehen. Ich lege eine Hand flach auf die Wand hinter mir, um nicht umzukippen.

»Ich weiß es nicht. Was machen wir mit Sündern?«

Das Messer zwinkert mir zu, aber vielleicht ist es auch nur das Licht, das von der Klinge reflektiert wird. Ich kneife meine Augen ganz fest zusammen. Ich habe einfach Angst und bilde mir nur irgendwelche Sachen ein. Aber als ich die Augen wieder aufmache, starrt Brooklyn mich an und ihre Augen leuchten rot. Sie fährt sich mit der Zunge über die Lippen und verschmiert Blut auf ihrem ganzen Mund. Ihre Stimme hallt in meinem Kopf wider: *Jetzt bist du neugeboren.*

Ich blinzele und Brooklyns Augen sind wieder normal. An ihrem Mund klebt kein Blut. Ihre Unterlippe zittert und sie schaut mich immer noch an.

Riley nimmt das Messer von meiner Brust und legt es direkt unter mein Handgelenk. »Im Alten Testament, wenn einer aus dem Volk Gottes sündigt, schneiden sie ihm den Teil des Körpers ab, mit dem er Gott hintergangen hat«, sagt sie. »Das hier ist die Hand, die deinen Gott hintergangen hat. Würdest du sie opfern, wenn der Herr das von dir verlangen würde?«

Die Klinge sticht in meine Haut. Brooklyn ballt ihre Hand zur Faust, aber alles, was ich sehe, ist der blutige nagellose Stummel. Angst steigt in mir auf.

»Riley, nicht. *Bitte.*« Ich drücke krampfhaft meine Augen zu und Tränen rinnen über meine Wangen. Ich erinnere mich wieder daran, wie Brooklyn im Keller geschrien hat, und an das kranke Geräusch von Fleisch, das auf den Boden fällt. Ich versuche zu atmen, aber ich habe das Gefühl, als würde jemand seine Hände um meine Lungenflügel legen und sie zusammenquetschen. Ich bekomme kaum Luft und meine Tränen verwandeln sich in ein hässliches Schluchzen. »Nicht, bitte, tu das nicht.«

Plötzlich presst sich die kalte Klinge nicht mehr gegen mein Handgelenk. Irgendetwas fällt scheppernd zu Boden, während sich Rileys Arme um meinen Hals legen und sie mich ganz dicht zu sich heranzieht. Sie beschreibt mit ihrer Hand Kreise auf meinem Rücken.

»Schhh, Sofia, es ist alles okay«, flüstert sie und drückt mich ganz fest an sich. »Es ist okay, ich werde dir nicht wehtun.«

Ich schlinge meine Arme um Riley, ohne nachzudenken, und lege meinen Kopf auf ihre Schulter. Erleichterung breitet sich in meinem Körper aus und die Hysterie in meinem Kopf legt sich wieder, während all die verrückten Dinge verschwinden, die ich zu sehen geglaubt habe. Riley legt ihre Hand an meinen Hinterkopf und streicht mein Haar glatt.

»Du musst gegen die Macht des Satans ankämpfen«, fleht sie. »Ich brauche dich bei dieser Sache an meiner Seite. Wir können ihr immer noch helfen, Sofia.«

»Wie?«, hauche ich an ihren Hals. Ich löse mich von ihr und wische mir mit dem Handrücken die Tränen von den Wangen.

Einen Moment lang sagt keine von uns ein Wort. Ich schaue von Riley zu Grace und Alexis, aber ihre Gesichter sind ausdruckslos.

»Ihr habt keine Demut gezeigt«, durchbricht Brooklyns Stimme die Stille. Riley dreht sich um und Brooklyn lächelt sie böse an. Ich stelle mir ihre leuchtenden roten Augen vor, ihren dunklen, blutverschmierten Mund, aber ich verdränge das Bild wieder aus meinen Gedanken. Es war nicht real, nur ein Streich, den meine Angst mir gespielt hat.

Alexis entfernt sich von der Leiter. »Was meinst du damit?«, fragt sie.

»Eure Sünden«, erwidert Brooklyn. Sie lehnt sich vor und zieht an dem Seil, das sie an den Balken fesselt. »Keine von euch hat die Wahrheit gesagt, was eure Sünden angeht, oder?«

17. Kapitel

»Niemand hat gelogen«, erwidert Riley zu schnell. Hitze steigt in meinem Gesicht auf und ich richte meinen Blick auf den Boden. Ich habe gelogen, aber das kann ich jetzt nicht zugeben. Riley hätte mir beinahe die Hand abgeschnitten, weil ich Brooklyn losbinden wollte. Ich will mir gar nicht vorstellen, was sie mir abschneiden würde, wenn sie herausfindet, dass ich Gott belogen habe.

»*Sagt* es ihr, Mädels«, zischt Riley. Alexis starrt auf ihre Füße, um uns nicht in die Augen schauen zu müssen. Grace weicht bis ganz an die Wand zurück und zieht sich die Ärmel ihres Sweatshirts über die Handgelenke.

»Sie sind nicht die Einzigen, die gelogen haben, Riley.« Brooklyns Miene bleibt ausdruckslos, aber ihre Stimme klingt beinahe amüsiert.

Rileys Gesicht verhärtet sich. »Ich habe nicht gelogen«, bekräftigt sie.

»Du hast aber auch nicht die ganze Wahrheit gesagt«, wirft Alexis ein. Sie ballt die Fäuste vor ihrem Körper und ihre Haarspitzen streichen über ihre Finger. »Keine von uns hat die ganze Wahrheit gesagt.«

»Soll das heißen, dass du anfangen willst?«, fragt Brooklyn. Alexis wickelt sich eine Haarsträhne um den Finger, sagt aber nichts. »Oder wie wär's mit dir, Riley?«

»Halts Maul«, faucht Riley und starrt auf das Messer am Boden hinunter. Sie bewegt sich jedoch nicht darauf zu, um Brooklyn damit zu bedrohen. »Ich hab die Wahrheit gesagt«, wiederholt sie stattdessen.

»Was ist mit dir, Grace?« Brooklyn sucht mit den Augen die Schatten in der Ecke nach Grace ab. »Hast du die ganze Wahrheit über deine kleine Sucht erzählt?«

Grace' Blick huscht erst zu Alexis, dann zu Riley und schließlich zu mir. Sie zieht die Schultern hoch und verschwindet fast in ihrem übergroßen Sweatshirt. »Ich habe euch gesagt, dass ich ein Problem mit Drogen habe, und das stimmt auch«, erwidert sie.

»Ritalin«, korrigiert Brooklyn sie. »Ist das alles, was du je ausprobiert hast?«

»Nein.« Grace' Stimme bricht. Sie hebt den Rucksack vom Boden auf, wo Riley ihn fallen gelassen hat, und zieht eine Flasche Wein heraus. Sie reißt den Korken heraus und trinkt einen Schluck.

»Was hast du denn noch probiert?«, will Alexis wissen. Grace trinkt einen weiteren Schluck Wein.

»Zuerst war es nur Ritalin«, gibt sie zu. »Ich wollte nur ein paar davon zum Lernen nehmen, genau, wie ich gesagt hab. Aber es hat sich so gut angefühlt, high zu sein. Es war, als würde mein Gehirn still stehen. Als würde alles von mir abfallen, außer das, was ich gerade gemacht habe. Alles wurde auf einmal so … einfach.«

Grace hält einen Moment inne und senkt ihre Augen wieder. Brooklyn tippt mit ihrem Springerstiefel auf den Boden.

»Und dann?«, hakt sie nach. »Hör jetzt nicht auf. Der beste Teil kommt doch erst noch.«

Grace faltet nervös ihre Hände um die Weinflasche. Ihre stahlblauen Fingernägel leuchten förmlich vor dem dunklen Glas. Ich starre darauf und mir fällt wieder ein, wie ich Grace kennengelernt habe und wie unglaublich exotisch und cool sie damals auf mich wirkte. Jetzt ist sie verletzlich, nackt.

»Du musst uns das nicht erzählen, Grace«, sage ich.

»Wir alle müssen vor Gott reinen Tisch machen«, murmelt Riley. Sie starrt mit leeren Augen auf die Wand vor ihr. »Sie muss es uns erzählen.«

»Das müsst ihr alle.« Brooklyn sieht mich an, als sie das sagt, und jetzt bin ich mir sicher, dass ich Belustigung in ihrer Stimme höre. Sie scheint meine Haut mit den Augen abzuschälen und direkt in mein Gehirn zu blicken, auf all die Dinge, für die ich mich am meisten schäme. Ich drehe mich zu der Weinflasche um und richte meine Aufmerksamkeit wieder auf Grace' abgebrochene blaue Nägel.

»Ich hätte bei Ritalin bleiben sollen«, sagt Grace, beinahe zu sich selbst. »Aber eines Morgens hab ich im Badezimmer meiner Mom Xanax gefunden, das ist ein Beruhigungsmittel. Das war sogar noch besser. Danach hab ich Ambien ausprobiert, die Schlaftabletten von meinem Dad, und ein bisschen E von einem Mädchen in der Schule.«

»Der Herr vergibt dir, Grace«, sagt Riley mit gedämpfter Stimme. Sie nimmt Grace die Weinflasche aus der Hand und trinkt einen Schluck. »Wir fallen alle mal. Jeder von uns.«

Grace lächelt durch ihre Tränen. Das Kerzenlicht flackert und erhellt die Linien, die sie auf ihren Wangen hinterlassen haben. Hinter ihr bricht Brooklyn in Gelächter aus.

»Willst du mich verarschen?«, sagt sie. Sie lehnt ihren Kopf gegen den Balken und lacht noch lauter. »Du lügst *immer noch!*«

»Sag's ihr einfach, Grace. Bringen wir das Ganze hinter uns«, drängt Alexis. Grace nimmt Riley die Flasche wieder ab und setzt sie an ihre Lippen. Diesmal trinkt sie einen großen Schluck. Ein roter Tropfen rinnt aus ihrem Mundwinkel über ihr Kinn.

Grace schnappt keuchend nach Luft, als sie die Flasche wieder absetzt, und fährt fort: »Als mein Bruder sich diesen Sommer ein Bein gebrochen hat, hat er seine Oxy-Pillen im Bad liegen lassen, als wären die nichts. Ich musste sie mir jeden Morgen anschauen, während ich mir die Zähne geputzt hab.« Grace hat einen Schluckauf und trinkt einen weiteren Schluck Wein. »Was hättet ihr denn getan?«

Alexis nimmt Grace die Weinflasche aus der Hand. »Ist schon okay«, beginnt sie, aber Grace schüttelt den Kopf.

»Es ist nicht okay!«, brüllt sie. Tränen strömen über ihre Wangen, immer schneller und mehr. Sie hickst noch einmal. »Ich will ja wieder clean werden. Ich will, dass es mir besser geht. Aber … aber ich …« Sie kann nicht weitersprechen – sie muss zu heftig weinen. Sie vergräbt ihr Gesicht in den Händen und sinkt auf die Knie. »Ich will, dass es mir wieder besser geht«, schluchzt sie.

Alexis geht neben Grace in die Hocke und legt die Arme um ihre Schultern. »Ist schon okay«, flüstert sie ihr ins Ohr. Selbst Riley durchquert den Dachboden und kniet sich neben Grace. Sie schließt die Augen und ihre Lippen bewegen sich zu einem stummen Gebet.

Ich gehe auf Grace zu, aber Brooklyn hebt den Kopf, bevor

ich mich neben sie hocken kann. Ihre Augen weiten sich und sie nickt mit dem Kopf in Grace' Richtung. Sie versucht, mir etwas zu sagen.

Auf einmal macht es klick. Grace ist süchtig – und Süchtige haben Drogen.

Kein Wunder, dass Brooklyn Grace so angestachelt hat. Drogen bedeuten Freiheit – Flucht. Wenn Grace irgendwelche Pillen dabei hat, kann ich sie finden und in den Wein schütten, von dem sie alle trinken. Wenn ich genügend hineinschütte, verlieren sie das Bewusstsein.

Riley flüstert »Amen« und ihre Augen öffnen sich flackernd. Sie greift nach dem Wein und nimmt einen langen Schluck, während sie mich über die Flasche hinweg ansieht.

Ich verzerre mein Gesicht zu einem – wie ich hoffe – mitfühlenden Ausdruck und gehe neben ihr in die Hocke. Ich lege einen Arm um Rileys Schulter, den anderen um Grace'.

»Amen«, flüstere ich.

18. Kapitel

»Wer ist die Nächste?«, fragt Brooklyn. Sie versucht, die anderen abzulenken. Wenn sie weiter ihre Sünden gestehen, schenken sie mir keine Beachtung. Und ich habe genügend Zeit, Grace' Pillen zu finden.

»Woher weißt du das alles?« Grace wischt sich die Tränen mit der Handfläche weg, während sie sich zu Brooklyn umdreht. Alexis löst sich von ihr und steckt ihr Haar hinters Ohr.

Brooklyn grinst. Eine wilde Idee schießt mir durch den Kopf – vielleicht kann sie Gedanken lesen. Vielleicht weiß Brooklyn schon längst alles, was wir getan haben.

»Grace schaut auf den Boden, wenn sie lügt«, sagt Riley, bevor Brooklyn antworten kann. »Jeder kann das sehen.«

Grace wird rot und erhebt sich unsicher. Sie weicht in eine Nische des Dachbodens zurück und drückt sich gegen die Wand, so als versuche sie, völlig im Holz zu verschwinden.

Brooklyn lässt ihren Blick auf ihr ruhen. »Es war das Feuer, das

Ertrinken und die brutale Folter beinahe wert, jetzt zu hören, wie abgefuckt ihr alle seid«, sagt sie.

»Müssen wir dich wieder knebeln?« Riley nickt in Richtung des Klebebands, das auf dem Boden liegt, aber sie lehnt sich stattdessen zur Seite und greift nach der Weinflasche.

»Was ist denn los, Riley?«, stöhnt Brooklyn und versucht angestrengt, sich unter den Seilschlingen zu bewegen, die sie eng an den Balken fesseln. »Hast du Angst davor, was deine Freundinnen von dir denken werden, wenn du deine Sünden *wirklich* gestehst?«

»Ich hab sie schon gestanden«, entgegnet Riley bestimmt. Sie wischt sich mit dem Handrücken eine verschwitzte Haarlocke aus der Stirn und nimmt einen ausgiebigen Schluck aus der Weinflasche.

Ich lasse meinen Blick durch den Dachboden schweifen, während Riley trinkt, und überlege, wo Grace wohl ihre Pillen versteckt haben könnte. Aber Brooklyns Worte gehen mir nicht mehr aus dem Kopf. *Hast du Angst davor, was deine Freundinnen von dir denken werden, wenn du deine Sünden* wirklich *gestehst?*

Ich verdränge die Frage und mein Blick fällt auf den schwarzen Rucksack, der neben der Leiter steht. Es war Grace, die den Rucksack hier hochgebracht hat. Es wäre ein Kinderspiel für sie gewesen, ein Fläschchen mit Tabletten darin zu verstecken.

»Oder vielleicht solltest du die Nächste sein, Lexie.« Brooklyn lässt ihren Blick zu Alexis wandern. »Du könntest allen erzählen, warum deine Schwester wirklich im Koma liegt.«

»Du weißt doch gar nicht, wovon du da redest«, faucht Alexis.

»Ich weiß mehr, als du denkst.« Brooklyns wölfisches Grinsen wird breiter.

Riley lässt die Weinflasche sinken. »Wovon redet sie?«

Alexis kippt auf ihre Fersen zurück, schnappt sich eine Haarlocke und wickelt sie fest um ihren Finger. Ich muss wieder daran denken, wie sie ausgesehen hat, als sie allein in diesem leeren Zimmer stand, ein Häuflein aus dünnen, weißblonden Locken neben ihren Füßen – wie eine Märchenprinzessin, die in einer Gruselgeschichte gelandet ist.

»Sie erfindet nur irgendwelche Sachen«, erwidert Alexis. Die Haut an ihrem Fingernagel wird schon blau, aber sie wickelt das Haar noch fester um ihren Finger.

Ich schiebe mich noch dichter in Richtung der Leiter und des Rucksacks. Meine Nerven zerren mit winzigen, piksenden Fingern an meiner Haut und mein Herz wummert wie ein Vorschlaghammer in meiner Brust. Ich bewege mich langsam auf Grace zu und schiebe meine Füße Zentimeter für Zentimeter über die Bodenbretter. Sie summt leise einen Popsong und ihre Augen sind starr auf ihre Schuhe gerichtet.

»Du hast gesagt, dass du hoffst, dass sie nie wieder aufwacht.« Brooklyn lässt ihre Worte einen kleinen Moment in der Luft hängen, bevor sie fortfährt. »Das ist nicht das erste Mal, dass du dir gewünscht hast, sie wäre tot, stimmt's?«

Alexis schüttelt den Kopf. »Ich hab das nie gewollt!« Es ist ein leises Geräusch zu hören, ein Reißen, und das Haar löst sich von ihren Fingern. Alexis kippt ungeschickt wieder auf ihre Füße vor und stolpert beinahe in mich rein, als ich mich an der Wand hinter ihr entlangschleiche. Bevor sie nach einer weiteren Haarsträhne greifen kann, nimmt Riley ihre Hand.

»Sag uns einfach, was passiert ist, Lex.« Riley hält Alexis' Hand weiter fest, während sie sich einen weiteren Schluck Wein genehmigt. Sie nuschelt ein wenig, als sie sagt: »Wir alle müssen unsere Sünden vor Gott bekennen.«

Grace summt lauter. Der Song weckt eine Erinnerung, aber ich kann sie nicht einordnen. Sie macht einen Schritt auf die

Leiter zu, hebt den alten schwarzen Rucksack vom Boden auf und drückt ihn wie einen Teddy an ihre Brust. Ich grabe meine Zähne in meine Unterlippe. *Verdammt!*

»Bist du nervös?«, fragt Grace mich. Ich bin so von dem Rucksack abgelenkt, dass ich sie fast nicht höre.

»Was?«

»Weil du deine Sünden beichten musst.« Grace summt eine weitere Zeile des Songs und jetzt erinnere ich mich wieder, wo ich ihn schon mal gehört habe. Es war bei der letzten Party, zu der ich gegangen bin, der Party in dem Haus an den Bahnschienen, auf der die Footballer jedes Mädchen bewertet haben, das durch die Tür kam. Karen hatte mich zu der Party eingeladen.

»Nein«, antworte ich, aber ich *bin* nervös. Nicht, weil ich meine Sünde nicht gestehen will, sondern weil ich sie nicht noch einmal durchleben will.

Grace beginnt zu summen, und dann ist es zu spät. Ich bin dort, auf der Party, und das ganze Haus bebt, als ein Zug vorbeirollt …

Nervös bahne ich mir einen Weg durch die Menge und hole mir in der Küche eine Limo. Als ich mich umdrehe, steht Lila hinter mir. Ihr schwarzes Haar hängt wie ein perfektes, glänzendes Tuch über ihre schmalen Schultern. Ihre rot bemalten Lippen verziehen sich zu einem gemeinen Lächeln.

»Warte mal.« Lila runzelt die Stirn und ihr Blick wandert zu meinen Haaren. »Du hast da was im Haar.«

Sie streckt eine Hand aus und zieht irgendetwas aus meinem Haar. Ihre Lippen verziehen sich noch mehr, als sie ihre Hand wieder zurückzieht.

Sie hält ein Wattestäbchen hoch.

Ein paar der anderen hinter ihr beginnen, spöttisch zu lachen, aber Lila schafft es, ernst zu bleiben, als sie mich fragt: »Also, wo ist das denn hergekommen, Fetti?«

Noch mehr Gelächter. Es bricht rund um mich aus, bis ich nicht mehr sagen kann, von wem es eigentlich kommt. Mit glühenden Wangen dränge ich mich an Lila vorbei.

Alle auf der Party starren mich an, lachen hinter vorgehaltenen Händen oder in ihre Becher mit Bier. Ich versuche weiterzugehen, aber vor mir drängen sich ein paar von ihnen zusammen und versperren mir den Weg.

»Wo willst du denn hin, Fetti?«, fragt mich ein Mädchen mit krausem rotem Haar. Sie wirft ein Wattestäbchen nach mir und es bleibt an meinem Pullover hängen.

Ein weiteres Wattestäbchen fliegt durch den Raum und trifft mich an der Wange. Ein drittes fliegt an meinem Arm vorbei. Bevor ich irgendwie reagieren kann, werfen alle mit Wattestäbchen nach mir und lachen. Vor Schreck verstecke ich mein Gesicht hinter meinen Händen, aber es verfangen sich trotzdem immer mehr Wattestäbchen in meinem Haar und meinen Klamotten. Schließlich finde ich eine Lücke in der Menge und zwänge mich mit Gewalt hindurch – und stoße prompt mit Karen zusammen.

Sie steht neben Erin und hält ein Bier in der Hand.

»Komm schon, Sofia«, sagt sie und grinst. »Verstehst du keinen Spaß?«

Ich starre sie völlig sprachlos an, als sie die Hand hebt und ein Wattestäbchen auf mich wirft. Es prallt an meiner Brust ab und fällt auf den Boden.

»Sofia, ist alles okay?« Grace lockert ihren Griff um den Rucksack. Ich könnte ihn ihr wegnehmen, aber stattdessen lehne ich mich gegen die Wand. Mein Nacken ist schweißnass.

Mit geschlossenen Augen kann ich noch immer das abgestandene Bier riechen, das in dem ganzen Haus auf dem Fußboden klebte, höre das grausame Gelächter und das entfernte Donnern des Zugs. Nach dieser Nacht habe ich mir geschworen, dass ich nie wieder auf eine Party gehen und nie wieder mit Mädchen befreundet sein würde, die über den Schmerz anderer Leute lachen. Und jetzt bin ich auf einem Dachboden eingesperrt und die einzige Möglichkeit, wieder hier rauszukommen, ist, die schlimmste Nacht meines Lebens noch einmal zu durchleben.

»Mir geht's gut«, sage ich und öffne langsam die Augen. Grace nickt mitfühlend, aber ich schaue ihr nicht in die Augen – ich starre nur auf den Rucksack. Ich hab mich geirrt, es gibt noch eine andere Möglichkeit, hier rauszukommen. Ich muss nur diese Pillen finden.

Alexis schreit plötzlich: »Es ist nicht so, wie Brooklyn gesagt hat!« Sie sieht von Brooklyn zu Riley und ihre Unterlippe beginnt zu zittern. »Riley, du weißt doch, wie Carly ist«, wimmert sie.

Riley schüttelt den Wein in der Flasche und beobachtet, wie die Flüssigkeit seitlich gegen das Glas schwappt. »Ich weiß, dass ihr zwei praktisch in einem Dauerwettstreit liegt.«

»Ganz genau«, sagt Alexis. »Aber es ist noch nicht mal ein richtiger Wettstreit, weil Carly *immer* gewinnt. Carly ist in Stanford angenommen worden und Carlys Freund ist perfekt. Habt ihr eine Ahnung, wie es ist, sich ständig anhören zu müssen, wie wundervoll sie ist?«

Alexis schluchzt und legt den Kopf in die Hände. Ihr Haar fällt wie ein Vorhang über ihr Gesicht. »Komm schon, Alexis«, sagt Riley. Sie trinkt noch einen Schluck aus der Flasche und wischt sich den Wein mit dem Handrücken von der Oberlippe. »Erzähl deine Geschichte zu Ende. Erzähl uns, was wirklich passiert ist.«

Schniefend streicht sich Alexis das Haar aus dem Gesicht.

»Es war ein Unfall, wie ich gesagt hab. Carly hat eine wirklich schlimme Allergie gegen Erdnüsse. Sie muss immer einen EpiPen dabei haben, wenn sie irgendwo hingeht. Letztes Jahr haben sie und meine Mom so eine Saftkur gemacht, um bei der alljährlichen Wohltätigkeitsgala zu glänzen, die meine Mom organisiert. Das Einzige, was sie zu sich nehmen durften, waren diese widerlichen Smoothies mit Spinat und Zitronensaft. Einmal hab ich nur … Ich hab eine Erdnuss in Carlys Smoothie gemischt. Nur eine.«

Alexis' Geständnis schockiert mich so sehr, dass ich die Nacht der Party und Grace' Pillen völlig vergesse – alles außer dem, was sie gerade gesagt hat.

»Du hast deine Schwester absichtlich vergiftet?«, frage ich. Ich denke darüber nach, was meine Großmutter immer über die Beichte gesagt hat, während Alexis unsere Gesichter studiert und nach Mitgefühl sucht.

Worte haben Macht, mija. Wenn du deine Sünden laut aussprichst, dann gestehst du sie dir selbst und vor Gott ein.

Wenn ich Alexis wäre, hätte ich dieses Geheimnis mit ins Grab genommen, ganz egal, was Riley oder Brooklyn gesagt hätten.

»Sie hätte ihren EpiPen dabeihaben müssen!«, verteidigt sich Alexis. »Nachdem sie sich gespritzt hätte, wäre es ihr wieder gut gegangen. Meine Eltern hätten ihr nur gesagt, dass sie zu Hause bleiben muss, wie sie es immer tun, wenn sie eine allergische Reaktion hatte. Ich hätte statt ihr zu der Gala gehen können. Aber an diesem Tag hatte sie den EpiPen nicht dabei, weil er nicht in die bescheuerte Designerhandtasche gepasst hat, die sie unbedingt mitnehmen wollte. Anstatt nur krank zu werden, ist sie – «

»Ins Koma gefallen«, beendet Grace den Satz.

Alexis greift nach einer weiteren Haarsträhne, aber Riley schlägt ihre Hand weg. »Du bist krank«, sagt sie.

»Hör auf!«, brüllt Alexis. »Du bist besoffen!«

»Wag es ja nicht, das Ganze auf mich abzuwälzen.« Rileys Augen sind blutunterlaufen, aber ich kann nicht sagen, ob das an dem Wein liegt oder an dem Schock über das, was Alexis gerade gestanden hat.

»Warum nicht?« Alexis' Stimme zittert. »Ich bin schließlich nicht die Einzige, die gesündigt hat.«

Riley verpasst ihr eine Ohrfeige. Alexis' Kopf kippt zur Seite und sie schlägt ihre Hände auf ihr Gesicht. Als sie sich wieder zu Riley umdreht, steht ihr Mund vor Schock weit offen.

»Ich habe nichts zu verbergen«, sagt Riley. »Was ich auch bin, was ich auch getan habe, es ist nichts im Vergleich dazu, sein eigen Fleisch und Blut umbringen zu wollen.«

»Du lügst.« Alexis schwankt vor und zurück und ihr Gewicht ruht auf ihren Fußballen, wie bei einer Ballerina. In ihren Augen liegt ein Glanz, den ich nicht richtig einordnen kann. Er ist manisch, verstört. »Du lügst, aber ich kenne die Wahrheit. Ich weiß *alles*, was du getan hast.«

19. Kapitel

Ich schlinge meine Arme ganz eng um meine Brust und starre durch die offene Tür des Dachbodens auf die Leiter, die in den schattigen Flur hinunterführt. Ich stelle mir vor, wie ich mit bloßen Händen die Nägel aus einer der Fensterbänke reiße. Allein bei dem Gedanken daran brennen meine Fingerspitzen, aber ich bewege mich trotzdem auf die Tür zu.

»Du tust immer, als seist du so viel besser als wir anderen«, brüllt Alexis, »aber du bist eine Bitch. Jedes Wort, das aus deinem Mund kommt, ist eine Lüge.«

»Als würde dir noch irgendjemand glauben, nach dem, was du getan hast«, spuckt Riley aus.

Grace hickst wieder. Sie kauert in der Nische neben der Tür und umklammert mit beiden Händen den Rucksack. Der Dachboden ist klein – nur gut drei Meter lang und knapp zwei Meter breit –, aber aufgrund der schrägen Decke und Wände kann ich nicht sehen, was sie macht. Aber so oder so: Sie steht zwischen mir und der Tür. Sie würde mich schnappen, bevor ich die Leiter erreiche.

»Ich würde ihr glauben«, sagt Brooklyn. Eine Haarsträhne fällt über ihre Augen. Brooklyn pustet sie weg und sie flattert wieder auf ihre Stirn. »Wie war das noch mal, Riley? Wir müssen rein vor Gott treten?«

Alexis lacht und schüttelt so heftig den Kopf, dass ihre Halswirbel knacken. »Warum sind wir denn hier? Weil Brooklyn mit deinem *Freund* gevögelt hat, richtig?«

»Halt die Klappe.« Rileys Stimme zittert.

»Aber das ist gar nicht wahr, stimmt's?«, fährt Alexis fort. »Weil er nämlich gar nicht dein Freund ist. Nicht mehr. Er hat vor zwei Wochen mit dir Schluss gemacht.«

»Ich hab gesagt, du sollst die Klappe halten!«, schreit Riley. Sie hält sich die Ohren zu.

»Und weißt du, was das Beste daran ist?«, brüllt Alexis zurück. »Er hat dich verlassen, weil du eine *Schlampe* bist. Er hat rausgekriegt, was du mit Tom gemacht hast. Warum erzählst du das nicht deinem wunderbaren Gott, Riley?«

Riley drückt ihre Augen ganz fest zusammen und schüttelt den Kopf. Ich habe bisher nicht richtig zugehört, aber jetzt drehe ich mich zu Riley um.

»Tom?«, frage ich. »Joshs Bruder Tom? Der, den Grace –«

Grace tritt aus der Nische. »Was hast du mit ihm gemacht?«, fragt sie und ihre Stimme bricht.

Rileys blutunterlaufene Augen weiten sich. »Grace, ich –«

Grace lässt den Rucksack fallen, geht auf Riley zu und packt sie am Arm. »Ich bin in Tom verliebt, seit ich hergezogen bin!«, sagt sie, aber ich höre nicht mehr zu. Alles, was ich sehe, ist der verlassene Rucksack in der Nische.

»Ich weiß«, erwidert Riley. »Aber –«

»Hast du mit ihm geschlafen?«, unterbricht Grace sie. Riley zögert und Grace brüllt: »Sag mir die Wahrheit!«

»Es war nur einmal. Es hat nichts bedeutet!«, erwidert Riley und dreht sich zu Alexis um. »Du Miststück. Das war ein Geheimnis.«

»Ist das nicht der Punkt?«, faucht Alexis. »Dass wir alle unsere Geheimnisse teilen? Du hast nicht das Recht, mich zu verurteilen, wenn du nicht für das geradestehen willst, was du selbst getan hast.«

Riley schreit daraufhin Alexis wieder etwas ins Gesicht und ihre Stimmen werden immer lauter, bis sie sich beide so laut anbrüllen, dass ich gar nicht mehr verstehen kann, um was es geht. Brooklyn tippt ganz leicht mit ihrem Springerstiefel gegen meinen Knöchel und ich schaue sie an. *Die Pillen*, formt sie lautlos mit den Lippen und nickt in Richtung des Rucksacks.

Grace vergräbt ihr Gesicht in den Händen. Ich schleiche mich hinter sie und schlüpfe in die Nische, wo mich außer Brooklyn niemand sehen kann. Eine weihnachtliche Lichterkette mit Sternen hängt von der Decke über mir und Riley hat mit kleinen rosafarbenen Reißnägeln drei tote Schmetterlinge ins Holz gepinnt. Ihre hauchdünnen Flügel sehen so zerbrechlich aus, als könnten sie jeden Moment zu Staub zerfallen.

Mein Turnschuh stößt gegen den Rucksack und ich gehe in die Hocke und ziehe ihn auf meinen Schoß. Grace setzt immer wieder die Weinflasche an ihre Lippen und versucht, all die Dinge, die sie eben gehört hat, mit Alkohol zu betäuben. Solange sie sich nicht umdreht, bin ich in Sicherheit.

Ich ziehe den Reißverschluss des Rucksacks auseinander, stecke meine Hand hinein und grabe nach dem Pillenfläschchen. Rileys und Alexis' Schatten erstrecken sich über den Boden. Wenn eine von ihnen auch nur einen Schritt nach links macht, können sie direkt in die Nische sehen. Meine Finger stoßen auf das Holzkreuz, aber das ist auch schon alles – sonst ist nichts im Rucksack. Frustriert reiße ich die Außentasche auf.

»Ich bin hierhergekommen, um dir zu helfen, du undankbare Schlampe!«, kreischt Alexis. »Aber jetzt weiß ich wirklich nicht mehr, warum ich mir die Mühe gemacht habe. Ganz offensichtlich interessierst du dich für niemanden außer für dich selbst.«

Alexis' Schritte donnern über den Boden. Ich hebe den Blick, als sie direkt vor der Nische steht. Scheiße. Ich lasse den Rucksack fallen und stehe auf, aber sie dreht mir den Rücken zu. Ich glaube nicht, dass sie irgendwas gesehen hat.

»Alexis, nicht!«, sagt Riley. Über Grace' Schulter hinweg beobachte ich, wie Riley Alexis am Arm packt und sie zurück in die Mitte des Raumes zieht. Mein Herz hämmert gegen meine Brust. Grace trinkt noch einen Schluck Wein und schaut zu, wie sich der Streit vor ihrer Nase abspielt, als sei es ein Film.

»Du gehst, wenn ich dir sage, dass du gehen kannst«, sagt Riley. Ihre Finger krallen sich so fest um Alexis' Arm, dass ihre Haut ganz rot wird.

Alexis versucht, ihren Arm loszureißen. »Lass mich los«, sagt sie, aber Riley hält sie fest.

Während mein Herz weiter wie wild in meiner Brust pocht, knie ich mich wieder hin und ziehe den Rucksack zu mir heran. Ich taste den Stoff im Inneren ab, bis meine Finger einen Plastikzylinder spüren. Ich ziehe ihn heraus und drehe ihn schnell in meiner Hand, um das Etikett lesen zu können.

AMBIEN, lese ich – Schlaftabletten. Mein Herz donnert gegen meinen Brustkorb. Das ist es. Das ist es endlich.

Eines der Bodenbretter knarrt. Ein kalter Schauer läuft mir über den Rücken und ich blicke auf. Grace' dunkle Augen sind auf mich gerichtet und beobachten mich.

Die Zeit bleibt stehen. Mein Verstand arbeitet in Lichtgeschwindigkeit und versucht, sich irgendeine Ausrede einfallen zu lassen, irgendeinen Grund, warum ich den Rucksack durchwühle. Aber mir fällt kein einziger Grund ein und alles, was ich tun kann, ist, darauf zu warten, dass Grace die anderen ruft und ihnen sagt, was ich tue.

Grace scheint einen Moment über mich nachzudenken. Dann legt sie einen Finger an den Mund und wirft über ihre Schulter hinweg einen Blick auf Riley und Alexis. Sie haben uns nicht bemerkt. Noch nicht.

Als sie sicher ist, dass sie uns nicht beobachten, stellt Grace die Weinflasche neben mir auf dem Boden ab und dreht sich wieder um, als hätte sie mich gar nicht mit den Pillen in der Hand gesehen.

20. Kapitel

Ich öffne das Plastikröhrchen und schütte die Tabletten in meine Hand. Zehn weiße Pillen purzeln in meine Handfläche. Ich weiß nicht das Geringste über Medikamente, aber zehn scheinen mir ziemlich viel zu sein – definitiv genug, um ein Mädchen umzuhauen. Ich breche eine der Kapseln auf und lasse das feine weiße Pulver in die Weinflasche rieseln.

Rileys Jeans schleifen auf dem Boden, als sie beginnt, im Raum auf und ab zu gehen. Grace steht schräg vor mir, damit Riley nicht sehen kann, was ich mache, aber ich erstarre trotzdem und bin mir ganz sicher, dass sie mich gleich erwischen wird. Das Pulver aus den Pillen bleibt an meinen Fingern und am Flaschenhals kleben. Ich fluche leise und versuche, alles in den Wein zu streichen.

»Ich dachte, ihr zwei würdet euch so nahestehen«, sagt Brooklyn und ihre Stimme trieft förmlich vor falschem Mitgefühl. Wenn Alexis oder Riley wissen, dass Brooklyn sich nur über sie lustig macht, dann lassen sie es sich nicht anmerken. Sie scheinen ganz aufeinander fixiert zu sein.

»Du warst schon immer eine beschissene Freundin«, schreit Alexis mit zitternder Stimme. Sie wickelt wieder eine lange blonde Haarsträhne um ihren Finger und zerrt dann ruckartig und mit aller Gewalt daran. »Der einzige Grund, warum wir überhaupt was zusammen machen, ist, dass du nicht allein sein kannst.«

»Ich glaube, du verwechselst da was, Lexie.« Rileys Stimme klingt ruhig und ausgeglichen, aber sie ist kaum lauter als ein Flüstern. Alexis steht in der Mitte des Dachbodens, während Riley um sie herumgeht, wie ein Tier, das seine Beute umkreist. »Der einzige Grund, warum wir befreundet sind, ist, dass du jemanden brauchst, von dem du besessen sein kannst. Du hast so getan, als wärst du ich, seit du acht Jahre alt warst. Ich werde dich einfach nicht los.«

Je leiser Riley spricht, umso wütender wird Alexis. »Und warum wirst du mich nicht los? Weil *Gott* nicht will, dass du es tust?«, brüllt Alexis. »Du versteckst dich hinter Gott, damit niemand erkennt, wie kaputt du in Wirklichkeit bist.«

»Ich schäme mich für nichts, was ich getan habe«, fährt Riley fort und dreht sich wieder zu Alexis um. »Aber du musst dich für alles schämen. Du hast versucht, deine Schwester umzubringen! Wie könnte eine von uns dir je wieder vertrauen?«

Alexis atmet schwer und sie beginnt zu weinen. Vor mir spannt Grace ihren ganzen Körper an. Alexis muss sich noch ein Haarbüschel ausgerissen haben, aber ich weigere mich, aufzublicken und sie anzusehen. Meine Finger fühlen sich dick und ungeschickt an, während ich weiter mit den Pillen hantiere.

»Das stimmt nicht«, sagt Alexis.

»Ach, nein?« In Rileys Stimme schwingt ein gemeiner, beinahe hämischer Unterton mit. Ich kenne diesen Ton inzwischen – anscheinend weiß sie etwas, das wir anderen nicht wissen.

»Wenn das nicht stimmt, warum versteckst du dann immer noch etwas?«, fährt Riley fort. »Du hast immer noch Geheimnisse vor uns.«

Die Bodenbretter knarren, als Alexis einen Schritt zurück macht.

»Hör auf«, sagt sie. Ich halte die letzte Kapsel zwischen zwei Fingern, linse jedoch gleichzeitig um die Ecke, um zu sehen, was passiert.

Riley drängt Alexis mit dem Rücken gegen die Wand. Ich kann Rileys Gesicht nicht sehen, aber Alexis sieht total fertig aus. Ihre Augen sind rot unterlaufen und sie gibt ein würgendes, keuchendes Schluchzen von sich. Sie schüttelt den Kopf und versucht, ihr Haar mit den Händen zu bedecken.

»Nein«, flüstert sie. »Riley, *bitte.*«

Riley schlägt Alexis' Hände weg, packt sie am Kopf, zieht sie nach vorne und zerrt dann ihr langes, wunderschönes Haar mit einer Hand nach hinten. Unter der obersten Schicht ihrer perfekten blonden Locken ist Alexis' Kopfhaut ganz rot und wund und mit blutigem Schorf überzogen.

Alexis reißt sich von Riley los und versucht verzweifelt, ihr Haar wieder zu richten. Ihr Gesicht fällt in sich zusammen und sie sinkt auf die Knie, während ihre Schultern unter ihren stillen Schluchzern beben. Sie legt eine Hand auf ihr Haar, direkt über dem linken Ohr, und beginnt zwanghaft, eine Locke um ihren Finger zu wickeln, fester und fester, bis das Haarbüschel schließlich in ihre Hand fällt. Blut breitet sich an der Stelle auf ihrer Kopfhaut aus.

»Du widerst mich an. Bald hast du gar keine Haare mehr.«

Brooklyn stößt genau in dem Moment ein leicht hysterisch

klingendes Lachen aus, als mir die Pille auf den Boden fällt. Stirnrunzelnd dreht Riley sich zu ihr um.

»Was ist denn so lustig?«, zischt sie.

»Beeil dich«, murmelt Grace leise. Ich richte meine volle Aufmerksamkeit wieder auf die Tabletten. Ich schiebe meinen Daumennagel in die letzte Kapsel und ziehe sie auseinander. Das weiße Pulver löst sich sofort im Wein auf.

»Euer kleiner Zickenkrieg ist einfach entzückend«, sagt Brooklyn. »Auf welche von deinen Freundinnen willst du als Nächstes losgehen?«

»Halts Maul«, zischt Riley. Sie durchquert den Dachboden und tritt gegen Brooklyns Schienbein. Brooklyn liefert eine perfekte Show ab, kneift die Augen fest zusammen und stößt einen Schmerzensschrei aus, aber ich weiß, dass sie das nur meinetwegen gesagt hat, um Riley von dem abzulenken, was ich tue.

Ich schnappe mir die Weinflasche, stehe auf, schlüpfe wieder aus der Nische und lege eine Hand auf Rileys Schulter.

»Sie will dich nur reizen«, sage ich und drücke Rileys Arm. Ich setze die Weinflasche an meine Lippen und lege den Kopf in den Nacken, halte meine Lippen jedoch geschlossen, um nichts von dem mit Schlaftabletten vermischten Wein zu trinken. Ich tue so, als würde ich schlucken, als ich die Flasche wieder absetze. »Sie will nur, dass du und Alexis euch gegenseitig an die Gurgel geht.«

»Gib mir die.« Rileys Gesicht wirkt leer, als sie mir die Flasche aus der Hand reißt. Einen Augenblick lang starrt sie sie nur an. Gegenüber von uns sinkt Alexis zu Boden. Sie schluchzt leise und krallt sich mit den Fäusten in ihren Haaren fest.

»Du hast recht.« Riley lächelt, während sie die Weinflasche in ihrer Hand dreht und zusieht, wie die Flüssigkeit gegen die Seiten schwappt. »Wir müssen einander vertrauen.«

»Genau«, sage ich. »Wir dürfen nicht zulassen, dass *Brooklyn* sich zwischen uns drängt.«

Rileys Lächeln verschwindet sofort. »Wir können nicht zulassen, dass Brooklyn sich zwischen uns drängt«, wiederholt sie. Sie zieht Brooklyns Namen in die Länge und umfasst die Flasche noch fester.

Grace schiebt ihre Finger ineinander. Sie sieht nervös zu mir rüber, aber ich schaue sie nicht an. Ich kann meinen Blick nicht von Riley abwenden.

Riley richtet ihre Augen wieder auf mich. Es sind die Augen eines Raubtiers: tot und berechnend.

»Ich wusste gar nicht, dass du so 'ne Säuferin bist«, sagt sie und hebt die Flasche an.

»Was?« Ich schlucke und warte ab, aber Riley hält die Flasche immer noch an ihren Mund. Die Flaschenöffnung berührt ihre Unterlippe.

»Der Wein«, sagt sie. »Du scheinst mit einem Mal viel interessierter daran zu sein.«

»Ich schätze, ich hab einfach Durst«, erwidere ich.

Riley atmet den Duft des Weines ein und schließt die Augen. »Ich auch«, murmelt sie. Sie setzt die Flasche an den Mund und der Wein fließt in Richtung der Öffnung. Ich halte den Atem an, aber die Sekunde scheint sich wie eine Ewigkeit hinzuziehen. Auf meinen Handflächen bildet sich Schweiß.

Kurz, bevor sie trinkt, öffnet Riley blinzelnd die Augen.

»Denkst du, ich bin blöd?«, flüstert sie. Meine Kehle wird ganz trocken.

»Natürlich nicht.«

Riley lässt die Flasche wieder sinken. »Was hast du da reingemischt?«

Vor Angst krampft sich mein Magen zusammen. »Ich –«

Riley schleudert die Weinflasche durch den Raum. Sie zerschellt an der Wand, vor der Alexis kauert, nur einen halben Meter von ihr entfernt, und Glasscherben spritzen auf den Boden. Alexis zuckt zusammen und bedeckt ihr Gesicht mit ihren Händen. Die Flüssigkeit trieft an den Brettern hinter ihrem Kopf hinunter, aber das Holz saugt den Wein auf, bevor er auf den Boden rinnt, und er hinterlässt einen dunkelroten Fleck.

»Du erzählst mir, dass du mein Vertrauen willst, aber du lügst mich nur an!«, schreit Riley.

»Riley, ich hab nicht –«, sage ich.

»Halt die Klappe!«, fährt mir Riley über den Mund. Alexis stößt wieder ein lautes Schluchzen aus und Riley verzieht das Gesicht. Sie wirbelt zu Alexis herum.

»Keine von uns hat Mitleid mit dir!«, brüllt sie. »Du hast es verdient, zu leiden. Du bist ein *Monster.*«

Irgendetwas scheint in Alexis zu zerbrechen, als Riley ihr dieses letzte Wort ins Gesicht schleudert. Der Glanz in ihren Augen erlischt und ihre Haut wirkt hohl und blass. Ein letztes Schluchzen erstickt auf ihren Lippen und ihr Mund bleibt vor Schock offen stehen.

»Lexie.« Grace macht einen Schritt auf sie zu, aber Alexis stößt sich vom Boden ab, kommt wieder auf die Beine und rennt aus dem Raum. Die wackelige Leiter bebt und ächzt, als sie in den ersten Stock hinunterklettert.

»Bitch, ich hab dir doch gesagt, dass du nicht gehen kannst.« Riley drängt sich an Grace vorbei und stürmt hinter Alexis die Leiter hinunter. Alexis' Schluchzen hallt unter uns. Ihre nackten Füße klatschen über den Boden, als sie von der Leiter springt und zu rennen anfängt.

»Sollen wir ihnen nachgehen?«, fragt Grace.

Anstatt ihr zu antworten, gehe ich zur Leiter. Ich sollte mir nicht solche Sorgen machen. Alexis war die ganze Zeit fast genauso schlecht wie Riley. Sie hat ihre Schwester ins Koma gebracht. Ich sollte die beiden allein lassen – sie haben einander verdient.

Trotzdem bekomme ich Alexis' völlig niedergeschlagenen Gesichtsausdruck nicht mehr aus dem Kopf.

Die Leiter wackelt, als Riley unten auf dem Boden landet. Ich halte mich am Geländer fest, um nicht hinunterzufallen.

»Du bist genauso schlimm wie Brooklyn!«, brüllt Riley und rennt den Flur hinunter. »Vielleicht sollten wir als Nächstes dir den Teufel austreiben.«

Mein Herz pocht wie wild in meiner Brust, als mein Schuh auf einer blutverschmierten Sprosse abrutscht. Ich knalle mit dem Kinn auf die Leiter, bevor ich mich abfangen kann. Schwarze Sterne tauchen vor meinen Augen auf.

»Komm zurück, du Psycho!« Riley stolpert über eine Flasche, stürzt und knallt mit den Knien auf den Boden. Alexis rennt ins große Schlafzimmer. Riley rappelt sich wieder auf.

»Riley, warte!« Mit grummelndem Magen springe ich in den ersten Stock. Der Schmerz des Aufpralls jagt meine Beine hinauf, aber ich bemerke ihn gar nicht richtig. Ich strecke eine Hand nach Rileys Schulter aus, aber sie wirbelt zu mir herum.

»Das hier geht dich nichts an!«, faucht sie und stößt mich weg. Ich donnere gegen die Wand.

»Riley«, stöhne ich, aber sie folgt Alexis ins Schlafzimmer und knallt mir die Tür vor der Nase zu. Ich packe den Türknauf, aber er lässt sich nicht drehen. Grace kommt hinter mir angerannt, völlig außer Atem.

»Abgeschlossen«, sage ich. »Von innen.«

Grace rüttelt am Türknauf, aber er rührt sich nicht. Sie flucht leise und hämmert dann mit ihrer Handfläche gegen die Tür.

»Riley! Lass uns rein.«

Keine Antwort. Ich stelle mir vor, wie Riley Brooklyn in der Badewanne unter Wasser drückt, wie erbarmungslos Riley an Brooklyns Fingernagel zieht und ihn im Keller auf den Boden fallen lässt.

»Riley würde Alexis doch nicht wehtun, oder?«, frage ich.

Grace schluckt und presst die Lippen zusammen. »Ich hab keine Ahnung, was Riley tun würde.«

Ich presse mein Gesicht gegen die Schlafzimmertür. Von drinnen sind gedämpfte Stimmen zu hören – sie streiten sich immer noch, aber ich kann nicht verstehen, was sie sagen. Fluchend ziehe ich den Kopf wieder zurück.

»Wir müssen da rein«, sage ich zu Grace. »Hast du irgendeine Idee?«

Grace' Gesicht hellt sich auf. »Riley hat einen Schlüssel in einer Schublade in der Küche aufbewahrt. Ich weiß nicht, ob das der Hauptschlüssel ist, aber –«

»Es ist einen Versuch wert«, beende ich ihren Satz. »Komm mit.« Ich packe Grace am Arm und wir laufen die Treppe hinunter.

Ich nehme zwei Stufen auf einmal, weil mich jede Sekunde, die ich nicht mit Riley und Alexis in diesem Schlafzimmer bin, nervös macht. Jedes Mal, wenn ich die Augen schließe, sehe ich diesen verzweifelten Ausdruck auf Alexis' Gesicht und zwinge meine Füße, sich schneller zu bewegen.

Alexis stößt einen schrillen Schrei aus. »Riley, nein!«

Ich springe auf den Treppenabsatz, als ein Schatten an dem Bogenfenster über der Treppe vorbeifällt. Irgendetwas kracht in die Büsche neben dem Haus und der ganze Boden bebt. Tausend Nadeln stechen mich in den Nacken und ich bleibe wie erstarrt auf dem Treppenabsatz stehen.

»O Gott.« Grace' Körper versteift sich hinter mir.

»Was war das?«, flüstere ich, aber ich habe entsetzliche Angst, dass ich es bereits weiß. Ich will nicht hinsehen, aber ich drehe mich trotzdem zum Fenster um und lehne mich gegen das Glas.

Alexis' Körper liegt seltsam verdreht auf der Erde. Ihr weißblondes Haar schimmert im spärlichen Mondlicht und ein Heiligenschein aus Blut bildet sich unter ihrem Kopf. Ich lege einen zitternden Finger an die Fensterscheibe und das Glas beschlägt durch meinen Atem.

»Beweg dich«, flüstere ich ihrem zerschundenen Körper zu. Aber sie tut es nicht. Sie starrt nur mit milchigen, leblosen Augen in den Himmel. Ihr Arm liegt verbogen über ihrem Kopf und ihre Finger sind in Richtung ihrer Handfläche gekrümmt, fast so, als hätte sie sich an etwas festhalten wollen, als sie gefallen ist. Ihre aufgeplatzten Lippen stehen offen, zu einem stummen Schrei erstarrt. Ihre letzten Worte hallen in meinem Kopf wider. *Riley, nein!*

Die Tür über uns öffnet sich knarrend und Schritte stapfen über den Boden. Ich hebe den Kopf, als Riley oben an der Treppe stehen bleibt, ihr Gesicht weiß wie der Tod.

»Alexis ist gesprungen«, sagt sie.

21. Kapitel

Riley krallt sich mit den Fingern am oberen Ende des Treppengeländers fest und ihr Blick scheint einfach nur ins Leere zu gehen.

»Vater unser, der du bist im Himmel«, flüstert sie, kaum laut genug, dass ich es höre. Eine Träne rinnt über ihre Wange. »Geheiligt werde dein Name …«

»Nicht.« Ich trete vom Fenster weg und lasse meine zitternden Hände seitlich herunterhängen. »Er hört nicht zu.«

»Sofia«, flüstert Grace. Sie versucht, meinen Arm zu berühren, aber ich schüttle ihre Hand ab. Ich kann nicht aufhören, an Alexis' trübe Augen zu denken, an ihren zerschundenen Körper, an die Art, wie ihre Finger sich in Richtung ihrer Handfläche krümmen. Ich will nicht getröstet werden.

Riley betrachtet mich einen ewigen Augenblick lang, bis sich die Wut, die in meiner Brust lodert, wieder abgekühlt hat, wenn auch nur ein bisschen. »Du trauerst«, sagt sie schließlich. »Das verstehe ich. Aber wir müssen zu Gott beten, damit er Alexis' ihre Sünden vergibt.«

»Nein!«, brülle ich. Das Wort ist ein Todesurteil, aber das ist mir egal. Vielleicht will ich ja, dass Riley mich als Nächstes umbringt. »Du liegst mit allem falsch. Gott hilft uns nicht. Er wird Brooklyn nicht erlösen und er kann Alexis nicht vergeben, nicht mehr.«

Rileys Füße treten lautlos die Stufen hinunter. Sie geht vor mir in die Hocke.

»Das weißt du nicht, Sof«, sagt sie und wischt sich mit dem Handrücken eine Träne von der Wange. »Komm mit zurück auf den Dachboden. Wir müssen zu Ende bringen, was wir angefangen haben.«

»Auf den Dachboden?« Meine Stimme klingt so schrill, dass ich sie beinahe nicht wiedererkenne. Ich schlucke und versuche, ruhig zu bleiben. »Wir müssen die Polizei rufen. Alexis ist tot.«

Grace schluchzt in ihre Hände. »Sag das nicht«, zischt sie durch ihre Finger. »Vielleicht ist sie nur … nur –«

»Hör auf! Alexis ist *tot*, Grace! Sie hat Selbstmord begangen.« Rileys Stimme streichelt jedes einzelne Wort. *Selbstmord.* Es ist, als würde sie es an uns ausprobieren, um zu sehen, wie es klingt, wenn sie es laut ausspricht.

»Denkt doch mal darüber nach«, fährt sie fort. »Was würde passieren, wenn wir jetzt die Polizei rufen würden? Was denkt ihr, was sie tun werden, wenn sie Brooklyn sehen? Sie werden denken, dass wir *Monster* sind. Ich will nicht den Rest meines Lebens im Gefängnis verbringen. Ihr etwa?«

Grace schüttelt den Kopf. »Scheiße«, flüstert sie. Sie lässt den Kopf hängen und beginnt zu heulen. Ihre Bewegungen sind von dem vielen Wein schon ganz langsam und unbeholfen.

Jedes einzelne Gefühl, das ich unterdrückt habe, seit ich in dieses Haus gekommen bin, explodiert in mir. Ich versuche zu sprechen, aber ich bringe nur ein keuchendes, hässliches Schluchzen zustande. Meine Brust verkrampft sich und ich weine, als wäre ich wieder fünf Jahre alt und hätte gerade erst herausgefunden, dass ich es kann, wenn ich will.

»Sofia.« Riley packt meine Schulter und drückt sie. »Sofia, du musst dich beruhigen.«

Ich kann nicht aufhören. Zum allerersten Mal wird mir bewusst, dass keine von uns je wieder nach Hause gehen wird. Selbst wenn ich es lebend aus diesem Haus schaffe, werde ich nie wieder in mein altes Leben zurückkehren können. Tränen strömen über meine Wangen, während ich so heftig nach Luft schnappe, dass ich würgen muss. In meinem Kopf verschwimmt alles.

»Sieh mich an.« Plötzlich klingt Rileys Stimme sanft und ruhig. Meine Augen öffnen sich blinzelnd und ich fokussiere mit zitternden Lippen ihr Gesicht, während ich weiter um Atem ringe.

Riley presst ihre Lippen zusammen und betrachtet mich eindringlich. Die tiefen Schatten unter ihren Augen lassen sie älter aussehen, sogar weiser. Ihr Pferdeschwanz hat sich gelöst und ihr Haar fällt schlaff um ihr dünnes, kantiges Gesicht. Es verbirgt die Bisswunde auf ihrer Wange und sie sieht beinahe normal aus. Sie drückt meine Schulter.

»Ich weiß, dass du das jetzt noch nicht verstehst, aber alles, was passiert ist, ist Brooklyns Schuld«, erklärt sie. »Der Teufel hat Alexis dazu getrieben, aus dem Fenster zu springen. Wir können jetzt nichts mehr für sie tun, aber du musst stark bleiben – du musst den Teufel davon abhalten, auch die Kontrolle über dich zu bekommen.«

Den Teufel davon abhalten, auch die Kontrolle über mich zu bekommen. Die Worte hallen in meinem Kopf wieder, bedeutungslos, aber ich spüre trotzdem, wie sich meine Atmung beruhigt.

»Braves Mädchen«, flüstert sie. »Mach dir keine Sorgen. Sobald das hier erledigt ist, können wir alle wieder nach Hause gehen.«

»Wie?«, frage ich leise. Riley wischt mit ihrem Daumen eine Träne von meiner Wange. Meine Haut brennt an der Stelle, die sie berührt hat, aber ich versuche, mir meinen Ekel nicht anmerken zu lassen. Der einzige Weg hier raus führt über Riley. Ich muss stark bleiben.

»Uns fällt schon was ein. Manche Exorzismen sind eben ein bisschen kniffliger als andere.« Riley steht auf und streicht ihr blutbeflecktes Trägershirt glatt. »Lasst euch einen Moment Zeit, um wieder zu Atem zu kommen, und dann kommt zurück auf den Dachboden. Wir drei müssen zusammenhalten, wenn das hier funktionieren soll. Möglicherweise müssen wir zu drastischen Maßnahmen greifen, um den Dämon zu besiegen.«

Ich nicke wie betäubt, als Riley sich abwendet und die Treppe hinauf und durch den Flur zurückgeht. Grace hockt noch immer vor der Wand, so still, dass sie aussieht wie ein Schatten.

»Bist du bereit?«, fragt Grace. Ich glaube nicht, dass ich je bereit sein werde, wieder dort hinaufzugehen, aber ich rappele mich auf und mache einen Schritt nach vorne. Grace hält mit einer Hand meinen Arm fest und zusammen gehen wir den Flur entlang.

»Was, denkst du, hat Riley mit drastischen Maßnahmen gemeint?«, frage ich, bevor wir die Leiter zum Dachboden erreichen. Grace blinzelt mich benommen an. Ihre Augen sind ganz glasig und sie kann kaum geradeaus gehen. Als sie spricht, klingt ihre Stimme heiser, beinahe flüsternd.

»Sie meint, dass der Besessene manchmal sterben muss.«

22. Kapitel

»Mein Gott, Sofia, jetzt geh schon.« Grace zwickt mich ins Bein und der Schmerz treibt mich weiter. Ich klettere die letzten drei Stufen der Leiter hinauf und ziehe mich auf den Dachboden. Der ganze Raum fühlt sich böse an, so als sei etwas Verdorbenes in die Lücke gekrochen, die Alexis hinterlassen hat.

Riley starrt aus dem Fenster am anderen Ende des Dachbodens, einen Arm angewinkelt vor dem Körper. Vor ihren Füßen liegt ein aufgerolltes Seil. Ich spähe um den Balken. Brooklyn liegt, völlig verdreht, auf dem Boden, ihre Arme und Beine von den Fesseln befreit. Ihr stacheliges blondes Haar klebt voller Blut.

Die Dachbodentür knallt hinter mir zu. Ich wirbele herum und sehe noch, wie Grace sich aufrichtet und die staubigen Hände an ihrer Jeans abwischt.

»Was ist hier los?«, frage ich. Grace senkt den Blick zum Boden.

Das Mondlicht strömt durchs Fenster herein und taucht den Dachboden in dichte Schatten. Ich sehe erst, was Riley in der Hand hat, als sie einen Schritt vor geht und das Kerzenlicht ihre Hände erhellt.

Die Nagelpistole.

Manchmal muss der Besessene sterben. Noch vor ein paar Stunden hätte ich alles getan, um das hier zu verhindern. Aber jetzt zögere ich und balle meine Hände zu Fäusten. Entweder Brooklyns Leben oder meins. Wenn ich ihr helfe, mache ich mich zu Rileys nächstem Ziel.

Brooklyn wimmert und versucht, sich aufzusetzen.

»Beinahe fertig«, sagt Riley. Sie wechselt die Nagelpistole in ihre andere Hand, fällt auf die Knie und rollt Brooklyn auf den Rücken.

»Nicht, bitte!« Brooklyn wälzt sich hin und her und tritt unter Rileys Beinen wie wild um sich. Riley lässt die Nagelpistole sinken.

Ich kann das nicht tun. Ich kann nicht nur dastehen und zusehen, wie jemand stirbt, selbst wenn ich selbst dadurch gerettet werde.

»Geh von ihr runter!« Ich stürze mich mit dem letzten Funken Kraft, der noch in mir steckt, auf Riley. »Du Psycho-Schlampe!«

Wir fallen neben Brooklyn auf den Boden. Riley findet das Gleichgewicht als Erste wieder und rammt mir ihren Ellbogen ins Gesicht. Ich werde nach hinten geschleudert und ein brennender Schmerz explodiert in meiner Wange.

»Grace, kümmere dich um sie«, faucht Riley. Brooklyn versucht, sich zu bewegen, aber Riley setzt sich rittlings auf ihre Brust und hält mit einer Hand ihre Arme am Boden fest. Ich stoße mich ab und versuche, zu den beiden zu krabbeln, aber Grace packt mich von hinten.

»Lass mich los!« Ich grapsche nach Grace' Arm, aber sie schlingt ihre Arme nur noch enger um meine Brust und zerrt mich weg. Splitter brechen aus dem rauen Holzboden und schürfen die Rückseite meiner Beine auf.

Eine unheimliche Stille legt sich über den Dachboden. Riley senkt die Pistole. Die Nägel schießen mit einem dumpfen Knall, der die Stille zerstört, in Brooklyns Hand.

Brooklyn brüllt vor Schmerzen so laut, dass ich schwören könnte, die Bodenbretter bebten unter meinen Füßen. Riley nimmt sich den nächsten Arm vor und klemmt ihn unter ihrem Knie fest, während sie die Nagelpistole über Brooklyns Hand ausrichtet. Riley streckt Brooklyns Arm ganz gerade von ihrem Körper weg, wie bei einem Kreuz.

»Du kreuzigst sie«, flüstere ich voller Entsetzen. Ein dickes Rinnsal aus Blut quillt seitlich über Brooklyns Hand und sammelt sich am Boden.

Riley zielt mit der Pistole auf Brooklyns Handfläche und drückt ab. Metall bohrt sich knirschend durch Haut und Knochen.

»Ich wollte sie eigentlich am Balken aufhängen«, erklärt Riley und zeigt mit der Nagelpistole an die Decke. »Aber ich war mir ziemlich sicher, dass wir sie nicht so hoch heben können.« Sie krallt sich mit den Zehen im Boden fest und dreht sich zu mir um.

»So, und was machen wir jetzt mit dir?«, sagt sie, beinahe zu sich selbst. Sie hebt eine Augenbraue und plötzlich kommt es mir vor, als wäre sämtlicher Sauerstoff komplett aus dem Raum entwichen.

»Nein, bitte«, flehe ich. Grace packt meine Arme noch fester und ich kann mich nicht bewegen.

»Es ist nur zu deinem Besten«, sagt Riley und sammelt das Seil ein, mit dem Brooklyn gefesselt war. »Zuerst hast du Josh eine Nachricht geschickt und dann hast du versucht, uns mit dem Wein auszutricksen. Und jetzt das. Ich vertraue dir einfach nicht mehr.«

»Bitte«, flüstere ich und versuche, mich aus Grace' Griff zu lösen. »Ich kann mit euch zusammenarbeiten. Ich kann helfen.«

Riley entwirrt ein Stück Seil, während sie sich auf mich zubewegt. Sie legt einen Finger an die Lippen.

»Es wird viel leichter, wenn du dich nicht wehrst«, sagt sie. Während Grace mich weiter festhält, bindet Riley meine Arme und Beine mit dicken Knoten zusammen. Das Seil reibt die Haut an meinen Handgelenken auf und es sitzt so eng, dass es mir die Blutzufuhr in den Händen abschneidet. Als sie fertig ist, streicht Riley das Haar aus meinem Gesicht, lehnt sich nach vorne und gibt mir einen Kuss auf die Wange.

»Wenn wir mit Brooklyn fertig sind, helfen wir dir. Okay?« Sie tippt mit einem Finger an meine Nase. »Es dämmert schon fast. Grace und ich müssen uns noch um Alexis' Leiche kümmern, bevor die Sonne aufgeht.«

Ich drehe mich zum Fenster um und sehe, dass Riley recht hat. Das Schwarz des Himmels ist zu einem Dunkelblau verblasst. Ich denke daran, dass meine Mutter, wie an jedem Morgen, um sieben aus dem Bett kriechen und feststellen wird, dass mein Zimmer leer ist. Ein Funken Hoffnung flackert in meiner Brust auf – wenn sie die Polizei ruft, vielleicht … Aber, nein. Selbst wenn sie sofort den Notruf wählt, sobald sie feststellt, dass ich weg bin, werden sie mich niemals finden. Jedenfalls nicht rechtzeitig, um Riley aufzuhalten.

Grace drückt meine Schultern nach unten und ich sitze unbequem da. »Riley«, versuche ich es ein letztes Mal. »Bitte, lass mich hier nicht so zurück.«

Riley ignoriert mein Flehen, öffnet die Tür des Dachbodens und steigt die Leiter hinunter.

Grace bleibt zögernd an der Tür stehen. »So ist es einfacher«, sagt sie und folgt Riley ohne ein weiteres Wort in den ersten Stock hinunter.

Ich atme angespannt aus. *So ist es einfacher.* Karen hat das auch mal zu mir gesagt, nachdem sie beobachtet hat, wie Lila und Erin mich im Biologiekurs gequält haben. *Es ist einfach leichter, sie tun zu lassen, was sie wollen.* Was für eine Scheiße.

Ich gebe mir alle Mühe, ruhig zu bleiben, aber als die Realität sich allmählich einstellt, fühlt sich jeder Atemzug schwerer an. Ich kneife die Augen zusammen und die Situation wird wieder klarer. Riley weiß, dass ich nicht auf ihrer Seite bin und dass sie mir nicht vertrauen kann. Alexis ist tot. Brooklyn wird es auch bald sein. Vielleicht beschließt Riley ja, dass ich auch besessen bin. Vielleicht bin ich die Nächste, die auf den Boden genagelt wird.

Tränen strömen über meine Wangen. Ich weine um Alexis und Brooklyn, aber auch um mich – und aus Angst davor, was als Nächstes passieren wird. Ich stoße ein weiteres Schluchzen aus und versuche nicht mehr, meine Schmerzen unter Kontrolle zu halten. Meine Schultern beben, meine Brust tut weh und mein Atem geht immer schwerer. Tränen verschleiern mir die Sicht, bis ich kaum noch etwas erkennen kann.

»Hör auf!«, schreit Brooklyn. Ihre Stimme erschreckt mich so sehr, dass ich mir schniefend in die Unterlippe beiße. Sie stöhnt vor Schmerzen auf und ich höre ein Scharren, als sie versucht, sich in eine bequemere Position zu bringen. »Das ist nicht der richtige Zeitpunkt, um zu flennen. Wir müssen einen Weg finden, von hier abzuhauen.«

»Abhauen? Ich hab versucht, abzuhauen, seit wir hergekommen sind!« Ich presse meine Lippen zusammen, um nicht noch mehr zu schluchzen. »Wir können nicht abhauen.«

»Blödsinn. Wir sind die ganze Sache nur falsch angegangen.« Brooklyn macht eine Pause und einen Moment lang ist das einzige Geräusch auf dem Dachboden ihr leiser, ruhiger Atem. »Was hat Riley die ganze Zeit gesagt?«

»Dass … dass du böse bist«, stottere ich. »Dass du vom Teufel besessen bist.«

»Richtig. Und was würde der Teufel in einer Situation wie dieser tun?«

Die Worte tauchen blitzschnell in meinem Kopf auf und ich spreche sie aus, ohne nachzudenken. »Feuer mit Feuer bekämpfen.«

Einen Herzschlag lang herrscht Stille, dann erwidert Brooklyn: »Ganz genau.«

23. Kapitel

Die Worte wiederholen sich immer wieder in meinem Kopf. *Feuer mit Feuer bekämpfen.* Es ist nicht unbedingt die Ideallösung. Meine Arme und Beine sind so fest gefesselt, dass ich mich kaum bewegen kann, und Brooklyn ist am Boden festgenagelt. Wir haben keine Chance zu fliehen. Es ist vorbei.

Trotzdem spule ich die Worte immer wieder ab, so als könne irgendetwas an dem Satz das Geheimnis unserer Flucht preisgeben. Brooklyn ist seltsam still und ich frage mich, ob sie dasselbe tut. Aber vielleicht hat sie sich ja längst einen Plan einfallen lassen.

Der Wind presst sich gegen das Fenster am anderen Ende des Dachbodens und die Glasscheibe knarzt. Es brennt nur noch eine der Kerzen – die dicke weiße, die Alexis mit nach oben gebracht hat. Die Flamme flackert, als wolle sie sich über mich lustig machen.

Unter uns auf dem Flur hallt Gekicher wider und dann knarrt

die Leiter. Ich blicke erschrocken zur Tür. Riley und Grace sind zurück.

»Brooklyn«, flüstere ich.

»Ich höre sie.« Brooklyn stöhnt auf und die schweren Sohlen ihrer Stiefel schaben über den Boden, als sie ihre Beine bewegt. »Alles okay. Wir haben einen Plan, schon vergessen?«

»Feuer mit Feuer bekämpfen«, flüstere ich. Die Worte dröhnen in meinem Kopf, aber sie haben keine Bedeutung für mich. *Feuer mit Feuer bekämpfen. Feuer mit Feuer bekämpfen.*

Die Tür des Dachbodens wackelt und öffnet sich mit einem Knall, der den ganzen Boden zum Beben bringt. Die letzte noch brennende Kerze kippt um und rollt an die Wand, wo sie an einem Stück des rosafarbenen Dämmmaterials liegen bleibt. Ich beobachte das Ganze, als wäre es ein Traum.

Die Flamme springt auf die Wand über und frisst sich gierig durch das raue Holz.

»Brooklyn, hast du das gesehen?« Ich kann Brooklyns Gesicht nicht sehen, nur die blutverschmierten Sohlen ihrer Stiefel. Sie schlägt die Hacken zusammen, wie Dorothy in *Der Zauberer von Oz*. Zeit, wieder nach Hause zu gehen.

»Gehört alles zu unserem Plan«, sagt sie.

Welcher Plan?, will ich sie anschreien. Alles, was wir haben, sind Worte – Worte, die definitiv nicht die Kraft haben, Kerzen umzuwerfen.

Aber während sich das Feuer weiter ausbreitet, brennt es auch die Frage aus meinem Kopf. Der sehr kleine, sehr hölzerne Dachboden, auf dem ich eingesperrt bin, geht in Flammen auf. Ich zerre an meinen Fesseln. Rauch dringt in meinen Mund und presst sich förmlich in meinen Rachen.

Riley taucht in der Tür des Dachbodens auf, als sich in der hinteren Ecke bereits eine dicke, dunkle Rauchwolke gebildet hat, die zur Decke emporsteigt. Sie schneidet eine Grimasse und wedelt mit einer Hand vor ihrem Gesicht herum.

»Was zur Hölle?«, murmelt sie.

Brooklyn kichert höhnisch und ihr Gelächter prallt von den brennenden Wänden ab. Ich starre schockiert auf ihre Stiefel. Sie hat den Verstand verloren.

Riley bleibt auf der Leiter stehen und die Flammen spiegeln sich in ihren Augen. Grace' hysterische Stimme dringt von unten herauf, aber ich kann nicht verstehen, was sie sagt. Schritte donnern durch den Flur, als Grace davonrennt.

»Riley!«, schreie ich. »Du musst mich losbinden!« Das Seil schürft die oberste Hautschicht an meinen Handgelenken ab, als ich daran ziehe und zerre. Ich nehme den Schmerz kaum wahr. Ein oranges Flackern blitzt in meinem Augenwinkel auf und schiebt sich immer näher auf mich zu. Ich atme ein paarmal zitternd ein und ignoriere den Rauch, der meinen Mund und meine Zunge umhüllt. »Riley, du musst uns rauslassen. Riley!«

Riley drückt sich gegen die Tür und sucht den Boden nach etwas ab, mit dem sie das Feuer ersticken kann. Aber hier oben ist nichts, nur der ausgediente Werkzeugkasten. Selbst die Flasche mit dem Weihwasser ist leer.

»Hilf uns! Hilf uns, bitte!«

Rileys Schultern spannen sich an. Sie richtet ihren Blick auf mich.

»Tu das nicht«, flehe ich sie an. Das Feuer kreist mich von allen Seiten ein. Ich muss meinen letzten Funken Willenskraft aufbringen, um mir nicht vorzustellen, wie es über meine Haut kriecht und mein Haar und meine Fingernägel auffrisst, bis nichts mehr übrig ist. »Lass mich nicht hier zurück. *Bitte.*«

Aber Rileys Augen werden ganz glasig, bis sie mich anscheinend nicht mehr sehen kann. »Der Exorzismus …«, sagt sie.

»Das spielt doch jetzt keine Rolle mehr«, erwidere ich. Blaue Ranken kriechen über das Holz und grapschen wie Finger nach uns. Ich drücke meine Beine auseinander und versuche, das Seil um meine Knöchel zu lockern. Es bewegt sich keinen Millimeter.

»Du kannst uns nicht hierlassen!«, brülle ich. Ich habe mir viele Möglichkeiten vorgestellt, wie ich in diesem Haus sterben könnte, aber bei lebendigem Leib zu verbrennen, ist ganz sicher die grausamste. »Das kannst du nicht!«

Riley zögert. Es ist ein lautes Krachen zu hören, als ein Deckenbalken entzweibricht und funkenschlagend zu Boden schwingt. Die winzigen Glutflocken landen auf meinen Armen und Beinen, fressen sich durch meine Jeans und brennen auf meiner Haut.

»O Gott«, flehe ich und drücke meine Augen ganz fest zusammen. »Du kannst uns nicht hierlassen.«

Rileys Gesicht wird weiß und ihre Unterlippe zittert. »Herr, vergib mir«, flüstert sie. Ihr Kopf verschwindet, als sie sich aus dem Dachboden duckt und die Leiter unter ihrem Gewicht knarrt.

»Nein! *Nein!*«, schreie ich so lange, bis meine Stimme ganz heiser wird. Rauch füllt meine Lunge und mein Schluchzen löst sich in einem Hustenanfall auf. Die Luft um uns wird immer dicker. Vor meinen Augen verschwimmt alles, als ich sie einatme, und mir wird furchtbar schwindelig und übel. Wir werden niemals hier rauskommen. Wir werden verbrennen. Wir werden schreiend sterben, während die Flammen unsere Gesichter auffressen.

Das Feuer knistert und ein weiterer Holzbalken fällt auf den Boden. Er landet krachend in der Ecke und durch den Funkenflug entzünden sich noch mehr von Rileys Vogue-Magazinen.

Ich huste und huste und schaffe es nicht, Luft zu holen, während ich zusehen muss, wie die Flammen immer weiterwachsen und sich ausbreiten.

»Sofia«, sagt Brooklyn und ihre Stimme klingt unheimlich ruhig, »wir können hier rauskommen, aber du musst mir helfen.«

Ich würge mein Schluchzen hinunter, aber ich schaffe es nicht, mein wie wild pochendes Herz zu beruhigen. »Wie?«, frage ich mit bebender Stimme.

»Kannst du gehen?«

Ich versuche unbeholfen aufzustehen, aber meine Beine sind vor mir ausgestreckt, und da ich meine Arme nicht bewegen kann, schaffe ich es nicht, das Gleichgewicht zu halten. »Nein.«

»Dann kriech, wenn du musst«, drängt Brooklyn. »Kriech zu mir rüber. Und beeil dich!«

Kriechen. Ich atme langsam ein und aus und konzentriere mich auf diese eine Wort. Das Feuer ist so nah, dass ich die Hitze an meinem Knöcheln spüren kann, aber Brooklyn ist nicht weit weg. Ich kann es bis zu ihr schaffen, bevor das Feuer mich erreicht. Ich überwinde die Angst, die sich in meinem Hinterkopf bildet. Ich kann kriechen. Ich werde kriechen.

Ich schwinge mich mit meinem ganzen Gewicht nach links und schlucke ein Stöhnen runter, als meine Schulter auf den Boden knallt. Jetzt liege ich auf der Seite, meine Beine sind angewinkelt, Brooklyns Stiefel einen knappen Meter entfernt. Da meine Arme immer noch auf meinem Rücken gefesselt sind, kann ich mich nicht nach vorne ziehen, also ramme ich meine Fersen in die Bodenbretter und schiebe mich über den Dachboden. Das Feuer erreicht Rileys Nagellack und die Fläschchen explodieren in einem Schauer aus buntem Glas, der Funken auf mich herabregnen lässt.

Meine Schulter schmerzt, als ich mich über den Boden schleppe, vorbei an Brooklyns Springerstiefeln und ihren über und über mit Blut und Ruß verschmierten Beinen. Ich robbe noch weiter, bis ich neben ihrem Arm liege.

»Was soll ich machen?«, keuche ich, als ich nahe genug bin, um ihr Gesicht zu sehen. Sie dreht den Kopf und sieht mich an. Im knisternden Licht leuchten ihre Augen rot.

»Du musst die Nägel rausziehen.« Brooklyn zuckt zusammen und Falten bilden sich rund um ihre Augen. »Du musst deine Zähne benutzen.«

Meine Zähne. Wenn ich innehalte, um darüber nachzudenken, was ich gleich tun werde, ziehe ich die Sache ganz sicher niemals durch. Also denke ich nicht nach. Ich schaukele meinen Körper hin und her, bis ich auf meine Brust rolle. Dann ziehe ich die Knie an und benutze meine Stirn, um mein Gewicht auf dem Boden abzufangen. Brooklyn hält mich mit einem Bein fest und ich schaffe es, mich in die Hocke hochzuziehen und mich dichter zu Brooklyns Hand zu schieben.

Der Nagel steckt tief in ihrer Hand und alles – ihre Haut, ihre Fingernägel und der Nagel selbst – ist mit einer dicken Blutschicht bedeckt. Ich beuge mein Gesicht zu ihrer Hand hinunter und schließe meine Lippen um den Nagelkopf. Brooklyn schnappt nach Luft, als meine Zähne über ihre Haut streichen. Ich beiße auf den Nagel und ziehe daran.

Der Nagel gräbt sich in meine Zähne und mein Zahnfleisch, aber er bewegt sich nicht. Mein Mund füllt sich mit Blut und es schmeckt scharf und metallisch. Ich weiß nicht, ob es mein Blut ist oder Brooklyns. Wahrscheinlich beides. Ich versuche, es nicht einzuatmen, während ich noch einmal ziehe. Der Nagel drückt sich durch meinen Zahnschmelz und Blut tröpfelt meine Kehle hinunter. Ich muss würgen.

»Komm schon, Sofia«, sagt Brooklyn. »Du schaffst das.«

Ich beiße erneut zu und diesmal wackele ich den Nagel mit meinen Zähnen hin und her, bevor ich daran ziehe. Er löst sich und mit dem Nagel im Mund kippe ich nach hinten und verliere beinahe das Gleichgewicht. Brooklyn stößt einen erstickten Schrei aus und legt ihre nun befreite Hand auf ihre Brust. Bevor ich den Nagel ausspucken kann, greift sie nach ihrer anderen Hand und zieht den zweiten Nagel selbst heraus. Er landet scheppernd auf dem Boden, als sie ihn fallen lässt.

»Gottverdammte Scheiße!«, schreit sie und setzt sich auf. Rund um uns knistert das Feuer und der Rauch ist so dick, dass ich Brooklyns Gesicht kaum erkennen kann. »Komm her«, sagt sie. »Beeil dich!«

Ich krabbele auf sie zu, damit sie die Fesseln an meinen Handgelenken lösen kann. Das Feuer breitet sich weiter um uns aus. Brooklyns Hände sind blutüberströmt und aufgrund der Hitze des Feuers schwitzen wir so stark, dass das Seil ganz rutschig ist und sie es nur schwer festhalten kann. Zweimal rutscht es Brooklyn aus den Fingern.

Die Angst hämmert gegen meine Schläfen. *Wir werden es nicht schaffen*, denke ich. Aber dann löst Brooklyn endlich die Knoten an meinen Handgelenken und ich bin frei.

Ich helfe ihr, die Fesseln an meinen Beinen zu lösen, und rappele mich taumelnd auf, nicht ganz sicher, wie lange der Fußboden noch halten wird. Das Feuer kriecht über die Wände und frisst sich durch das Holz. Meine Augen brennen. Ich blinzele, aber ich werde den Rauch nicht los. Tränen strömen über meine Wangen. Meine Furcht verwandelt sich in Entschlossenheit. Ich werde hier nicht sterben. Ich weigere mich, hier zu sterben.

Wir schaffen es in den ersten Stock, Sekunden bevor das Feuer auf die oberste Stufe der Leiter überspringt. Brooklyn fällt zu Boden und hustet so heftig, dass ich Angst habe, sie müsste kotzen.

»Du kannst nicht hier liegen bleiben.« Ich packe sie am Arm und zerre sie in Richtung Treppe. Mein Herzschlag pocht in meinen Ohren und zählt jede Sekunde mit, die verstreicht. Das Feuer breitet sich zu schnell aus. Es ist uns ganz dicht auf den Fersen und versperrt uns jeden Ausweg. Ich bin mir nicht sicher, wie viel Zeit wir noch haben.

Rauch wabert um uns herum und füllt meine Lunge. Ich ziehe mein Sweatshirt über mein Gesicht, aber es hilft nichts. Meine Brust sehnt sich schmerzlich nach Luft, aber jeder Atemzug, den ich mache, ist giftig. Ich fange an zu würgen und kann nicht mehr aufhören. Mein ganzer Körper schüttelt sich in einem Hustenanfall. Brooklyn richtet sich auf und schleppt sich die Stufen hinunter. Ich lege ihren Arm um meine Schulter, um ihr zu helfen.

Wir schaffen es ins Erdgeschoss und durch den Flur. Als wir um die Ecke biegen, schwappt eine Welle der Erleichterung durch meinen Körper. Die Haustür steht offen. Ich renne los.

Die Treppe bricht mit einem dröhnenden Donnerschlag zusammen und der Rauch ist so dicht, dass ich kaum etwas erkennen kann. Ich schlinge meinen Arm noch fester um Brooklyn und laufe weiter. Wir taumeln über die Veranda und die Stufen runter.

Ich falle auf die Knie und Brooklyn bricht neben mir zusammen. Einen Moment lang lasse ich meine Stirn einfach auf dem kühlen Gras liegen und atme gierig die frische Luft ein. Hinter uns züngelt, knistert und spuckt das Feuer. Ich lausche den Geräuschen, setze mich auf und sehe mich um.

Der Gehweg und die Straße sind leer. Riley und Grace sind längst weg. Ich schlucke die Galle hinunter, die in meiner Kehle aufsteigt, als ich mir vorstelle, wie sie aus dem Haus stolpern und meine Schreie ignorieren. Aber darüber kann ich jetzt nicht nachdenken. Wir haben nicht viel Zeit. Dieser Teil der Wohngegend mag vielleicht verlassen sein, aber irgendwann wird der Rauch so hoch steigen, dass ihn jemand sehen und die Polizei rufen wird. Und dann …

Ich drehe mich zu Brooklyn um und stelle überrascht fest, dass sie mich bereits beobachtet. Ihre schwarzen Augen reflektieren den Schein des Feuers. Sie stößt sich vom Boden ab, richtet sich auf und streckt mir eine Hand hin. Als ich ebenfalls auf den Beinen bin, zieht sie mich zu sich heran, lehnt sich zu mir und flüstert mir ins Ohr.

»Erzähl es niemandem.« Ihr Atem riecht nach Blut und Rauch. Sie löst sich von mir und nickt mir einmal zu. Ohne ein weiteres Wort entfernt sie sich humpelnd.

Einen Augenblick lang stehe ich nur da und schaue zu, wie das Haus abbrennt. Ich lache laut und das Geräusch ist so entsetzlich und wundervoll zugleich, dass sich meine Augen mit Tränen füllen. Ich bin nicht gestorben. Es ist vorbei. Ich bin frei.

Das Feuer bewegt sich wie ein lebendiges Wesen durch das Haus – wild, verzweifelt und hungrig. Wenn es fertig ist, werden sämtliche Beweise der vergangenen Nacht zerstört sein. Ich denke daran, was Brooklyn gesagt hat – *erzähl es niemandem*. Wenn wir zur Polizei gehen, steht ihr Wort gegen Rileys.

Ich schlucke und wende mich vom Feuer ab. Dann folge ich dem Gehweg nach Hause.

24. Kapitel

Meine Haustür öffnet sich knarrend und ich betrete die Diele und lausche. Stille. Mom ist noch im Bett. Ich halte den Türknauf fest, damit er kein Klicken von sich gibt, und schiebe vorsichtig und lautlos die Tür wieder zu. Ich streife meine Turnschuhe ab und trage sie die Treppe hinauf, damit Mom meine Schritte auf dem Teppichboden nicht hört.

Ich habe den ganzen Nachhauseweg darüber nachgedacht, was ich Mom sagen soll. Ich würde die ganze Geschichte am liebsten herausbrüllen, aber Brooklyns Worte klingen in meinem Kopf nach und warnen mich davor. *Erzähl es niemandem.* Außerdem wird sie nur die Polizei rufen, wenn ich es ihr erzähle, und sie werden mir Fragen stellen, von denen ich nicht weiß, wie ich sie beantworten soll. Am besten tue ich einfach so, als wäre nichts passiert.

Ich schleiche ins Badezimmer und drehe die Dusche so heiß wie möglich auf. Dann ziehe ich mich aus und meine Kleider fallen in einem Haufen aus Blut, Rauch und Schweiß auf den Boden. Ich erschaudere, als ich auf die verwaschenen Taschen meiner Jeans hinunterstarre, und kicke sie weg. Ich sollte sie verbrennen.

Während ich mir den Gedanken durch den Kopf gehen lasse, steige ich in die Dusche – und schnappe nach Luft, als das heiße Wasser auf mich niederprasselt. Anfangs tut es weh, aber als das Wasser über meine Haut strömt, entspanne ich mich allmählich. Es brennt an den wunden Stellen meiner Arme, an denen das Seil meine Handgelenke aufgerieben hat, und die hässlichen Abschürfungen rund um meine Knöchel schmerzen, als das Wasser die tote Haut aufweicht und das verklebte Blut und den Dreck wegwäscht. Ich lege den Kopf in den Nacken, lasse meinen Mund mit Wasser volllaufen und spucke es dann aus, um das Blut von meinen Zähnen und meiner Zunge zu spülen. Das Wasser, das in den Abfluss läuft, ist dunkel und matschig rot. Ich sehe zu, wie es abfließt, und habe das Gefühl, die Schrecken der Nacht würden mit ihm im Abfluss verschwinden.

Es ist nichts passiert, erinnere ich mich selbst. Es war ein Albtraum, das ist alles.

Irgendwo im Haus geht eine Tür auf und schließt sich wieder. Ich erstarre. Ich kralle mich am Duschvorhang fest und versuche, mich zu erinnern, ob ich die Haustür abgeschlossen habe.

»Sofia?«, ruft meine Mom. »Bist du schon auf?«

Ich stelle die Dusche aus und trockne mich hastig ab. Ich kann mich nicht erinnern, je so erleichtert gewesen zu sein, die Stimme meiner Mutter zu hören.

»Ich hab nur kurz geduscht.« Ich schlüpfe aus dem Bad in mein Zimmer und ziehe mir schnell frische Klamotten an. Ich schnappe mir ein weißes T-Shirt, Jeans und mein abgetragenes graues Kapuzensweatshirt. Da Verbrennen nicht wirklich eine

Option ist, rolle ich meine dreckigen Sachen zu einem Ball zusammen und stopfe sie in den Mülleimer, der unter meinem Schreibtisch steht.

Ich trete auf den Flur hinaus und ziehe meine Ärmel über meine Hände, damit Mom die abgeschürfte Haut an meinen Knöcheln nicht sieht. Mom zieht leise Großmutters Tür zu. Sie sieht mich über ihre Schulter hinweg an und legt einen Finger an dem Mund, um mir zu zeigen, dass ich leise sein soll.

»Sie schläft noch«, sagt sie. Ich verschränke die Arme über meiner Brust und zucke zusammen, als meine wunden Finger über den Stoff meines Sweatshirts streichen. Meine Mom neigt den Kopf zur Seite und betrachtet mich von oben bis unten.

»Alles okay?«, fragt sie. »Es ist noch so früh. Ich bin überrascht, dass du schon wach bist.«

Ich nicke. »Mir geht's gut«, antworte ich, aber die Worte zerbrechen an meinen Lippen. Tränen treten mir in die Augen. Ich versuche, sie wegzublinzeln, aber sie rinnen trotzdem über meine Wangen. So viel dazu, so zu tun, als sei nichts passiert.

»Sofia?« Meine Mom kommt zu mir und zieht mich in ihre Arme. Einen Moment lang lasse ich zu, dass sie mich einfach festhält. Die Tränen strömen noch schneller, bis ich so heftig weine, dass meine Schultern beben. Mom streicht mein noch immer feuchtes Haar aus meiner Stirn.

»Schhh«, sagt sie. »Schhh, es ist alles gut. Erzähl mir, was passiert ist.«

»Ich …« Ich würge das Schluchzen hinunter, ziehe mich von ihr zurück und trockne meine Tränen mit dem Ärmel meines Sweatshirts ab. »Ich hab eben erfahren, dass sich eine Freundin von mir umgebracht hat.« Ich starre auf meine nackten Füße, sicher, dass Mom sofort bemerkt, dass ich lüge, wenn ich ihr in die Augen schaue.

»Oh, Sofia.« Mom drückt mich an ihre Brust und legt ihr Kinn auf meinen Kopf. Sie streicht mir mit einer Hand in langsamen, tröstenden Kreisen über den Rücken. »Es tut mir so leid, Schatz.«

Ich schließe die Augen und lasse mich einfach fallen. Zum ersten Mal seit Tagen fühle ich mich sicher.

Fünfzehn Minuten später sitze ich auf einem Hocker in der Küche, während der durchdringende Duft von Armen Rittern die Luft erfüllt. Ich muss tatsächlich lächeln, als ich ihn einatme. Mom war noch nie die beste Köchin, aber im Laufe der Jahre hat sie ihre Armen Ritter perfektioniert. Sie nimmt dafür immer nur das krustigste Brot und mischt braunen Zucker mit einem Hauch Zimt in den Teig. Sie nimmt die Pfanne vom Herd und lässt das Brot auf einen Teller rutschen.

»Ich weiß, dass es schwer für dich war, Freunde zu finden«, sagt sie und holt Ahornsirup und Butter aus dem Kühlschrank. »Und nach dem, was in deiner letzten Schule passiert ist …« Sie schüttelt den Kopf und murmelt leise: »So eine sinnlose Tragödie.«

Ich rutsche unbehaglich auf meinem Hocker hin und her und schiebe den Armen Ritter auf meinem Teller von einer Seite zur anderen. Ich will nicht daran denken, was an meiner letzten Schule passiert ist, nicht, solange meine Handgelenke von Rileys Fesseln noch ganz wund sind. Aber nun, da Mom davon angefangen hat, kann ich nicht anders, als die Ähnlichkeiten zu erkennen. Beide Male dachte ich, ich würde jemanden kennen, dachte, sie sei meine Freundin, nur um dann festzustellen, dass ich mich geirrt habe.

Vielleicht gibt es einen Grund dafür, dass mir diese Dinge immer wieder passieren. Vielleicht stimmt mit mir irgendwas nicht.

Mom stellt die Pfanne ins Spülbecken, kommt zu mir und streicht eine meiner feuchten Locken aus meinem Gesicht. »Aber du darfst nicht aufgeben, mija. Ich glaube an dich«, sagt sie. »Ich weiß, dass du deinen Weg finden wirst.«

Es sind genau die richtigen Worte zum richtigen Zeitpunkt und ich blinzle wie wild, um nicht loszuheulen. Mom stellt den Teller vor mir auf der Theke ab und ich begrabe meine Armen Ritter unter einem dicken Sirupstrahl. Ich kann nicht aufgeben.

Ich bleibe wach, so lange ich kann, aber um die Mittagszeit sind meine Augen so schwer, dass ich sie kaum noch offen halten kann. Ich sage Mom, dass ich mich nicht gut fühle, verkrieche mich im Bett und schlafe sofort ein, nachdem ich die Decke über meine Schultern gezogen habe. Während ich schlafe, träume ich.

Riley und ich sitzen auf den Eisenbahnschienen und reichen eine Flasche Rotwein hin und her. Orangerotes Licht blutet in den Himmel. Wolken rasen über uns hinweg und ihre Schatten flackern über Rileys Gesicht. Ihre Haut wird dunkel, dann wieder hell. Der Boden unter uns bebt – ein Zug kommt.

»Wahrheit oder Pflicht?«, fragt Riley. Sie sieht perfekt aus, wie an dem Tag, an dem ich sie kennengelernt habe. Das Haar fällt ihr in makellosen Locken auf die Schultern und ihre Augenbrauen wölben sich hoch über ihren Augen. Die Wangen leuchten rosa und glänzen so stark, dass sie ganz unecht aussieht. Das seltsame Licht bringt

alles an ihr zum Leuchten. Sie trinkt einen Schluck und ein dicker Tropfen Wein quillt aus der Flasche und rinnt über ihr Kinn.

»Pflicht«, sage ich. Riley setzt die Flasche ab, aber es ist nicht mehr Riley – es ist Brooklyn. Schwarzer Eyeliner umrahmt ihre Augen und sie sehen viel zu groß für ihren Kopf aus. Der Wein, der über ihr Kinn läuft, wird dicker. Es ist kein Wein – es ist Blut.

»Warum nicht Wahrheit?«, fragt sie. Das Licht der Zugscheinwerfer blitzt zwischen den Bäumen hinter ihr auf.

»Wir müssen gehen«, sage ich, stehe auf und greife nach Brooklyns Arm. Die Scheinwerfer des Zugs blitzen wieder auf. »Brooklyn!«

Ich packe ihre Hand, aber es ist nicht Brooklyn – es ist Karen. Blut tropft aus ihrem Mund und bedeckt ihre Zähne.

»Warum kannst du nicht die Wahrheit sagen?«, fragt sie. Das Warnsignal des Zuges ertönt. Es klingt wie ein Schrei.

Das Kreischen des Warnsignals hallt in meinem Kopf wider und reißt mich aus dem Schlaf. Das einzige Geräusch von draußen sind der Wind, der gegen meine Fensterscheiben peitscht, und das leise Zirpen der Grillen im Gras.

Es war nur ein Traum, sage ich mir. Ein Albtraum. Meine Lider werden schwer und ich bin schon beinahe wieder eingeschlafen, als ich es wieder höre – einen schrillen, zu Tode verängstigten Schrei.

Ich setze mich kerzengerade im Bett auf. Mit zitternden Händen lehne ich mich zu meinem Nachttisch hinüber und knipse die Lampe an. Draußen wird es bereits dunkel. Ich muss den ganzen Tag geschlafen haben.

Ich schwinge angestrengt erst ein Bein aus dem Bett, dann das andere. Ich mache bei jedem Schatten einen Satz, ganz sicher, dass es Riley ist. Aber der Flur ist leer. Unten ist die Haustür fest verschlossen. Es ist immer noch alles still. Beängstigend still.

»Hallo?«, flüstere ich, aber ich bekomme keine Antwort. Ich gehe einen Schritt weiter und öffne die Haustür.

Orangerotes Neonlicht färbt den Himmel. Es ist dieses unheimliche Zwischenlicht, weder Nacht noch Tag. Genau wie in meinem Traum. Ich bleibe zögernd an der Tür stehen und frage mich, ob ich immer noch schlafe. Hitze umschließt meine Arme und sammelt sich unter meinem dicken Haar. Eine Schweißperle tropft meinen Nacken hinunter. Das ist zu real, um ein Traum zu sein.

»Mom?«, rufe ich vorsichtig und trete auf die Veranda hinaus. Sie müsste eigentlich noch wach sein. Wahrscheinlich ist es erst halb acht oder acht. Aber die Straße vor unserem Haus wirkt beklemmend still – verlassen. Nach allem, was letzte Nacht passiert ist, bin ich mir der Leere nun umso bewusster. Es ist niemand hier, der sieht, wohin ich gehe. Niemand, der meine Schreie hören könnte.

Barfuß trete ich auf das trockene Gras. Es knirscht unter meinem Gewicht und sticht in meine Fußsohlen.

»Mom?«, rufe ich noch einmal und schleiche mich an unserer Hauswand entlang. Unsere Auffahrt biegt von der Hauptstraße ab hinter unser Haus und bis zu einem alten Schuppen. Der von der Sonne erwärmte Asphalt brennt an meinen Fußsohlen. Insekten summen im Garten, aber das Geräusch ist mir so vertraut, dass ich es fast nicht bemerke.

Der rot erleuchtete Himmel wirft Schatten auf die Einfahrt. Ich bewege mich ganz langsam um Moms riesigen schwarzen Geländewagen herum.

Ein Schatten huscht über die Einfahrt und ich bleibe wie erstarrt stehen und schlucke einen Schrei hinunter. Dann sehen meine Augen wieder klar und ich erkenne ein Eichhörnchen, das sich unter einem Busch versteckt. Ich atme erleichtert aus.

Der Geruch erreicht mich zuerst. Es ist derselbe schwere, faule Geruch, den ich an meinem ersten Schultag unter der Tribüne bemerkt habe. Hühnchen nach einer Nacht im Müll. Fisch, der in der Sonne vergammelt. Ich stelle mir die gehäutete Katze vor und meine Haut kribbelt. Zitternd gehe ich um das Auto herum.

Dann höre ich ein weiteres Geräusch, ein Tröpfeln. Meine Haut kribbelt noch stärker, warnt mich. Ich sollte umkehren. Stattdessen gehe ich weiter darauf zu.

Dicke, weiße Kerzen säumen beide Seiten der Einfahrt und ihre Dochte flackern im Zwielicht. Ein hastig aufgemaltes schwarzes Pentagramm erstreckt sich unter ihnen und in der Mitte des Sterns befindet sich eine dunkle schwarze Pfütze.

Tropf, tropf, tropf.

Ich hebe den Blick.

Am Schuppen hängt ein menschlicher Körper, die Arme zu beiden Seiten ausgestreckt und mit dicken Fesseln an der Dachrinne festgebunden. Der Körper sieht nicht mal mehr annähernd menschlich aus. Die Haut wurde in Streifen abgezogen und die rosafarbenen Muskeln, das Blut und Gewebe darunter liegen frei.

Die einzigen Teile des Körpers, die noch intakt sind, sind Hände und Füße. Mein Blick bleibt an den Füßen hängen. Sie stecken in Grace' goldenen Plateausandalen.

Ich schnappe nach Luft und schlage beide Hände vor meinen Mund. Grace' Kopf baumelt unnatürlich nach vorne und ihre leblosen, trüben Augen starren auf den Boden. Jemand hat ihr das Haar abrasiert und nichts als einen blutigen Skalp hinterlassen. Ihre Arme sind zu beiden Seiten ausgestreckt, als hätte man sie gekreuzigt. Blut tropft von ihrem Körper.

»Grace!«, kreische ich. Kein Mensch auf der Welt könnte überleben, was ihr Körper durchgemacht hat, aber ich taumele trotzdem auf sie zu. »O mein Gott, Grace! Grace, nein!«

Ich stolpere über eine der Kerzen und knalle hart auf den Boden. Die Einfahrt schürft die oberste Hautschicht an meinem Knie auf. Ich zucke zusammen und versuche, mich wieder aufzurappeln. Die Kerze erlischt mit einem Zischen, als sie auf den Asphalt fällt.

Im letzten Schein der Kerze nehme ich unter Grace' Körper eine Bewegung wahr. Ich erstarre. Brooklyn hockt im Schatten, den Kopf so tief geduckt, dass ich zuerst nur ihr stacheliges blondes Haar sehen kann. Sie erhebt sich langsam und ihre Augen sind auf mich gerichtet. Dann tritt sie in den Kreis aus Kerzenlicht.

»Das Lustige ist ja«, sagt sie, »dass wir gar nicht wirklich Angst vor Feuer haben.«

Sie lächelt und umklammert mit ihrer Hand ein Taschenmesser. Das flackernde Kerzenlicht, das sie umgibt, bringt die Klinge zum Glänzen.

»Brooklyn«, beginne ich, aber die Worte bleiben in meiner Kehle stecken. Ich stelle mir vor, wie Grace an meinem zweiten Schultag hinter der Bank hervorgesprungen ist, um mich zu erschrecken. Grace, die Stirnbänder mit Leopardenmuster und Paillettenröcke getragen hat und ganz aufgeregt war, weil sie sich in Tom verliebt hatte. Sie muss dieselbe Erleichterung gespürt haben wie ich, als sie an diesem Morgen aus dem Haus gerannt ist. Sie muss geglaubt haben, dass diese ganze entsetzliche Nacht endlich hinter ihr liegt. Und jetzt ist sie tot.

Nicht nur tot – verstümmelt. Gefoltert. Galle steigt in meiner Kehle auf. Ich kneife meine Augen ganz fest zusammen, aber das Bild von Grace' Leiche scheint sich auf die Innenseiten meiner Lider eingebrannt zu haben. Die Haut, die in Fetzen von ihren Gliedern hängt. Ihr Skalp, blutig und kahl.

Ich mache die Augen wieder auf. Brooklyn sitzt in der Hocke, taucht einen Finger in die Pfütze aus Grace' Blut und führt ihn dann zu ihrem Mund. Ihr Grinsen wird breiter, als sie ihre Zunge seitlich über ihren Finger wandern lässt und das Blut ableckt. Sie steht auf und umfasst das Messer noch fester. Meine Angst brennt immer stärker und ich taumele rückwärts und pralle gegen unsere Hintertür.

Sie öffnet sich quietschend hinter mir. Ich wirbele herum, als meine Mom aus dem Haus kommt.

»Sofia?«, sagt sie benommen. »Was ist denn los? Ich hab Geräusche gehört.«

Ich blicke über meine Schulter, aber Brooklyn ist verschwunden. Meine Stimme friert in meiner Kehle fest.

»Mom«, beginne ich, »ich ...«

Bevor ich mir überlegen kann, was ich sagen will, wandert der Blick meiner Mom zu der Leiche, die am Schuppen hängt. Sämtliches Blut weicht aus ihrem Gesicht und sie stößt einen Schrei aus.

25. Kapitel

»Mom?« Meine Hand fängt an zu zittern und das Zittern wandert meinen Arm hinauf, bis mein ganzer Körper bebt. Ich habe das hier getan. Ich habe Brooklyn vertraut, ich habe sie rausgelassen. Der beißende, metallische Geschmack ihres Blutes klebt noch immer an meiner Zunge. Riley hat mir gesagt, dass sie böse ist, aber ich habe nicht zugehört. Was mit Grace passiert ist, ist meinetwegen passiert.

Ich lege eine Hand auf den Arm meiner Mom und sie versteift sich völlig und nimmt schließlich ihre Hände vom Mund.

»Geh wieder rein. Schließ alle Türen ab und ruf die Polizei.« Ihre Stimme ist ruhig, aber aus ihren Worten spricht eine stählerne Härte. Sie ist jetzt Sergeant Nina Flores, Rettungssanitäterin bei der Armee, und das hier ist nichts anderes als ein weiterer gefallener Soldat.

Ich zögere. Ich will meine Mutter nicht allein hier draußen lassen. Ich werfe einen letzten Blick auf Grace' geschundene Leiche, renne dann ins Haus und stolpere nach oben, um mein Handy zu suchen. Meine Hände sind ganz verschwitzt, als ich mein Zimmer erreiche, und ich gebe die dreistellige Nummer zwei Mal falsch ein und muss wieder neu wählen.

Schließlich fragt mich eine roboterhafte Stimme am anderen Ende der Leitung: »Sie haben den Notruf gewählt, was ist passiert?«

»Ich …« Ich schlucke. »Mein Freundin wurde …« Ich weiß nicht, was ich sagen soll. Verstümmelt? Gefoltert? Gehäutet? »Meine Freundin wurde getötet. Bitte kommen Sie.«

Ich gebe meine Adresse durch und beende das Gespräch. Für einen langen Moment starre ich wie betäubt auf mein Telefon. Riley hatte recht. Diese Wahrheit trifft mich wie ein Schlag und ich kann kaum noch atmen. Sie hatte die ganze Zeit recht – Brooklyn ist besessen. Sie hat Mr Willis umgebracht. Und jetzt hat sie Grace umgebracht. Und wenn meine Mutter nicht gekommen wäre, hätte sie mich auch getötet.

Vielleicht hätte sie mich ja töten sollen. Vielleicht habe ich das verdient.

»*Diablo.*«

Ich erstarre vor Schreck, als ich die Stimme meiner Großmutter zum ersten Mal seit Jahren höre.

Diablo – Teufel.

Ich gehe zur Tür meines Zimmers und halte mein Telefon dabei fest umklammert. Der dicke Teppichboden im Flur dämpft meine Schritte und die rötliche Lampe im Zimmer meiner Großmutter ist die einzige Lichtquelle. Hinter der Tür rasselt ein heftiges, abgehacktes Husten. Es klingt nach Tod.

Ich lasse einen Fuß im Flur stehen und suche die Schatten im Zimmer meiner Großmutter nach den Umrissen eines Körpers ab. Ich kann nicht blinzeln, ohne Brooklyn vor mir zu sehen, wie sie das Taschenmesser in der Hand hält, ihren Finger in die Pfütze aus Grace' Blut taucht – und ihn dann ableckt. *Deine Schuld*, flüstert mein Hirn mir zu. *Deine Schuld.*

Ich schiebe die Bilder und die Schuldzuweisungen beiseite. Die Schatten scheinen sich um mich herum zu bewegen, aber ich weiß, dass es nur Einbildung ist. Brooklyn ist nicht hier.

Großmutters Gesicht sieht aus wie eine schmelzende Kerze. Ihre Haut hängt so tief herunter, dass ihre Züge nur noch schwer zu erkennen sind. Die Perlen ihres Rosenkranzes klappern auf dem Tisch. Sie stößt ein heiseres, raues Husten aus.

»Großmutter?« Ich bleibe neben der Tür stehen und habe beinahe Angst, das Zimmer zu betreten. Großmutter atmet ein. Es klingt, als würde jemand eine Plastiktüte zusammenknüllen. Sie lässt ihren Daumen über die Perlenreihe wandern.

»Geht's dir gut?«

Großmutter dreht langsam den Kopf. Die Rosenkranzperlen zittern in ihren zerbrechlichen, zitternden Händen.

»Diablo«, flüstert sie. Ein Schauder kriecht an meiner Wirbelsäule hinunter. Sie hat seit ihrem Schlaganfall nicht mehr gesprochen. Die Ärzte waren sich noch nicht einmal sicher, ob sie überhaupt noch sprechen kann.

Sie richtet ihre trüben Augen auf mich. Es ist, als würde sie direkt durch mich hindurchsehen.

»Diablo«, sagt sie erneut.

»Es war ein Unfall«, zische ich.

»Diablo«, sagt Großmutter, als würde sie ein Gebet aufsagen.

»Es war nicht meine Schuld. Es war ein Unfall, genau wie beim letzten Mal.« Die Worte sprudeln aus meinem Mund, bevor ich überhaupt darüber nachdenken kann.

»Diablo!«

Ich schaue an Großmutter vorbei zu der Figur der Jungfrau

Maria auf der Fensterbank. Sie leuchtet weiß im rötlich leuchtenden Zimmer. Großmutter hat mir immer erzählt, dass man durch eine Beichte von seiner Schuld freigesprochen wird. Wenn wir unsere Sünden vor Gott bekennen, sind wir nicht länger allein dafür verantwortlich. Gott nimmt unsere Schuld auf sich. Er macht uns wieder rein.

In diesem Moment wünsche ich mir mehr als alles andere auf der Welt, wieder rein zu sein. Mein Traum hallt in meinem Kopf wider. Ich höre, wie der Zug über die Schienen donnert, und ich höre Karens entfernte Stimme. *Warum kannst du nicht die Wahrheit sagen?*

Ich falle neben Großmutters Bett auf die Knie und falte meine Hände zum Gebet.

»Heilige Maria, Mutter Gottes«, flüstere ich. »Vergib mir, denn ich habe gesündigt.«

Ich schließe die Augen und bin wieder mit Karen auf der Party, gedemütigt, und weine.

Taumelnd dränge ich mich durch das Partygetümmel und erreiche schließlich die Veranda. Ich erwarte beinahe, dass die anderen mir nachlaufen und mich mit noch mehr Wattestäbchen bewerfen, aber das tun sie nicht. Wahrscheinlich sind sie zu betrunken.

Ich bin mir nicht ganz sicher, wohin ich gehen soll. Ich will nicht nach Hause – es wäre zu peinlich, Mom und Großmutter nach alldem gegenübertreten zu müssen. Tränen brennen in meinen Augen und rinnen meine Wangen runter.

Dann schneidet das hohe Kreischen eines Alarmsignals durch die Nacht, gefolgt vom entfernten Dröhnen eines Motors. Ich stolpere die Stufen hinunter in den Garten. Es ist dunkel, aber die Scheinwerfer des Zugs blitzen zwischen den Bäumen auf. Ich renne los.

Das Geräusch beruhigt mich. Es ist so laut, so allumfassend, dass ich an nichts anderes mehr denken kann. Ich trete aus den Bäumen raus auf die Lichtung direkt vor den Bahnschienen. Adrenalin schießt durch mein Blut und macht mich rücksichtslos. Das Lachen und die Wattestäbchen sind jetzt ganz weit weg, beinahe so, als wäre es jemand anderem passiert. Als sei das Ganze nur ein Traum gewesen.

Die Scheinwerfer des Zuges strahlen durch die Bäume, als er in eine Kurve fährt. Ohne nachzudenken, trete ich auf die Schienen. Sie zittern und beben unter meinen Turnschuhen. Ich schließe die Augen und die Welt verblasst. Es gibt nur noch mich, die bebende Erde und den donnernden Lärm.

»Sofia!« Ich reiße die Augen auf, und als ich mich umdrehe, sehe ich, wie Karen durch die Bäume stolpert. Sie hat immer noch ihr Bier in der Hand. Als sie auf mich zurennt, schwappt der Schaum über den Rand und platscht auf den Boden. »Was machst du denn da?«

»Wonach sieht's denn aus?« Mein Blick bleibt lange genug auf Karens Gesicht liegen, um zu sehen, wie sämtliches Blut daraus entweicht und sich ihre Augen voller Entsetzen weiten. Gut. Nach dem, was sie getan hat, hat sie es verdient, Angst zu haben. Ich drehe mich wieder um. Ich will dem Zug ganz entschlossen entgegentreten. Die Scheinwerfer kommen näher.

Karen bleibt ein paar Meter vor den Schienen stehen. »Mein Gott! Es war doch nur ein Witz.«

»Ein Witz?«, sage ich. »Was denkst du, wie lustig es erst sein wird, wenn sie morgen meine Leiche finden und alle dir die Schuld geben?«

Die Schienen zittern gewaltig unter meinen Füßen. Ich habe Mühe, das Gleichgewicht zu halten, so als stünde ich auf dem höchsten Sprungbrett und würde an der Seite hinunterschauen, um mich auf meinen Sprung vorzubereiten. Der Zug stößt ein weiteres Warnsig-

nal aus und eine Woge des Zweifels schwappt über mich hinweg. Was tue ich hier? Ich will nicht sterben.

Karens Gesicht sieht ganz verknittert aus. Sie lässt das Bier fallen und packt mich am Arm. »Sofia, komm von den Schienen runter!«

Ihre kalten Finger krallen sich um mein Handgelenk und ekeln mich an. Vielleicht will ich ja nicht sterben, aber die Alternative – zuzulassen, dass Karen mich rettet, und dann wieder zu der Party zurückzugehen, auf der ich gedemütigt wurde – ist sogar noch schlimmer.

Blinzelnd fixiere ich die Scheinwerfer. Sie sind inzwischen so nahe, dass ich nicht mehr direkt hineinschauen kann …

»Karen ist vor den Zug gesprungen«, flüstere ich in Großmutters rot erleuchtetes Schlafzimmer hinein. »Sie hat mich von den Schienen gestoßen. Sie … sie hat mir das Leben gerettet.« Ich schniefe und greife nach Großmutters Hand. »Und das hat sie getötet.«

Lichter blitzen vor dem Fenster auf und tauchen die Jungfrau Maria in Rot und Blau. Ich gehe durch Großmutters Zimmer und schiebe die Vorhänge zur Seite. Ein Krankenwagen fährt über die Bordsteinkante. Rettungssanitäter springen aus dem Wagen und rennen auf Grace' leblosen Körper zu.

Ich mache einen Schritt zurück und der Vorhang fällt wieder an seinen Platz. Großmutter starrt mich mit ihren glasigen Augen an und hebt langsam einen Finger.

»Diablo …«, krächzt sie. Meine Haut kribbelt vor Entsetzen, nicht wegen ihrer Worte, sondern wegen der kratzenden Leere in ihrer Stimme. Es ist nicht mehr meine Großmutter, die da spricht. Die Stimme klingt noch nicht einmal mehr menschlich.

»Diablo …«, sagt sie und zeigt auf mich. Ich weiche von ihrem Bett zurück.

»Großmutter, nein«, sage ich. Aber sie hat recht. Ich habe Brooklyn gehen lassen, deshalb ist Grace' Tod meine Schuld, genauso wie Karens. Wenn Brooklyn jetzt noch Riley erwischt, werde ich auch dafür verantwortlich sein.

Ich habe das Gefühl, wieder auf den Schienen zu stehen und in die Scheinwerfer des herannahenden Zuges zu blinzeln. Aber diesmal weiß ich genau, was ich tun muss. Ich kann nicht auch noch für den Tod eines weiteren Mädchens verantwortlich sein, selbst wenn es Riley ist. Ich muss sie finden, bevor Brooklyn es tut, und ich muss ihr Leben retten. Es ist die einzige Möglichkeit, wie ich mir je selbst all das Blut vergeben kann, das bereits an meinen Händen klebt. Es ist die einzige Möglichkeit, wie Gott mir je vergeben kann.

Ich drehe mich um und stolpere, als ich aus dem Zimmer renne. Großmutters flüsternde Stimme folgt mir die Treppe hinunter.

»*Diablo … Diablo!*«

26. Kapitel

Ich schleiche mich aus der Hintertür, damit Mom nicht sieht, dass ich gehe. Ich habe keine Zeit, ihr alles zu erklären, nicht, solange Riley in Gefahr ist. Ich schließe vorsichtig die Tür und laufe barfuß durch den Garten. Der Tau auf dem Gras fühlt sich kalt an meinen Füßen an und ich halte kurz an der Garage an und schlüpfe in die Gartenstiefel meiner Mom. Dann renne ich los.

Ich rufe Riley drei Mal an, aber sie geht nicht ans Telefon. Als ich ihre Einfahrt erreiche, bin ich völlig außer Atem. Rileys palastartiges Haus türmt sich vor mir auf, aber sämtliche Fenster sind dunkel. Ich stelle mir das Schlimmste vor: Rileys Körper, der zusammengekrümmt und verstümmelt im Haus liegt. Brooklyn steht über ihr und Blut tropft von dem Taschenmesser, das ihre Finger umklammern. Die Schreckensbilder wirbeln durch meinen Kopf, als ich mich dem Haus nähere.

Perfekt getrimmte Büsche säumen die Einfahrt. Der Gartenschlauch ist fein säuberlich aufgerollt und zusammengebunden, kein Knick weit und breit. Ein selbstgebasteltes WILLKOMMEN-Schild hängt an der Haustür. Das ist alles nicht richtig. Rileys Familie hat das nicht verdient. Brooklyn darf ihr Bilderbuchleben nicht zerstören.

Ein Vorhang in einem der Fenster bewegt sich. Mein Herz macht einen Satz.

»Riley?« Ich stolpere die Stufen zur Veranda hinauf, hebe meine Hand und klopfe an die Tür. Sie öffnet sich knarrend unter meiner Faust.

Mein ganzer Körper spannt sich an. Ich sollte wegrennen, so tun, als sei ich nie hier gewesen. Aber in der Sekunde, in der ich mit diesem Gedanken spiele, flüstert mir die krächzende Stimme meiner Großmutter ins Ohr. *Diablo. Diablo.*

»Riley?« Ich trete in die dunkle Diele und taste mit einer Hand die Wand ab. Meine Finger finden den Lichtschalter und der Kronleuchter, der von der Decke hängt, geht flackernd an.

Ein blutiger Handabdruck ist auf der Wand verschmiert, so als habe jemand mit seinen Fingern Farbe verstrichen. Tiefe Rillen sind ins Holz gekratzt und die gerahmten Fotos, die die Diele säumen, hängen schief. Einige sind auf den Boden gefallen und die Risse im Glas haben sich wie ein Spinnennetz bis in den Rahmen ausgebreitet. Ich gehe einen Schritt näher und schaue sie mit zusammengekniffenen Augen an. Jemand hat blutige Smileys auf die Fotos gemalt. Es sieht aus wie ein Fingerfarbenbild aus dem Kindergarten. In der Ecke eines der Fotos sehe ich das gleiche Pentagramm, das unter Grace' verstümmelter Leiche in meine Einfahrt gemalt war.

Brooklyn war hier.

Ein dumpfes, surrendes Geräusch dröhnt in meinen Ohren. Es sind die Grillen draußen, genau wie immer. Aber jetzt zirpen sie lauter, näher. Der Boden unter meinen Füßen scheint zu beben, wie die Bahnschienen in der Nacht der Party. Jede Sekunde könnte meine Welt um mich herum zusammenbrechen.

»Riley?«, rufe ich noch einmal. Als ich ins Wohnzimmer gehe, sehe ich, dass die Möbel umgeworfen wurden und über den Boden verstreut liegen. Der Fernseher ist zertrümmert, die Kissen aufgeschlitzt. Eine Schicht aus Daunen bedeckt den Teppichboden. Ich wirbele sie mit meinen Stiefeln auf, als ich den Raum durchquere und den Schaden genauer betrachte. Die dünnen weißen Federn bleiben an meiner Jeans, meinen Händen und meinem Haar kleben. Sie kitzeln auf meiner Haut und jagen einen kribbelnden Schauer über meine Arme.

Irgendetwas fällt hinter mir mit einem dumpfen Schlag auf den Boden. Ich wirbele herum und mein Herz hämmert wie wild in meiner Brust.

Es ist nur ein Buch. Aus sämtlichen Regalen, die die Wände säumen, wurden Bücher herausgezogen, Seiten herausgerissen, zusammengeknüllt und wie Konfetti über all der Verwüstung verstreut. Brooklyn hat mit ihrem Messer die Vorhänge aufgeschlitzt und völlig zerschreddert. Sie hat die Fenster eingeschlagen. Glasscherben glitzern auf dem Teppich und warme, schwüle Luft bewegt die Überreste der Vorhänge hin und her. Unheimliches, rotes Dämmerlicht fällt auf den Boden und taucht den gesamten Raum in die Farbe von Feuer und Blut.

»Riley?« Ich verlasse das Wohnzimmer wieder und gehe zur Treppe. »Riley, bist du da?«

Ich kralle mich mit zitternden Fingern am Geländer fest. Die Stufen knarren unter meinen Gummistiefeln, als ich sie hinaufsteige. Brooklyn könnte sich in jedem dieser Zimmer verstecken und mit ihrem Taschenmesser Rileys Körper aufschlitzen, genauso, wie sie es mit Grace getan hat. Und auf mich warten.

Meine Hände zittern. Ich bleibe vor der ersten Tür stehen und lege meine Finger um den Türknauf. *Ich darf Angst haben*, versichere ich mir selbst und atme die heiße, abgestandene Luft im Flur ganz tief ein. Ich darf nur nicht weglaufen.

Ich stoße die Tür auf.

Es ist nur ein Wandschrank, leer und dunkel. Ich lasse erleichtert meine Schultern sinken. Ich strecke eine Hand aus und greife nach der Metallkette, die von der Decke hängt.

Das Licht geht an und bringt die frischen, blutigen Handabdrücke an den Wänden zum Glänzen. Die Porzellanpuppe aus dem Dachboden hängt von der Decke, ein dickes Seil ist um ihren Hals geknotet. Das Feuer hat den Großteil ihres Gesichts ganz schwarz gefärbt und ihre Haare weggebrannt. Aus den aufgerissenen Nähten an ihren Armen quillt die Füllung hervor. Ihre Augenhöhlen sind leer, die trüben Glasaugen längst verschwunden.

»*Shout to the … Shout to the … Shout to the …*«

Die Musik erwacht dröhnend zum Leben und erschreckt mich. Ich schlucke einen Schrei hinunter und lasse meinen Blick durch den Wandschrank wandern, bis ich den rosafarbenen CD-Player auf dem obersten Regal entdecke. Ich stelle mich auf Zehenspitzen, zerre ihn herunter und lasse ihn scheppernd auf den Boden fallen. Dann gehe ich auf die Knie, reiße die Klappe auf, hole die CD heraus und werfe sie zurück in den Schrank. Als ich wieder aufstehe und die Tür zuknalle, pocht mein Herz wie wild. Ich kneife die Augen ganz fest zusammen und lasse mich gegen die Wand hinter mir fallen. Es ist nur ein CD-Player, versuche ich, mich selbst zu beruhigen.

Ich gehe den Flur hinunter, ein Zimmer nach dem anderen nehme ich mir vor. Ich öffne jede einzelne Tür und versuche, mich dafür zu wappnen, was ich dahinter finden könnte. Was mich begrüßt, ist noch mehr Zerstörung: ein mit zerrissenem Toilettenpapier gefülltes Badezimmer und ein Gästezimmer, das – abgesehen von ein paar zerstörten Möbelstücken – vollkommen leer ist. Rileys Zimmer spare ich mir bis zum Schluss auf.

Ich gehe langsam darauf zu, wie ich mich auch einem tollwütigen Hund oder einem wilden Tier nähern würde, und drehe den Türknauf ganz herum, damit das Schloss nicht klickt, wenn ich die Tür öffne. Dann lehne ich meinen Kopf gegen das Holz und horche. Stille. Zuerst. Dann höre ich jemand flüstern.

»Riley?« Meine Stimme zittert. Ich stoße die Tür ganz auf, stolpere ins Zimmer und bereite mich auf das vor, was Brooklyn getan hat.

Aber Rileys Zimmer ist in perfektem Zustand: keine zertrümmerten Möbel oder eingeschlagenen Fenster, kein Blut an den Wänden. Ich gehe zu ihrem Schminktisch und knipse die Lampe an. Goldenes Licht ergießt sich auf die Tücher und Glasfläschchen, die ihre Schminkkommode säumen, und gebrochene Lichtflecken flackern über das Holz. Das Licht erhellt die glasigen, leblosen Augen von Rileys Porzellanpuppe und die Collage aus Fotos, die ihren Spiegel bedeckt.

Ich bleibe vor dem Spiegel stehen und fahre mit einem Finger über die Kante eines der Fotos. Es ist ein Bild von Riley, Grace und Alexis am Seehaus und sie alle wirken sorgenfrei und glücklich. Ich weiß noch, wie sehr ich mir gewünscht habe, dass es irgendwann auch ein Foto von mir in die Collage am Spiegel schafft, zwischen die Schnappschüsse von Grace und Riley, damals, als Riley mich zum ersten Mal in ihr Zimmer mitgenommen hat. Nun scheint das nicht mehr möglich.

Ich nehme das Bild vom Spiegel und betrachte die Gesichter von Grace und Alexis. Ihr Lächeln hat etwas Grauenvolles an sich, besonders, wenn ich daran denke, was es für ein Ende mit ihnen genommen hat. Es ist, als hätte die Welt ihnen allen einen grausamen Streich gespielt. Trotzdem will ich das Foto behalten. Besser, sich so an sie zu erinnern – so, wie sie waren.

Dann höre ich es wieder: das Flüstern.

Ich stecke das Foto in meine hintere Hosentasche und drehe mich um. Aus dem Augenwinkel sehe ich Rileys Bett im Spiegel. Ich erstarre. Jemand liegt darin, unter der Bettdecke.

»Riley?« Die Spannung, die sich in meiner Brust aufgebaut hat, löst sich plötzlich auf. Ich atme aus und renne durchs Zimmer. »Mein Gott, Riley, ich hab die ganze Zeit nach dir gerufen. Geht's dir gut?«

Ich taste nach dem Rand der Bettdecke und schlage sie zurück.

Alexis' toter Körper kippt auf die Seite. Die wenigen verbleibenden Strähnen ihres blonden Haars, die noch an ihrer Kopfhaut hängen, flattern um ihr Gesicht. Schwarzes Fleisch quillt wie Teer aus dem Loch, an dem ihre Nase sein sollte, und vertrocknete rote Hautfetzen kleben am Kissen. Die Haut schält sich von ihren Wangen und Knochen und Muskeln sind sichtbar.

Galle steigt in meiner Kehle auf, aber ich kann den Blick nicht abwenden. Alexis' Zähne sind noch intakt, aber ganz schwarz verfärbt und das Feuer hat ihre Lippen aufgefressen und ihren Mund zu einem ewigen Zähnefletschen verzerrt. Selbst ihre Augen sind verschwunden. Alles, was noch übrig ist, sind zwei eingesunkene, leere Höhlen.

Das Geräusch beginnt erneut. Es ist kein Flüstern, nicht so richtig. Es klingt eher wie ein dumpfes Klackern, wie knackende Fingernägel. Ich erstarre und mir dreht sich der Magen um.

Alexis' Mund klappt auf.

»Heilige Scheiße.« Ich taumele mit starrem Blick rückwärts. Irgendetwas bewegt sich tief in Alexis' Kehle. Es zappelt in der

Dunkelheit und dann streckt sich ein winziges, haariges Bein über ihre Zähne.

Die Kakerlake krabbelt über Alexis' Zunge und auf ihre Brust. Eine zweite klammert sich an ihrem Gaumen fest und wackelt mit ihren Fühlern. Sie schaut mich mit glasigen schwarzen Augen an.

Dutzende von Kakerlaken strömen aus ihrem Mund und kriechen über ihren Körper. Sie nisten sich in den verkohlten Überresten ihrer Kleidung ein und vergraben sich in ihrem blonden Haar. Ein paar von ihnen bohren sich in ihre Ohren. Sie krabbeln übereinander, purzeln aus Alexis' nicht mehr vorhandenen Nasenlöchern und aus ihrem Mund und kriechen aus den Rissen in ihrem Schädel. Ein Fühler taucht im Hautgewebe ihrer Wange auf, als sich eine Kakerlake durch das noch verbleibende verrottende, dünne Fleisch in ihrem Gesicht gräbt.

Das Knacken schwillt an, bis es so laut ist, dass ich nichts anderes mehr hören kann. Eine Kakerlake kriecht über den verbrannten Stumpf an Alexis' Kinn und zischt. Hauchdünne Flügel entfalten sich auf ihrem Rücken.

Ich schreie, bis sich meine Kehle ganz wund anfühlt. Ich taumele von Alexis zurück, stolpere über ein Kissen und falle auf die Knie. Die Kakerlaken werden immer mehr und bedecken das ganze Bett. Sie ergießen sich in einer braunen, schuppigen Masse auf den Boden. Ich versuche, mich wegzuschieben, aber es ist zu spät. Die Kakerlaken krabbeln über meine Finger und an meinen Beinen hinauf. Ihre winzigen Beinchen graben sich in meine Arme. Sie pflügen durch meine Haare und schlüpfen unter meine Kleider. Eine von ihnen kriecht am Ausschnitt meines T-Shirts entlang und fällt in meinen BH und ihre Fühler kitzeln auf meiner Haut. Eine andere krabbelt seitlich über mein Gesicht und zischt mir ins Ohr.

Ich rappele mich auf und renne zur Tür. Die Stehlampe flackert und jagt einen halben Meter großen Kakerlakenschatten über die Wand. Ich blicke über meine Schulter zurück. Das Ungeziefer klettert über den Lampenschirm und flattert mit den Flügeln. Sie sind jetzt überall, krabbeln über die Wände und bedecken den Fußboden. Eine dicke Schicht aus Kakerlaken wuselt über das Fenster und sperrt das Mondlicht aus.

Ich reiße die Tür auf, stürze in den Flur hinaus und knalle sie wieder hinter mir zu. Kakerlaken klackern und zischen hinter dem Holz und ich sehe ihre flackernden Schatten in der schmalen Lücke zwischen der Tür und dem Teppich. Ich dränge mich an die Wand gegenüber. Meine Haut juckt. Ich spüre, wie sie über meinen Körper krabbeln, unter mein T-Shirt schlüpfen und an meinem Nacken kitzeln. Ich klopfe meine Arme und Beine ab, aber an meinen Händen ist nichts. Ich schließe die Augen, atme aus und lasse mich gegen die Wand sinken.

Irgendetwas tropft mir auf die Nase. Ich reiße die Augen wieder auf.

Die Decke ist vor Blut ganz aufgequollen. Dicke, klebrige Tropfen fallen auf mich herunter, bedecken mein Haar und meine Schultern und besprenkeln mein Gesicht. Ich stoße mich von der Wand ab und meine Stiefel rutschen auf dem verspritzten Blut im Flur aus, als ich zur Treppe renne. Ich greife nach dem Geländer, um mich auf den Beinen zu halten. Eine Kakerlake krabbelt über meinen Finger und ich schreie auf und schüttele sie ab.

Die Luft hinter mir bewegt sich und die klackernden, zischenden Kakerlaken verstummen. Sämtliche Haare in meinem Nacken stellen sich auf.

Es ist jemand hier, im Flur. Ich kann sie spüren. Ich stelle mir vor, wie Alexis aus Rileys Bett klettert, völlig verkohlt, während die aschfarbene Haut mit jedem ihrer Schritte von ihrem Gesicht abfällt.

Ich blicke nicht über meine Schulter zurück. Ich will nicht wissen, ob ich recht habe.

Ich haste die Treppe ins Erdgeschoss runter und nehme immer zwei Stufen auf einmal. Blut regnet von der Decke und Schwärme von Kakerlaken krabbeln über meine Gummistiefel. Das Gewicht der Treppe scheint sich unter meinen Füßen zu verschieben. Ich kann dieses Ding hinter mir spüren, fühle, wie es näher kommt und seine rauen, brennend roten Hände nach mir ausstreckt, um mich zu packen.

Ich springe die letzten drei Stufen hinunter und stolpere in die Diele, wo ich auf allen vieren lande. Glasscherben bohren sich in meine Knie und in meine Handflächen. Ich stoße mich vom Boden ab, komme wieder auf die Beine und stolpere zur Haustür hinaus auf die Veranda.

Der Himmel brennt in unheimlichem Licht, als stünde er in Flammen. Es ist dämonisches Licht. Das Licht des Teufels.

Ich höre erst auf zu rennen, als ich den Bordstein erreiche, breche an Rileys Briefkasten zusammen und schnappe keuchend nach Luft. Ich blicke auf das Haus zurück und wappne mich für das, was gleich durch die Tür stürzen wird.

Aber das Haus steht mit seinen dunklen Fenstern nur ganz still da. Unter der Tür quillt kein Blut hervor und es krabbeln auch keine Kakerlaken über die Veranda. Die perfekt getrimmten Büsche rascheln in der drückenden Luft und verstummen wieder.

Als ich vom Haus wegrenne, flattert der Vorhang an Rileys Fenster, als wolle er mir auf Wiedersehen sagen.

27. Kapitel

Ich schleppe mich durch Rileys Nachbarschaft und habe keine Ahnung, was ich als Nächstes tun soll. Jedes der mächtigen Häuser hier sieht genauso aus wie das andere und ich stelle mir vor, dass jedes von ihnen mit denselben Schrecken erfüllt ist. Ich schlinge meine Arme um meine Brust und versuche, nicht zu zittern. Ich muss Riley finden. Wenn Brooklyn das mit ihrem Haus gemacht hat, dann will ich mir gar nicht vorstellen, was sie mit Riley vorhat.

Ein Gefühl der Hilflosigkeit breitet sich in mir aus. Ich kauere mich auf dem Bordstein zusammen, lege mein Kinn auf den Händen ab und versuche, mich zu beruhigen. Ich kenne Riley nicht gut genug, um zu wissen, wohin sie gehen würde, wenn sie nicht nach Hause will. Zu Josh vielleicht? Aber nein, Alexis meinte, dass die beiden Schluss gemacht haben. Meine Kehle schnürt sich zusammen, als mir bewusst wird, dass alle anderen Freundinnen von Riley tot sind.

Ich beuge mich vor und etwas in meiner Hosentasche raschelt. Ich zucke zusammen und denke sofort an die Kakerlaken. Ich fasse in die Tasche und ziehe ein zusammengeknülltes Stück Papier heraus.

Es ist das Foto von Riley und ihren Freundinnen am Seehaus. Ich betrachte es einen Moment lang. Alexis trägt einen weißen Bikini und ihre glatte, perfekte Haut schimmert in goldbraunem Teint. Riley sitzt neben ihr, das Haar mit einem Seidenschal zusammengebunden. Sie sehen alle so perfekt aus. Wie Menschen aus einem Hochglanzmagazin.

Riley hat gesagt, dass sie immer zum Seehaus geht, wenn sie allein sein will. Es liegt am Lake Whitney, eine halbe Autostunde entfernt. Zu weit weg, um zu Fuß zu gehen. Ich brauche einen fahrbaren Untersatz.

Ich spiele mit dem Gedanken, Moms Auto zu nehmen, verwerfe die Idee aber sofort wieder. Dank der Rettungssanitäter und Grace' Leiche gleicht unsere Einfahrt wahrscheinlich immer noch einer Szene aus einem Krimi.

Ich hole mein Handy aus der Tasche meines Kapuzenshirts und suche nach Charlies Nummer. Ich stelle mir seinen leuchtend roten Wagen vor und mein Daumen schwebt nervös über dem Display.

Schließlich fasse ich den Mut, ihm eine Nachricht zu schicken: *Kannst du mich abholen? Es ist ein Notfall.*

Ich tippe Rileys Adresse ein und drücke auf Senden. Dann warte ich. Nach nicht einmal einer Minute vibriert das Telefon in meiner Hand.

Bin in 10 Min. da.

Ich falte nervös die Hände. Jede Sekunde, die verstreicht, fühlt sich an, als mache sie den Unterschied: Rileys Leben retten oder sie sterben lassen.

»Beeil dich«, flüstere ich ganz leise. Ich stecke das Telefon wieder in meine Tasche und gehe zur Veranda. Ich ziehe mein Sweatshirt über meine Hände, hocke mich auf die oberste Stufe und ziehe beide Knie an meine Brust.

Zum Glück dauert es keine zehn Minuten, bis Charlies roter Wagen die Straße entlangrollt und vor Rileys Haus langsam zum Stehen kommt. Charlie stößt die Tür auf und springt aus dem Auto, ohne den Motor abzustellen. Er trägt eine ausgewaschene Jeans und ein Sweatshirt, sein Haar steht in alle Richtungen ab.

»Sofia? Was ist denn los? Ist alles okay?« Er bleibt vor mir stehen und streckt eine Hand nach meiner Schulter aus, aber ich ziehe mich sofort zurück. Ich fühle mich schmutzig, so als sei mein Gesicht mit all den Horrorszenen des Wochenendes beschmiert. So als wüsste er, was ich getan habe, wenn er mich nur ansieht.

»Ich muss mir deinen Wagen ausleihen.«

»Was?« Charlie runzelt die Stirn und das Grübchen taucht wieder in seiner Wange auf.

»Das ist eine lange Geschichte. Aber ich muss wohin. Jetzt.«

Er beugt sich zu mir und küsst mich auf die Stirn. Noch vor ein paar Tagen hätte ich dabei Schmetterlinge im Bauch gespürt, aber jetzt fühlt es sich an, als hätte ich mir den Kuss erschlichen. Ich verdiene einen Jungen wie Charlie nicht.

»Du kannst mir die lange Geschichte auf der Fahrt erzählen«, sagt er. »Ich fahr dich hin, wo immer du auch hin musst.«

Ich schüttele schon den Kopf, bevor er ausgesprochen hat. Ein flüchtiger verletzter Ausdruck huscht über sein Gesicht.

»Tut mir leid«, erwidere ich. »Aber du kannst nicht mitkommen. Ich kann dir jetzt nicht erklären, warum, aber du … du kannst einfach nicht.«

Charlies Stirnfalten werden tiefer. »Sofia, wenn du in irgendwelchen Schwierigkeiten steckst, dann will ich dir helfen.«

»Das *kannst* du nicht.« Die Worte klingen energischer, als ich beabsichtigt hatte, aber ich kann es nicht ändern. Mir läuft die Zeit davon. »Charlie, du bist wirklich ein netter Kerl, aber du bist ohne mich besser dran.«

Charlie lacht und streckt eine Hand nach mir aus. »Das ist nicht wahr.«

Ich lehne mich von ihm weg und drücke mich gegen seinen Wagen. »Es ist wahr«, sage ich und stecke meine Finger hinter den Türgriff. »Ich habe schreckliche Dinge getan. Du würdest mich hassen, wenn du wüsstest, was für Dinge. Wahrscheinlich wirst du mich für das hier auch hassen, aber es ist besser so.«

Charlie schüttelt den Kopf. »Wovon sprichst du?«

Ich antworte nicht. Stattdessen öffne ich die Autotür hinter meinem Rücken, steige auf den Fahrersitz und ziehe die Tür zu. Bevor er selbst nach dem Türgriff greifen kann, drücke ich das Knöpfchen und schließe ab.

»Tut mir leid!«, rufe ich. Charlie donnert mit den Fäusten gegen das Glas, und das gedämpfte *Bumm, bumm* dröhnt durch den Wagen.

»Sofia!«, brüllt er, aber seine Stimme klingt, als sei sie ganz weit weg. Ich schiebe den Schalthebel auf *Drive*. Wenn ich sehe, wie betrogen er sich fühlt, werde ich das hier nicht durchziehen können, das weiß ich. Ich schließe die Augen, als ich aufs Gaspedal trete, und halte sie noch immer geschlossen, als der Wagen anfährt.

Als ich sie wieder aufmache, ist meine Sicht vor lauter Tränen so verschwommen, dass ich sein Gesicht sowieso nicht erkennen würde.

Ich suche auf meinem Smartphone nach Lake Whitney, während ich fahre, und folge der Wegbeschreibung zu einem nebligen, flachen Park, der von dichten Wäldern umgeben ist. Ich bremse Charlies Wagen ab, als die Straße schmaler wird und sich zwischen den Bäumen hindurchschlängelt. Der Mond lugt hinter den fernen Hügeln hervor, spiegelt sich im stahlblauen See und taucht die Bäume durch den Nebel in Grau und Silber.

Häuser säumen das Ufer, und gerade als ich anfange, mir Sorgen zu machen, dass ich Riley hier niemals finden werde, macht die Straße erneut eine Kurve und endet vor einem Privatstrand und einem dichten Tannenhain. Hinter den Baumkronen erkenne ich das dunkle Schieferdach und den Kamin. Ich lege den Schalthebel auf *Parken* und stoße die Tür auf, lasse den Motor jedoch laufen, genau wie Charlie vorhin. Riley und ich müssen vielleicht schnell von hier fliehen. Ich stecke meine Hände in die Taschen meines Sweatshirts und laufe die Kiesauffahrt hinauf.

Ich erkenne Rileys Seehaus von dem Foto sofort wieder. Es ist ein flaches, weitläufiges Haus aus grauem Holz. Die Fenster reichen vom Boden bis zur Decke und nehmen eine Seite des Hauses komplett ein und dahinter kann ich ein dunkles Zimmer mit exklusiven, modernen Möbeln erkennen. Ein schmaler Holzsteg erstreckt sich in den See hinein. Ich stelle mir Riley und Alexis vor, die ihre Strandtücher auf dem Holz ausbreiten, und verlangsame meinen Schritt. Ich bin mir sicher, dass ich hier richtig bin. Aber alles sieht so leer aus.

Dann bewegt sich etwas auf der Veranda und ich drehe mich um und kneife die Augen zusammen.

Riley kauert unter einer Decke auf einem der Holzstühle, eine Tasse Tee in der Hand. Sie zuckt zusammen, als sie mich auf sich zukommen sieht, stellt die Teetasse auf den Boden und steht auf. Die Decke rutscht von ihren Schultern.

»Sofia.« Ihre Stimme bricht, als sie meinen Namen ausspricht. »O mein Gott. Ich dachte …«

Sie lässt das Ende ihres Satzes unausgesprochen, aber ich weiß genau, was sie sagen wollte. Sie dachte, ich sei mit Brooklyn in diesem Haus gestorben. Sie dachte, das Feuer hätte mich ausgelöscht.

»Wir müssen von hier weg.« Ich will nicht, dass meine Stimme glatt und wütend klingt, aber sie tut es. So erleichtert ich auch bin, dass Riley unverletzt ist, ich kann einfach nicht vergessen, was letzte Nacht passiert ist – die Tatsache, dass sie mich zurückgelassen hat, damit ich verbrenne. Die Dinge, die sie Brooklyn und mir angetan hat.

Sie betrachtet mein Gesicht und irgendetwas in ihr zerbricht. Tränen strömen über ihre Wangen.

»Das Ganze ist einfach total außer Kontrolle geraten, Sofia«, sagt sie. »Ich weiß nicht, was –«

Der Motor von Charlies Wagen stottert und unterbricht sie. Ich gehe auf sie zu und packe sie am Arm.

»Wir können das alles später besprechen«, sage ich und schaue nervös über meine Schulter. »Aber jetzt müssen wir von hier verschwinden.«

Riley runzelt die Stirn. »Warum? Was ist denn los?«

»Grace«, antworte ich. »Sie ist tot.«

Rileys Augen weiten sich vor Entsetzen. Sie weicht einen Schritt zurück. »Nein.«

»Es war Brooklyn«, fahre ich fort. »Du hattest die ganze Zeit recht, was sie betrifft. Sie ist böse. Sie hat Grace umgebracht und jetzt will sie dich.«

Riley legt eine Hand auf ihren Mund. Die Stille macht mich nervös und auf meinem Nacken bildet sich eine Gänsehaut. Ich schlinge meine Arme um meine Brust.

Dann fällt es mir auf: der Motor des Wagens – ich höre ihn nicht mehr.

»O Gott«, flüstere ich. Ich drehe mich um und gehe ein paar Schritte auf der Kieseinfahrt zurück. Rileys Füße knirschen hinter mir über den Schotter. Als ich Charlies Wagen sehe, der immer noch vor dem Strand parkt, erstarre ich.

Brooklyn steht gegen die Kühlerhaube gelehnt und wirft die Wagenschlüssel von einer Hand in die andere. Als sie mich sieht, lächelt sie.

»Hey, Sofia«, sagt sie. »Fang.«

Dann wirft sie die Schlüssel in den See.

28. Kapitel

Brooklyn geht vom Wagen weg. Ihr Lächeln scheint nur aus Zähnen zu bestehen, und je länger ich darauf starre, desto mehr sieht es aus wie eine Grimasse. Brooklyn hat Riley mit diesen Zähnen die Haut vom Gesicht gerissen. Meine Knie knicken ein und ich falle beinahe auf den Boden.

»O Gott.« Riley stößt zischend ihren Atem aus. »Brooklyn.«

Brooklyn rümpft die Nase. Ihre Füße knirschen über den Kies. »Hallo, Liebste. Hast du mich vermisst?«

»Brooklyn, überleg dir das noch mal«, flehe ich, aber sie geht an mir vorbei, als wäre ich gar nicht da. Ein Hammer steckt im Hosenbund ihrer Jeans. Mir dreht sich der Magen um. Nun versperrt mir niemand mehr den Weg. Ich könnte zur Hauptstraße rennen und ein Auto anhalten. Genau das hat Riley in dem brennenden Haus auch mit mir gemacht. Es wäre dann ausgleichende Gerechtigkeit. Die Muskeln in meinen Beinen spannen sich an, als wollten sie losrennen.

Flammen knistern unter Brooklyns Zehen. Mit jedem Schritt hinterlässt sie einen kleinen Wirbel aus Feuer. Anfangs brennt er blau, aber dann kriecht das Feuer über den weißen Kies der Einfahrt und die Ränder lodern orange und rot.

Meine Hoffnung, von hier entkommen zu können, schwindet mit den wachsenden Flammen. Ich hätte wissen müssen, dass Brooklyn zu so etwas fähig ist. Ich habe gesehen, was sie auf dem Dachboden mit der Kerze gemacht hat, aber ich habe mir eingeredet, es sei nur Zufall gewesen, Glück. Nun starre ich ins Feuer und sehe zu, wie es sich in die Luft schlängelt und über den Boden züngelt. Es ist böse – sie ist böse. Ich kann nirgendwo hinrennen, um ihr zu entkommen. Ganz gleich, wohin ich gehe, Brooklyn wird mich finden.

»Gefällt's dir?«, fragt Brooklyn. Riley öffnet den Mund und schließt ihn sofort wieder. Brooklyn runzelt die Stirn. »Was ist denn los? Bist du gar nicht beeindruckt?«

»Ich …« Rileys Körper fliegt rückwärts und die Worte werden aus ihrer Kehle gerissen. Sie knallt gehen die Wand des Seehauses. Die graue Verkleidung bebt, als sie zu Boden rutscht. Sie sieht tot aus, aber dann hebt sie eine zitternde Hand an ihr Gesicht, um sich die Haare aus den Augen zu wischen.

Brooklyn bleibt ein paar Meter vom Haus entfernt stehen. Flammen züngeln um ihre Zehen und Füße, aber sie scheint sie gar nicht zu spüren.

Sie hebt die Arme und streckt sie wie ein Kreuz seitlich aus. Im Dämmerlicht sieht ihre Haut geisterhaft weiß aus und die Verletzungen von Rileys Messer und den Streichhölzern zeichnen sich durch den starken Kontrast deutlich ab. Die roten Schnittwunden und das geronnene Blut wirken beinahe unecht, so als hätte sie jemand mit dieser billigen, öligen Schminke aufgemalt, die immer bei Halloween-Kostümen dabei ist.

Vor meinen Augen fließt das Blut zurück in Brooklyns Wunden und verschwindet und ihre Haut näht sich von selbst wieder zusammen und lässt nichts als blasse rosa Linien zurück. Ihr nagelloser kleiner Finger streckt sich und wächst, bis er wieder ganz ist. Es ist wie bei einer dieser Natursendungen, bei der alles im Zeitraffer abläuft und eine Blume innerhalb von Sekunden erblüht. Das Böse schwebt überall um uns: dick und erstickend. Ich könnte jetzt nicht davonrennen, selbst wenn ich wollte. Die Luft drückt meine Gliedmaßen nieder wie schwerer Schlamm und hält mich fest.

Brooklyns Narben verblassen weiter und verschwinden schließlich ganz. Sie reibt sich mit ihren Händen über die Arme und grinst. »Das hat Spaß gemacht«, sagt sie.

Riley stößt ein ersticktes Schluchzen aus. Sie senkt den Kopf und ihr Haar fällt vor ihr tränenüberströmtes Gesicht. Sie faltet die Hände ganz fest vor ihrem Körper.

»Heilige Maria«, flüstert sie, »Mutter Gottes …«

»Deinen Gott interessiert nicht, was du zu sagen hast«, brüllt Brooklyn. »Was ist, willst du jetzt mal 'ne richtige Kreuzigung sehen?«

Brooklyn schleudert Rileys Körper erneut nach hinten und sie knallt wieder gegen die Hauswand. Rileys Arme schießen seitlich an ihrem Körper hoch – und bilden ein Kreuz. Sie stöhnt und wehrt sich gegen die unsichtbaren Fesseln, die sie festhalten. Voller Entsetzen stößt sie einen erstickten Schrei aus.

Brooklyn steht direkt vor Riley. Das Feuer frisst sich hinter ihr knisternd durch die Erde und spuckt in den Wind. Durch den Rauch wird die Luft ganz diesig. Es gleicht einer Fata Morgana.

Brooklyn sieht mich an und zwinkert mir zu, so als würden wir beide über denselben Scherz lachen. Sie zieht den Hammer aus dem Bund ihrer Jeans.

»Sofia, hilf mir!«, brüllt Riley. Sie wirft den Kopf gegen die Wand zurück und das Holz spaltet sich. »Hilf mir, hilf mir, bitte!«

Ich will wegsehen, aber ich tue es nicht. Es kommt mir feige vor – wenn ich Riley schon nicht retten kann, dann ist das Mindeste, was ich tun kann, zuzusehen, wie sie stirbt. Vielleicht ist das ja Brooklyns Scherz. Einmal mehr bin ich gezwungen, zuzusehen, wie etwas Schreckliches passiert, völlig machtlos, es aufzuhalten.

Brooklyns Lippen verzerren sich zu einem bösartigen Grinsen. Sie zieht einen langen silbernen Nagel aus ihrer Hosentasche.

»Halt still.« Sie setzt den Nagel direkt vor Rileys Handfläche an. »Das wird wehtun. Sehr weh.«

Sie holt mit dem Hammer aus, treibt den Nagel tief in Rileys Hand und nagelt sie am Haus fest. Riley schreit auf. Brooklyn schlägt immer wieder zu. Ich stelle mir vor, wie der Nagel sich durch Haut, Knochen und Muskeln bohrt. Galle steigt in meiner Kehle auf. Ich schreie auch. Das Geräusch platzt förmlich aus meinen Körper heraus. Es hallt in meiner Brust wider, bis sie brennt, bis meine Kehle ganz rau ist und mir der Kopf wehtut.

Ich schreie nicht wegen Riley. Ich schreie, weil ich die Nächste bin.

»So sieht eine Kreuzigung aus«, sagt Brooklyn. Ich reiße noch rechtzeitig den Kopf hoch, um zu sehen, wie Brooklyn einen Nagel auf Rileys anderer Hand platziert und noch einmal den Hammer schwingt. Ich schlage die Hände vor mein Gesicht und presse die Augen zusammen. Ich will das nicht mehr mit ansehen, aber meine Augen öffnen sich trotzdem mit einem Blinzeln und ich starre durch die Lücken zwischen meinen Fingern auf Riley und Brooklyn.

Rileys Körper kippt vornüber und ihr Gewicht zerrt an den Nägeln in ihren Händen. Das Feuer hat inzwischen das Haus erreicht. Es breitet sich über das Gras aus und klettert die Wände empor. Graue Farbe blubbert unter den Flammen auf.

»H… heilige Maria«, versuche ich zu beten. Aber die Worte bleiben mir in der Kehle stecken. Ich kneife die Augen zusammen und versuche, mir die Figur der Jungfrau Maria auf dem Fensterbrett meiner Großmutter vorzustellen. Aber ich schaffe es nicht, sie vor meinem inneren Auge festzuhalten. Es ist, als hätte sie mich verlassen.

Brooklyn dreht den Hammer in ihrer Hand und rammt die Seite mit der Klaue tief in Rileys Brust. Riley macht den Mund auf, aber anstatt etwas zu sagen, stößt sie nur ein nasses Gurgeln aus. Blut schäumt über ihre Zähne. Brooklyn treibt den Hammer in Rileys Rippen und reißt ihr weißes T-Shirt in Fetzen. Sie löst ihren Griff um den Hammer und er fällt scheppernd zu Boden. Ihr Arm schießt nach vorne und sie zieht etwas aus Rileys Brust.

Das Herz. Rileys Herz.

Rileys Kopf kippt nach vorne. Das Herz noch immer in der Hand, dreht Brooklyn sich zu mir um.

Meine Beinmuskeln spannen sich, aber ich renne nicht davon. Es gibt keinen einzigen Ort auf der Erde, an dem Brooklyn mich nicht finden würde. Ich weiß, was als Nächstes passieren wird. Wenn ich hier stehen bleibe und mich dem stelle, werde ich wenigstens nicht als Feigling sterben.

Brooklyn macht einen Schritt auf mich zu. Ich versuche, tapfer zu sein, aber das Geräusch der Nägel, die sich knirschend in Rileys Körper bohren, hallt in meinem Kopf wider. Als ich die Augen schließe, sehe ich Grace, die gefesselt am Schuppen hängt, während ihr Blut auf die Einfahrt tropft. Brooklyn ist kein Fan des schnellen, leichten Todes.

»Warum so bedrückt?«, fragt Brooklyn. Sie lässt Rileys Herz

fallen und es landet mit einem schweren, nassen Klatschen auf dem Boden. Ich starre auf Brooklyns Schulter, auf den gefiederten Schwanz ihres Quetzalcoatl-Tattoos, während sie weiter auf mich zukommt. Ich konzentriere mich auf das Tattoo, um mir nicht weiter das Blut vorstellen zu müssen, das sich auf Rileys T-Shirt ausbreitet, oder den halbkreisförmigen Schnitt an Grace' Hals oder Alexis' Finger, die sich zu ihrer Handfläche krümmen. Trotzdem zittern meine Hände. Ich will nicht sterben.

»Hast du es denn immer noch nicht kapiert?«, fragt Brooklyn. Sie steckt sich eine abstehende Haarsträhne hinters Ohr. Blut bedeckt ihre Hand wie ein Handschuh und hinterlässt eine rote Linie auf ihrer Wange.

»Was kapiert?«, flüstere ich ängstlich. Rings um uns summen die Grillen.

Brooklyn zieht mich zu sich heran. Sie flüstert in mein Ohr: »Das Böse lebt bereits in dir.«

Das Summen der Insekten verwandelt sich in das Pfeifen eines Zugs. Ich kneife die Augen zusammen und versuche mit aller Kraft, die Erinnerung zu verdrängen. Aber ich schaffe es nicht. Bilder aus dieser Nacht flackern hinter meinen geschlossenen Augen auf. Ich sehe die Scheinwerfer in der Ferne. Ich höre Karens Schreie.

»Sofia, komm von den Schienen runter!« Karen lässt ihr Bier fallen, packt mich am Arm und versucht, mich wegzuziehen. Ich rühre mich nicht. Das Warnsignal des Zugs ertönt. Ich blinzle in die Scheinwerfer. Sie sind inzwischen so nahe, dass ich nicht mehr direkt hineinschauen kann.

»O mein Gott!«, sagt Karen. »Komm schon, Sofia. Das ist nicht lustig!«

Sie versucht weiter, mich wegzuziehen, aber diesmal lege ich mei-

ne Finger um ihr Handgelenk und zerre sie nach vorne. Sie ist so überrascht, dass sie neben mir auf die Schienen stolpert.

»Sieht es vielleicht aus, als würde ich lachen, verdammt?«, fauche ich sie an und springe zur Seite, kurz bevor der Zug über mich hinwegdonnert.

Ich öffne die Augen und Brooklyn beobachtet mich grinsend. Etwas in mir rührt sich, etwas Schweres, Erstickendes. *Nein.* Ich kratze mich und hinterlasse rote Flecken auf meinen Handgelenken. Das Böse ist in mir. Ich kann es fühlen. Ich kratze noch heftiger, um es aus meinem Körper zu vertreiben, um Blut fließen zu lassen. In meinem Kopf höre ich Großmutters kratzige Stimme. *Diablo. Diablo …*

Dann breitet sich das Gefühl weiter aus, wandert meine Wirbelsäule hinauf und durch meine Arme und Beine. Es entfaltet sich in meiner Brust wie ein Tier. Es fühlt sich jetzt ganz warm an. Mächtig. Wie Feuer. Brooklyn packt mich am Handgelenk. Ich starre auf die Blutspuren an meinem Arm und spüre etwas Neues. Hunger.

»Du wirst mich nicht töten«, sage ich. Es ist keine Frage. Ich kenne die Antwort bereits.

»Sei nicht albern, Sofia«, erwidert Brooklyn und lässt meine Hand los. Ihre Augen leuchten rot, so als würde sie von innen strahlen. »Wir töten niemals unseresgleichen.«

bloomoon

… unendlich gut lesen

ISBN 978-3-8458-0207-7

Ihr Leben könnte gegensätzlicher nicht sein: Der junge Adelige Valentin wächst im Prunk und im Luxus der Wolkentürme auf, von Kindesbeinen an dazu erzogen, einmal seinen Vater, den mächtigen Panarchen, zu beerben. Elster ist ein Kind der Schluchten – groß geworden in den endlosen Wäldern und seit ihrer Geburt dazu verpflichtet, Frondienste zu leisten und den Türmen zu dienen. Was bewegt Om, das allwissende Prinzip und Oberhaupt der Schluchter, und den Panarchen, den Herrscher der Türme, dazu, ausgerechnet diese beiden gemeinsam auf eine riskante Mission zu schicken? Zumal das Schicksal ihrer beider Völker vom erfolgreichen Ausgang dieser Aufgabe abhängt …

Auch zu bestellen unter www.bloomoon-verlag.de